Franz Schuh

Sämtliche Leidenschaften

Paul Zsolnay Verlag

2 3 4 5 18 17 16 15 14

ISBN 978-3-552-05694-7

Satz: Eva Kaltenbrunner-Dorfinger, Wien
Druck und Bindung: CPI – Ebner & Spiegel, Ulm
Printed in Germany

FSC
www.fsc.org
MIX
Papier aus verantwortungsvollen Quellen
FSC® C006701

Ich hab' mich verändert, indem ich mich abgeschafft habe und doch nicht abgeschafft habe. Da sehen Sie, dass auf der Welt nichts wegkommt.

Wolfgang Neuss

Ich glaube (sagte ich, auf dem Floß unruhig auf und ab gehend. Der Fluss dagegen war ruhig, nicht eine Welle war zu sehen. Es war ein heißer Sommertag, und auf der anderen Seite des Ufers war die Wiese von der Sonne grell beleuchtet. Auf das Floß fiel um diese Tageszeit noch der Schatten des Waldes) –, ich glaube, wer etwas von der Individualität hält, von der Individualität der Menschen (davon, dass Menschen dadurch wichtig sind, dass sie als Einzelne vorkommen), muss notgedrungenermaßen auch etwas vom Tod halten. Es gibt ja die Möglichkeit – diese Chance ist jedem Einzelnen eingeräumt –, den Tod zu hassen und zu sagen: Der Tod nimmt all diesen Versuchen, am Leben gewesen zu sein, die Kraft und am Ende auch den Sinn. Es ist … irgendwie … (ich setzte mich an den Rand des Floßes, die Füße baumelten im Wasser, das Wasser war eiskalt), durch den Tod, durch den Tod erfolgt eine Nichtigkeitserklärung an alle menschlichen, einzelnen Unternehmungen. Ja, die Gattung lebt weiter und ist anscheinend auf viele Individuen angewiesen, aber des Einzelnen bedarf die Gattung um ihrer selbst nicht (unbedingt). Vielleicht manche Einzelne, die der Gattung außerbiologisch einen historischen Sinn gegeben haben; sie existieren dann weiter im Gedächtnis, sie konstituieren zusammen mit einigen Lebenden einen menschlichen Zusammenhang ganz unsicherer Natur: die Menschheit, die Kultur.

Angesichts des Todes verschwindet der Einzelne auch aus dem Leben der Gattung – und die Gattung tut weiter wie bisher, als ob *ich* nicht gewesen wär. Die Frage nach dem Tod, vor allem die nach dem eigenen Tod, ist eine Variante der Eitelkeit oder, vielleicht besser, sie ist ein Endpunkt der Eitelkeit: Man ist unversöhnlich mit dem eigenen Nicht-Sein, das man gar nicht denken kann. Aber Denken ist nicht alles: Ich zum Beispiel (sagte ich unter der Sonne) habe den Sinn für die Negation körperlich und geistig eingebaut. Vernichtet zu sein ist mir vertraut, ich spüre durch das Dickicht des Daseins hindurch das Ende (von Jugend an), und ich glaube auch, dass der Tod der anderen, von dem man lernen und den man ganz und gar unegoistisch leidend erleben kann, irgendwann erst recht zurückschlägt in die eitle Unversöhnlichkeit mit dem eigenen Nicht-Sein: Ihr Wegsein macht einem das eigene Wegsein vor. Sowas wie eine Gattung plaudert ständig aus, dass alle zu ihr gehören, dass bloß du und du und auch du (und auch ich) im Einzelnen für ihren Bestand gar nicht nötig sind. Unnötige Einzelexemplare, denen eh nichts anderes übrigbleibt als die Zugehörigkeit zu ihrer Gattung, die am Ende mehr oder wenig höhnisch signalisiert, auf euch kann man verzichten, ihr seid ersatzlos zu streichen.

Der Tod ist das Geschehen, das sich an Leib und Leben vollzieht, abspielt (ja, dachte ich, das ist eine Banalität, auf die man bauen kann), Sterben ist der Anfang von diesem Schluss-Akt, der diesen Leib und dieses Leben absolut relativiert. Und was war es doch für ein Leben und was für ein Körper, nämlich der eigene, ihn reklamierte das Individuum zwanghaft für sich. Das Individuum war mit diesem Zwangskörper verschmolzen, hat ihn bis ans Ende durchgetragen, bis zu dem Augenblick, von dem an es wirklich nicht mehr weiterging – und auch wenn das Individuum seinen Körper zu Lebzeiten hasste, es musste ihn verbrauchen, es hatte zum höchstpersönlichen Verbrauch ja nichts anderes als diesen *einen* Körper, ob es ihn nun hasste oder hätschelte, und wenn ein junger Körper durch einen Unfall zu Tode kam, also noch unverbraucht verstarb, steht der Körper gerade durch den unerwarteten Tod erst recht im Mittelpunkt: Körper aus, alles aus (oder hier setzt das Theorem von einem Weiterleben nach dem Tode ein, eine der Glaubensfragen, mit denen man Endgültigkeiten wettmachen, wegmachen will).

Jeder Körper (der nicht in Abgründen versank, wegspült oder verbrannt wurde) hat immerhin für die Überlebenden noch die Leiche übriggelassen, die aber als Mensch nicht mehr mitspielt. Ich habe mir die Leiche meines Vaters, der mir als Mensch mitgespielt hat, nicht angesehen. Es wäre noch in der Leichenhalle ein Schaukampf gewesen. Überbleibsel gibt es auf der Welt von jedem Einzelnen, sie sind nur in Ausnahmefällen bekannt, identifizierbar, denn dass einer nach seinem Tode in eine der vielen Arten von Museen zur höheren Ehre der Menschen, die überlebt haben, auffährt, ist eben nichts als Ausnahme. Aber die Menschheit (das muss man gerührt, also verlogen aussprechen) ist eine Familie, selbst die Sackgassen, die zu nichts führten, verschmieren sich mit dem Weiterleben, mit dem Leben der Weiterlebenden. Eine ungeheure Mehrheit weiß nicht, auf welchen annihilierten Individuen ihr Dasein im Augenblick beruht: jeder ein Parasit, von dem eines Tages andere parasitieren werden.

Ja, andererseits, diese Individualität: Irgendwann ist mir klar geworden (ausgerechnet mir, und zwar an einem der Oktobernachmittage von der Art, die mich mein Leben lang erstaunt haben: Wie kann im Herbst so ein Sommertag sein?), eines schönen Oktobers ist mir klar geworden, die

Menschen stehen einander mit all ihren Lebensentwürfen im Wege, und wenn das sich verändern soll, wenn das Leben jenen Charakter annehmen soll, den es angeblich hat, nämlich dass es sich ändert, dass es im Fluss ist (und ich blickte, um nicht die Idee einer Illustration aufkommen zu lassen, *nicht* auf den Fluss), dann kann es nicht sein, dass die Einzelnen mit ihren eingespielten Arten, auf der Welt zu existieren, bleiben. Sie müssen in irgendeiner Form, zum Beispiel förmlich, tot, nicht mehr da sein. Sie müssen Platz machen für Entwürfe und Lebenskämpfe anderer Einzelner. Wie ähnlich diese Kämpfe auch sein mögen und wie sehr die Gesellschaft, also die Arena, in der die Kämpfe stattfinden, auch jeden Einzelnen uniformiert, nivelliert – es ist noch genug Substanz in diesen Körpern, die unterschiedliche Schicksale erleiden, um wenigstens die Erinnerung an Individualität zu verkörpern: die Gesichter unverwechselbar, die Haltung, die moralische und die physische, unverwechselbar, im Grunde aber doch bei allen anders.

Die Andersheit beruht auf Zufällen, auch wenn selbst die Zufälle in einer Gesellschaft, in einer Zeit im Rahmen bleiben und nicht aus dem Rahmen fallen dürfen: Der Rahmen, das ist die jeweils herrschende Ethik: ihre Regeln und die Verletzungen dieser Regeln. Die unnötigen Einzelexemplare, also Menschen wie ich und du, haben den Sinn, den sie ihrem Leben gegeben haben oder nicht gegeben haben (also auch die Sinnlosigkeit), ins Absolute hinaufstilisiert: Jeder Einzelne ist sich selbst ein Schicksal. Ein Schicksal mit Mehrwert: Ein Lebenslauf ist immer mehr als das, was er ist – er hat zum Sein noch eine Bedeutung und Zeiten und Orte, in denen Lebensläufe von vornherein nur über Hürden führen, an denen man sich das Genick bricht, werden abgelehnt, als zerstörerisch gekennzeichnet. Die, die keine Aussichten im Leben haben, müssen ihren Aufstand selber machen; es ist immer zu wenig, was wir, die halbwegs fein raus sind, für sie tun können, tun wollen. Man lehnt aussichtslose Lebensumstände in erster Linie für sich ab, die andern bedauert man, dass das, was sie führen müssen (obwohl es ihnen bloß zustieß), kein Leben ist. Lebensläufe, durch die das Leben der Einzelnen keine Bedeutung hat, werden abgelehnt, zurechtgewiesen, vom Leibe gehalten, und es wird als Faktum behauptet, was doch nur eine ethische Norm ist (zu der wir uns allerdings alle beglückwünschen dürfen), dass nämlich das Leben jedes Einzelnen der höchste Wert ist. Der Tod und die Weltpolitik und so manches mir feindlich gesinnte Individuum, jeder meiner Todfeinde, erkennt diesen höchsten Wert nicht an, und wenn einer von uns den Tod anerkennt, gerät er vielleicht in Versuchung, den höchsten Wert, also dieses Leben, auch nicht anzuerkennen: alles vergänglich, alles todgeweiht, alles eitel.

Ein bisschen (der Mann mit der Kamera kniet jetzt vor mir. Es ist zwar ein passender Augenblick, aber mit der Kamera hat man ganz andere Sorgen als solche, die man zur Sprache bringen kann. Der Mann mit der Kamera will den Himmel mit ins Bild bringen, ohne mich aus dem Bild zu werfen. Auch das ist nur mit Verrenkungen möglich. Die Regisseurin lässt den Haltungswechsel ohne weiteres zu. Unmut zeigt nur der Tontechniker. Er hängt buchstäblich an der Kameraführung und muss ebenfalls in die Knie), ein bisschen Angst habe ich, denn mein Argument, dass die Einzelnen gehen müssen, damit die anderen ihre Individualität durchsetzen können, klingt so, als wäre es vom Sozialdarwinismus inspiriert, der in die Metaphysik transponiert wird; dass also aus metaphysischen Gründen nicht alle Menschen gleichzeitig auf der Welt sein können, weil sie sonst einander und dem Fortschritt im Wege stünden. Gäbe es in diesem Stirb und Werde nur den geringsten ökonomischen Sinn, dann müsste ich zum Beispiel allein deshalb auf der Welt bleiben, weil ich jetzt allmählich anfange, Johann Gottlieb Fichte zu verstehen, allerdings noch auf eine Art, die ich anderen nicht erklären kann. Ja, es ist die alte Geschichte –, ein Chor singt sie, und die Lyrics lauten: Jetzt hab ich mein Leben lang die Weisheit mit dem großen Löffel gefressen, und auf einmal muss ich den Löffel abgeben! Das ist doch, berechnet am Nutzen meiner Errungenschaften, nicht ökonomisch. Eine zweite Stimme, auch im Chor, könnte dazu singen, dass es sich vielleicht doch rechnet, weil mit jedem Individuum nicht nur seine Errungenschaften verschwinden, sondern auch seine ganz persönlichen Fälschungen, die intimen Verdrehungen seiner Aneignungen. *Mein* Fichte.

Ich kann erklären, dass ich schon als Student über Fichte gearbeitet habe und dass sein Grundsatz »Das Ich setzt sich selbst« auf Tausende Arten in mich eingegangen ist. Aber jetzt erst, allmählich, verstehe ich dieses Gesetz und Geheiß, ohne dass ich wie ein Anhänger dem Philosophen Fichte Recht geben müsste. Aber ich verstehe die Not und die Überbrückung der Not, aus der der Satz »Das Ich setzt sich selbst« stammt, auch wenn der Satz ohne Not, triumphierend und im Stil einer Wissenschaftslehre vorgetragen wurde: Jetzt sind wir, sagte Fichte, die Philosophen, endlich Wissenschaftler, und zwar einzig und allein durch mich, durch diesen Fichte … Ich verstehe, dass Fichtes Gesetz eben kein Gesetz wie ein Naturgesetz ist, aber eben auch keine Unverbindlichkeit, die einem alles erlaubt. Weder ein Gesetz, dem man sich unterwerfen muss, noch eine Anomie, die einen von allem entlastet – ja, das glaube ich begriffen zu haben. Und ich habe das Gefühl (kann daraus keine Wissenschaftslehre machen), dass dies das individuelle Leben in der Zeit ausmacht. Dem Ich-Gesetz kann man sich gar nicht unterwerfen, auch wenn das schön wäre. Es ist als Gesetz paradox. Es handelt nämlich von einer maßgeblichen Freiheit, also von einer, die die Regel gibt. Jeder ist ebenso frei, wie er auch ganz und gar determiniert ist. Die einseitige Illusion von der vollständigen Determiniertheit feiert derzeit fröhliche Urständ. »Die meisten Menschen«, hat aber schon Fichte gesagt, »würden leichter dahin zu bringen seyn, sich für ein Stück Lava im Monde als für ein *Ich* zu halten.« »Seyn« ist fein, ist die alte Schreibweise eines Wortes, dessen Wichtigkeit man weder übertreiben noch mit dem gleichsetzen sollte, was es ist: nämlich ein Hilfszeitwort. Man muss etwas aus sich machen (das ist das Gesetz), es bleibt einem gar nichts anderes übrig, da hilft einem keiner, am Schluss ist man der Mensch gewesen, den man aus sich gemacht hat. Und das Gemeine ist, dass man sich nicht mit Willkür hat formen können – nicht zuletzt die anderen in Form des Nicht-Ich waren immer auf der Lauer und haben in dir den Stoff gefunden, durch den sie sich auch selber formten. Aber auch dein Wille war gebunden, abhängig von einer Natur, gegen die keiner etwas kann, abhängig von einer Gesellschaft, einer Zeit (die einen – zumindest zu meiner Lebenszeit – mehr beeinflussen, als man sie beeinflusst) und von Neurosen, die man sich in Gemeinschaftsarbeit mit anderen (mit dem Vater, mit der Mutter!) erwirbt.

Im Sinne dieser verwordakelten Souveränität (»verwohrt« ist Mittelhochdeutsch und bedeutet im schönsten Hochdeutsch: verwirkt. Im dürren Hochdeutsch bedeutet »verwordakelt« verunstaltet, windschief), in dieser sich dauernd selbst negierenden Freiheit zelebriere ich verstört mein Dasein und suche Gesetze, an die ich mich halten kann, und finde solche, mit denen einen die anderen festhalten. Das sehe ich in Fichte hinein – sprachlos, denn was ich darüber sagen kann, ist höchstens ein Schatten meiner (vermeintlichen) Einsicht. Mir fehlen die Worte. Aber es ist unheimlich und unökonomisch, dass jetzt in diesem Augenblick irgendwo im deutschen Sprachgebiet ein junger Mensch sitzt, gebeugt über Fichtes Schriften, und so ein junger Mensch muss sich alles, woran ich fast ein Leben lang arbeitete, von neuem erwerben. Warum? Na, um der Individualität willen, damit er seinen ganz eigenen Fichte auf die Beine stellt. Aber wer braucht denn so was? Ich nicht, mir genügt *mein* Fichte, ein für alle Mal. Nur Fichte scheine ich nicht zu genügen. Ich bin nicht der Endpunkt der Auslegekunst, die ihm widerfuhr.

Den alten grauschwarzen Strohhut nahm ich an dieser Stelle vom Kopf. Während ich von Fichte erzählte, hatte ich mich mehre Male gefragt, ob ich nicht, um wenigstens eine kurze Strecke zu schwimmen, ins Wasser springen sollte. Das wäre eine Szene für den Film gewesen! Aber man hätte sie schneiden müssen. So blieb ich ohne Erfrischung sitzen. Ich sah hinüber auf das gegenüberliegende Ufer: Im Juli, manchmal schon in den letzten beiden Juniwochen, stehen dort die Zelte einer zahlenmäßig ausufernden Pfadfinder-Gruppe, ich glaube, aus Wien-Währing. Diese gläubigen Menschen aus Wien haben extra ein kleines Areal umzäunt und mit selbst gebastelten Holzbänken ausgestattet. Dort feiern sie an Sonntagen die heilige Messe. Der Priester wurde von ihnen aus der Stadt herausgebracht. Das Dasein der Pfadfinder, die – auf freundliche Art – unter sich sein und autark und lautstark sein wollen, verändert fundamental das Leben am Fluss. Während es sonst in sich ruht, wirkt es während der Pfadfinder-Tage von ganz und gar naturfremden Zwecken überschwemmt – vom Lagerfeuer bis zur Messe. Die Zivilisation bricht aus. Auch Gesang erklingt, die Kultur bricht aus. Die Pfadfinder haben am Fluss einen kleinen Stamm, ebenfalls mit künstlerischen Einsprengseln, gegründet. Der Stamm trotzt jedem Wetter. Manchmal regnet es während der ganzen Zeit ihres Aufenthalts, die Zelte scheinen ihnen davonzuschwimmen, aber niemals verstummt ihr Gesang auf Dauer, und kein Sonntag kann so verregnet sein, dass er ohne heilige Messe vorüberginge.

Jetzt sind sie schon ein paar Wochen fort, aber ihre Anwesenheit gehört das ganze Jahr über zu diesem Ort. Sie werden – in anderer Besetzung – wiederkommen, und es wird mit ihnen so sein, wie es immer mit ihnen war. Dass sie jetzt nicht da sind, kann ich aus der Stille, die von ihrem Ufer ausgeht, heraushören. Ich drehe meinen Strohhut mit beiden Händen im Kreis, im Sitzen auf den Knien im Kreis, es ist eine bescheidene Geste (ich kenne sie aus Filmen, in denen die Knechte, ängstlich ihre Hüte in den Händen drehend, die Befehle des Herrn erwarten). Im Alten Testament wird etwas zur Voraussetzung erhoben, was vielleicht post festum aus der Erfahrung und aus der Zurechtlegung unseres Lebenskampfes stammt (jaja, der Lebenskampf, sagt man, ist höchstens ein Lebenskrampf, nichts Schlimmes, in so gelungenen Welten wie der unseren, in der besten aller Welten, aber manche – das leugnet niemand – beutelt es auch hier genug, und sie kommen, wenn überhaupt, nur knapp über die Runden). Im Rückblick will man glauben (auch bloß weil man so weit gekommen ist), dass eh alles gut war, zumindest dass es zur rechten Zeit geschah. »Ein jegliches hat seine Zeit«, sagt der Prediger, »und alles Vornehmen unter dem Himmel hat seine Stunde. Geboren werden und sterben, pflanzen und ausrotten, was gepflanzt ist, würgen und heilen, brechen und bauen, weinen und lachen, klagen und tanzen, Stein zerstreuen und Steine sammeln, herzen und ferne sein von Herzen, suchen und verlieren, behalten und wegwerfen, zerreißen und zunähen, schweigen und reden, lieben und hassen, Streit und Friede hat seine Zeit.«

Und diese Zeitgerechtigkeit (die nicht ein jeder gleich lange überlebt) gilt auch für die Individuen. Mein Gott, was wäre ein Bismarck, der es schon zu seiner Zeit mit sich nicht leicht hatte, in der Massendemokratie? Bismarck hatte eine Zeit lang Fressanfälle, und er musste so viel weinen, als ihm ein Hund starb. Ich, sowieso ein weicher Mensch, will mich mit dem Eisernen Kanzler nicht vergleichen, bloß weil ich auch viel weine und Fressanfälle habe. Ich werde, ganz anders als Bismarck, nicht zu den tradierten Individuen gehören, die die Menschen sich um ihrer selbst willen merken. Nicht alle Menschen merken was, sondern einige, aber sie doch stellvertretend für alle. Von Bismarck sind sogar die Haustiere tradiert. Tyras, einer der sogenannten Reichshunde, zerriss dem russischen Außenminister das Hosenbein. Das ist ja auch eine Definition für Kultur, dass spezifische Einzelne nicht in Vergessenheit geraten und dass dafür Sorge getragen wird, indem man nicht zuletzt materielle Mittel zur Verfügung stellt, um die Erinnerung an sie wachzuhalten.

Heute, in dieser Gegenwart, existieren so viele Zeiten auf einmal und durcheinander ... und schließlich wird man, wie man sagt, ja eines »auch noch sagen dürfen«: Was ist, wenn es eines Tages eine technische Lösung gegen den Tod gibt, wenn dann – in der Tat – alle überleben können? Eine Art Superphysiotherapie zur Einleitung der Unsterblichkeit des Individuums. Fürs Erste wird nichts anders sein, denn es wird ein furchtbarer Krieg darüber herrschen, wer überleben darf und wer nicht. In diesem Krieg werden viele zu Tode kommen. Schließlich, stellen wir uns vor, nach vielen Opfern, setzt sich die »Demokratie der Errettung vor dem Tode« durch, die DET: Alle können überleben. Ein jeder kommt in den Genuss der für immer lebensrettenden Physiotherapie. Was das für den Einzelnen bedeutet, wage ich mir gar nicht auszudenken, weil seine Endlichkeit dann eben weg wäre, und diese Endlichkeit, die ist wesentlich an dieser Individualität beteiligt: Alle Existenzen werden dadurch, dass sie gleichartig überleben, gleichgültig. Die Jahrtausende stapelten sich in den Individuen auf. Sie hätten miteinander alte Rechnungen zu begleichen, sie wären nicht umzubringen, ... bis in alle Ewigkeit.

Also wie man's dreht und wendet: Der Tod hat schon was, und das ist nicht nur schrecklich und furchtbar, sondern es ist etwas, das die Umstände auch klarlegt, klarmacht. Der Tod ist – zumindest auf der Welt – eine Grenze, an der es heißt: bis hierher und nicht weiter. Keine alten Rechnungen mehr, Sterblicher, oder noch deutlicher, Verstorbener. (Ich trank einen Schluck Wasser und brachte, nachdem mein Durst gelöscht war, durch den Versuch aufzustehen, das Floß ins Schaukeln). Ja, des war's, jetzt brauch i eigentlich nix mehr sagen … das ist eine furchtbare Geschichte. Wenn man drüber nachdenkt, sagte der Tontechniker, der die lange Stange mit dem Mikrophon balancierte, will man es wieder einmal der Welt mitteilen (und es folgte ein skandalöser Aphorismus aus der Todesindustrie): »Was wollt ihr denn, ihr Hunde? Wollt ihr ewig leben?«

Das Team hatte sich in ein paar Sterbliche verwandelt, jeder auf seinen Tod bedacht. »Niemand will sterben«, hatte Steve Jobs gesagt, und man hätte sich damals, 2005, denken können, das würden sie ihm ins Grab nachrufen: »Sogar die, die in den Himmel wollen, wollen nicht sterben, um dorthin zu gelangen. Aber der Tod ist das Schicksal, das wir alle teilen. Niemand ist ihm jemals entkommen. Und so soll es auch sein, denn der Tod ist sehr wahrscheinlich die beste Erfindung des Lebens. Er ist der Motor des Wandels des Lebens. Er beseitigt das Alte und schafft Raum für das Neue. Jetzt seid ihr das Neue, aber eines nicht sehr fernen Tages werdet ihr nach und nach das Alte und werdet dann beseitigt. Es tut mir leid, so dramatisch zu sein, aber das ist die Wahrheit.« – »… death is very likely the single best invention of life.« Das ist eine der klassischen Bejahungen des Todes, mit deren Hilfe man mit ihm packelt, weil er sich nicht verhindern lässt. Zum Merkwürdigen am Tod gehört, dass man ihn nicht ein Leben lang sprachlos erwarten will. Man will von ihm rechtzeitig gesprochen haben. Deshalb sollte man alle Banalitäten, die es über ihn gibt, wertschätzen. Man erleichtert sich das Sterbenlernen, indem man vertrauensvoll von ihm spricht. Der Kumpel Tod. Steve Jobs stellte das Vertrauen zum Tod her, indem er ihn zu dem ernannte, was er, Jobs, selber war: Er war ein genialer Erfinder. Die alten Computer benötigt man nicht mehr, auch der Tod beseitigt das Alte und schafft Raum für etwas Neues. So pragmatisch ist in Amerika selbst der Tod. Aber egal, was man über ihn sagt und wie man ihn findet, es scheint, als könnte man dem Tod das letzte Wort nicht nehmen.

»Da bis zum Tode
Liebe nur Leiden ist,
oh, Amalia,
weine, wenn du singst!«

Fado

Schwankende Ansichten über den Tod, solange man noch ein Floß und daher Oberwasser hat. Vorsicht!, warne ich, wenn mich der Geist anweht, und der weht, wo er will, ohne dass er im Geringsten ein Demokrat wäre. Er ist ein Willkürherrscher – mit einer Riesenmacht einerseits und ganz und gar ohnmächtig andererseits. Wir Idioten bezeugen beides – im Spiegel des Geistes sieht man's ja: die Dummheit und was Klugheit sein könnte, wäre sie nur da. Da bedarf es der Begriffsschmieden, der Einsichtsfabriken, der zusammengelegten Intelligenz. Ohne Zweifel habe ich mich mit Lili Fichte gerne zusammenlegt. Lili Fichte, die dann später in deutlicheren Umrissen vorkommt, wird sagen, nachdem sie den Film mit mir am Floß gesehen hat: Du lässt aber den Tod schön über die Klinge springen. Vorsicht, mahne ich als Kind des Geistes, Kinder des Geistes mahnen, ja sogar die Maniker unter ihnen, fiel mir Lili Fichte ins Wort. Damals fiel sie mir ins Wort – ist schon lange her, ja, wann handelt denn das alles, fragt der Verleger: In der Gegenwart? In der vergangenen Gegenwart, sage ich. Wann also, in den siebziger Jahren, in den Achtzigern? Nein, es handelt gestern noch. Also heute. Auch heute. Aber was heißt dann vergangen? Na ja, kaum ist die Rede davon, ist es schon weg. Was heißt das? Naja, die die Ausnahmen sind … Maniker sind eben, die aus… Vorsicht vor jedem, der nicht schwankende Ansichten vom Tod hat – nicht schwankende Ansichten vom Tod hat nur der, der von der Gewissheit des Todes lebt und die Gewissheit oder den Tod selbst verbreitet. *Sterbenskrank* noch im gesündesten Zustand, das ist doch sicher, da versteht fast jeder das eigene Wort. Ich sage: Wenn man sich nicht mehr bücken kann, sollte man zusehen, danach trachten, dass einem nichts runterfällt: eben auch nicht die Zehnschillingmünze im Gasthausgarten, die der Kellner gerade herausgegeben hat. Es war der Schilling noch in Umlauf. Ich saß, als dies mit der Münze geschah, die heute nicht mehr zählt, in einem ganz engen Sessel, ein Gefühl ist das – ich kenne es von den Flugzeugen, wo mir die Sicherheitsgurte zu eng sind. Up, up and away. Das Weite suchen, in der Enge, beengt sich über alles erheben. Wenn man aus der Kabine des Fliegers, der seinem Zweck entsprechend über das Land fliegt, nach unten sieht, liegt einem, falls keine Wolken dazwischen sind, die Welt zu Füßen, aber die Welt ist darunter eine Landkarte: eine Abbreviatur. Kurz, kürzer abgekürzt: Durch die Geschwindigkeit kürzt man die Weg ab, aber eben bloß man – man selbst ist frei und nicht dabei, also, ich war nicht anwesend, als die Geschwindigkeit sich steigerte. Es ist schnell, also bin ich nicht. Ja, geschwind um die Ecke, das könnte schon eher ich gewesen sein, aber im

Fluge alles Überfliegen und die Sehnsucht nach Licht (oder sollte es besser heißen: der Abscheu, der Horror vor dem Grau, vor dem Allerweltsdunkel), das könnten schon viel eher ich und viele andere mit mir gewesen sein.

Die ersten Toten, die ich sah, lagen auf der Straße: ein Verkehrsunfall. Sie waren in billige Plastiksäcke gewickelt, und der Tod war die Reglosigkeit von Leichen. Ich war ein Kind. Ich befand mich (wie im Märchen) auf dem Weg zur Großmutter, die in einer kleinen, unschönen, aber beherbergenden Siedlung wohnte. Die Großmutter war eine fette Frau, alt, das hieß für das Kind unsterblich: Die Großmutter war unsterblich, als hätte ich, das Kind, damals gewusst: Alt werden heißt Tote hinter sich gelassen haben und selbst noch nicht gestorben sein. Mein eigener Vater, ein eigener Vater, hat weniger Tote hinter sich gelassen, nicht weil er nicht steinalt geworden wäre und es in diesem Augenblick noch ist, nämlich steinalt, sondern weil er eine Technik hatte, alles was neben ihm lebte, im selben Moment zu vergessen, und als er dann steinalt war, wie ein Stein war und alt, sagte er und sagte er sich: Da ist nichts, da war nichts. Wird irgendjemand helfen, den Söhnen, den Vätern, den Toten, den Großmüttern, die Frage nach der Hilfe erhebt sich, allein schon das Wort Hilfe ist ein Trost, erhebt dich und die Familie in alle Erhabenheit. Über allem ist ein Hauch von Würde, der schlechte Mundgeruch der Geschichte. Keinem Mund sieht man es an, dass er zum Beispiel gesagt hat: Und Hitler wird doch siegen.

Die Einzelteile der Menschen sind so unschuldig wie ganze Leichen. Ich erinnere mich nicht an die Lichtverhältnisse, als ich die ersten Leichen meines Lebens sah, doch jetzt fällt mir auf, ich habe die Leichen ja gar nicht gesehen, sondern wie gesagt, sie lagen verpackt auf der Straße. Im grauen Alltag gestorben, und ich erinnere mich nicht an die Lichtverhältnisse, als die unbekannten Toten da lagen. Allerletzte Station des Daseins: tot daliegen, bereits anonym für die Zufallspassanten. Ich kam die Straße herauf, und da lagen sie schon, fertig vorbereitet für die diesbezüglichen Sätze, das heißt, den Unfall habe ich auch nicht gesehen. Ich sah beamtetes, für Unfalltote zuständiges Personal, es machte sich zu schaffen. Sie leisteten Hilfe. Die Toten waren schon fertig verpackt, in einer Schutzumhüllung – wem war mit der Hülle geholfen, ihnen, denen nicht mehr geholfen werden musste, dem Publikum, das keineswegs zahlreich erschienen war, ich war allein, als Einziger an diesem Tag allein die Straße hochgekommen, die Straße hoch!, auf der ich die ersten fertig verpackten Toten sah, die mir halfen, eine Erfahrung zu machen, oder half sich das beamtete Personal mit der Umhüllung, oder half es schlicht gar nichts, überhaupt nichts.

Später, viele Jahre, nachdem ich die ersten Toten ebenso gesehen wie nicht gesehen hatte, hat dann auch zu mir jemand gesagt, freilich ich liebe dich, nein, genauer, jemand hat gesagt: Ich hab dich lieb, und wenn ich mich recht erinnere (es gibt auch Erinnerungen, zu denen man kein Recht hat, vergiss mich sofort, sagen diese potentiellen Erinnerungen in einer Gegenwart, in der sie erst zukünftig Erinnerungen sind, das heißt: sein werden), und wenn ich mich recht erinnere, antwortete ich: Ich liebe dich, das ist was anderes als: Ich hab dich lieb, eben etwas Erhabenes, und deine Liebe liegt wie ein verpackter Leichenhaufen auf einer unauffindbaren Straße, für die es noch keine Landkarte gibt. Aber bitte, was sollte ich sagen, sozusagen antworten auf etwas, das gar nicht in eine Frage gekleidet ist, das mir aber mehr als fragwürdig vorkommt – ich und mir in meinem beengenden Gartensessel: Hätte ich nachdenken sollen, was dein »Ich-hab-dich-lieb« bedeutet, was du damit sagen willst, es wäre ein Schlager gewesen: Ich sitze nachts am Bettrand, nachdenklich geworden, und die innere Stimme schweigt sich nicht darüber aus, was es denn bedeuten soll, dass das Ohr von außen gehört hat, jemand, von mir selbst genannt du, hätte gesagt: freilich ich dich? Darüber hätte ich mir den Kopf zerbrochen, die ganze Nacht lang. Außerdem, um den Schlussstrich zu ziehen: Mich kann man nicht lieben, aber ich – habe ich zum Beispiel meine Großmutter geliebt?

Wilde Delphine, hätte meine Großmutter sagen können, falls sie eine Delphinforscherin, allgemeiner, eine Meeresbiologin gewesen wäre, wilde Delphine sprechen ihre Artgenossen individuell an: Indem sie den Ruf eines anderen Tieres imitieren, können sie noch gezielt mit Gesprächspartnern kommunizieren, die 600 Meter weit entfernt sind. Mit dir, meine Geliebte, habe ich die Delphinprobe gemacht. Ich stellte mich 600 Meter von meiner Liebe weg und bat sie, mich individuell anzusprechen. Meine Liebe imitierte mich gezielt, und ich habe alles mitbekommen. Wir verstanden einander eben ausgezeichnet, auch auf 600 Meter Entfernung warst du mir ganz nahe. Noch nach Jahrzehnten werde ich mich nach dieser Nähe sehnen, wusste ich schon damals, als ich diese Nähe zu dir noch empfand. Verloren, verloren. Die Entfernung zum eigenen Leben kann ein jeder Mensch messen. Indem er alles, was an Nähe verloren ging, zusammenstückelt. Indem er die Länge dessen, was ihm an Nähe durch die Lappen ging, zusammenrechnet. Indem er kalt die Verluste kalkuliert. Es gibt Erinnerungen, die sich von der Großmutter, von der ich hauptsächlich weiß, dass sie keine Meeresbiologin, geschweige denn eine Delphinforscherin war, wegschleichen: Großmutters Garten, eine blumige Übertreibung der Langeweile jener Sonntagnachmittage, an denen ich meine ersten Toten gesehen und zugleich nicht gesehen habe – die Zäune, mit denen sich Gartenbewohner voreinander beschirmen, und die wechselnden Lichtverhältnisse durch den Zaun hindurch, ins Licht getaucht, und ich, der Zuseher, denn in meinem Alter damals war ich noch kein Akteur, sondern ein Zuseher, ein bloßer Zuseher, und ich, der Zuseher, muss auch ins Licht getaucht gewesen sein oder von Dunkelheit befallen, wenn ein Gewitter bevorstand.

1999 schließlich war die große Sonnenfinsternis, ich hatte geschworen, meinen Blick nicht zum Himmel zu wenden. Unglücklicherweise aber befand ich mich im Freien, als es plötzlich finster wurde. Ich kam, in einem engen Gartensessel sitzend, aus dem inneren Gleichgewicht, das offenkundig von den äußeren Lichtverhältnissen abhängig ist. Es war wie ein Kreislaufschaden, und dann heiterte plötzlich alles wieder auf. Die schaulustigen Idioten, eine halbe Weltgemeinschaft, lenkten ihre Blicke wieder auf die Erde zurück. Die Weltraumbehörde schickt Raketen aus, die mit einer nutzlosen Geschwindigkeit um die Erde jagen. Die Jägerschaft. Mein unerhörter Blick senkt sich auf die Erde: Zwischen mir und der Erde stehen meine Schuhe. Sie sitzen fest an meinen Füßen. Die Selbstbeschreibung: ein großer Stiller, dessen Stimme durchaus Gewicht hat; kein Eigenbrötler, überhaupt kein Brötler; Fleischfresser, der Gattung entsprechend. In diesem Moment wandte sich ein Hilfsbedürftiger mir zu. Du sollst mir den Rücken stören, sagte er. Er muss etwas geahnt haben, denn er hätte natürlich sagen wollen: Du sollst mir den Rücken stärken. Seitdem störe ich die Rücken. Hilfe. Im steinalten Menschen vergreist das Jahrhundert. Alles, was er erfahren hat, was er gelernt hat, ist abgemeldet. Es ist eine andere Zeit, und Zeit ist Welt, und er ist der Alte geblieben. Heute Morgen beobachtete er seine Frau beim Frühstück. Da ist doch etwas, dachte er, und da ist doch etwas heißt: Da stimmt doch etwas nicht. Die umnachtete Greisin kaute an diesem Tag seltsam. Er sah ihr in den Mund. Sie hatte keine Zähne. Wo hast du deine Zähne?, fragte der Greis. Die Greisin verstand ihn nicht. Er machte sich auf die Suche nach ihren Zähnen, und schon sah das Jahrhundert alt aus.

Sie hat keinen Sinn fürs Beißen; sie ahmt mit ihrem Mund die Bewegung nach, die sie oder besser, die ihr Mund mit Essen zusammendenkt. Während der Kopf den Gedanken, dass etwas im Mund fehlt, nicht mehr fassen kann, sucht der Greis die Wohnung nach ihren Zähnen ab. Das Leben ist in diesen Augenblicken mit der Suche nach den Zähnen seiner Frau identisch. Die Taubheit der Alten schützt sie vor dem Lärm der Renovierungen: Im Haus sind einige Bohrer eingeschaltet. Sie treiben Löcher in den Beton, an dem Vorrichtungen aufgehängt werden, die das kommende Jahrhundert lebenswerter machen. Sie bauen an der Epochenschwelle, und die, die hören können, werden heute vom Lärm schwer verwundet. Aufhören! Einige Menschen zeigen bei diesem Lärm ihr wahres Gesicht. Als ich vor der Tür der Alten stand, die keine Epochenschwelle mehr überschreiten werden und deren Überschreitungen veraltet sind, ganz und gar vergessen, läutete ich mit dem rechten Daumen an der Glocke der Wohnungstür, während ich mit der linken Hand mein Mobiltelefon bediente und immer wieder dieselbe Nummer wählte. Vom Inneren der Wohnung her hörte man, dass ich richtig gewählt hatte; das Telefon schrillte, aber niemand hob ab; die Türklingel schrillte, aber niemand öffnete. Plötzlich sah ich im Halbstock die Füße; sie waren halbnackt, nur mit japanischen Badeschlapfen bekleidet. Die Füße rührten sich nicht von der Stelle; es waren Männerfüße, ein Nachbar, kein Freund. Der Nachbar von oben roch den Tod. Er, dessen Zehen mit dem Kunststoff seiner Schlapfen angeregt spielten, hätte sich weiter vorgewagt, hätte man die beiden Alten oder auch nur die eine oder den anderen herausgetragen, am besten tot. So aber verhielt er sich, vom Lärm angelockt, abwartend. Es ging schlecht für ihn aus, denn plötzlich öffnete die Alte die Tür, und schon war ich im angestammten Ort meiner Familiengeschichte verschluckt.

Eine solche Sehnsucht nach Musik: Auflösung des Seins in Klang, man möchte sich weghören, wenn man nicht weggehen kann. Dieser Tage habe ich das Haus der Großmutter gesucht. Als ich vom Flughafen kam, sagte ich dem Chauffeur: Biegen Sie hier rechts ab, nehmen Sie bitte diese Zufahrt. Ich erkannte das Haus der Großmutter sofort, aber was ich sofort erkannte, war nicht das Haus der Großmutter. Ich hielt ein schönes, großes Haus dafür, und während der Wagen durch die abgelegene Straße fuhr, fiel mir ein: Irgendetwas fehlt. Bitte fahren Sie noch einmal zurück, sagte ich zum Chauffeur, das Haus, das ich für das Haus meiner

Großmutter hielt, ist nicht das Haus meiner Großmutter. Es fiel mir ein, was fehlte: Neben dem Haus meiner Großmutter stand im Garten eine Hütte. In der Hütte waren verrostete Fahrräder, Handwerkszeug lag herum. Der Wagen fährt nun langsam zurück, er fährt Parade, die Hausfassaden entlang. Ich sitze als kleiner Prinz im Fond und mustere die Überbleibsel meiner Erinnerung. Ich schaue nach einer Hütte hinter einem Haus in einem Garten. Dein Name, Geliebte, ist meine Chiffre der Vergeblichkeit. Das alles kam mir so teuer und war doch umsonst. Komm mir nicht so billig, hast du im Gegensatz dazu gesagt. Die Außenwelt: Der Wagen fährt Parade, die Hausfassaden entlang. An der Hütte hinter einem Haus erkenne ich das Haus meiner Großmutter sofort wieder. Das Haus ist einer Unentschiedenheit anheimgefallen – der Unentschiedenheit, ob in ihm noch jemand lebt oder nicht. Das Haus ist fast zugrunde gerichtet: Ärmlich steht es in der Reihe der anderen aufgebesserten Häuser. Das Haus ist aus Holz, das Holz ist ausgewaschen. Wie durchnässte Fetzen bilden die Bretter das Gebäude. Die Fensterscheiben sind tot, hinter den Frontfenstern wohnte die Großmutter, die unsterbliche, fette Frau. Hinter den Fenstern an der rechten Seitenfront wohnte Karl mit seiner bald von ihm geschiedenen Gattin. Karl war der Sohn von Mitzi, die hinter den Fenstern an der linken Seitenfront – alles von mir aus gesehen – gewohnt hatte. Ich saß im Fond eines Wagens. Der Chauffeur hatte keine Ahnung, was ich hier tat, genauer, was es mir hier angetan hatte. Ich hatte keine Ahnung, was der Chauffeur in diesen Augenblicken dachte, als ich das alte, fast zugrunde gerichtete Haus musterte. Mitzi war die Schwester meiner Mutter, Karl war daher mein Cousin. Ich war der

Onkel von Karls Kindern, deren Mutter sich von Karl sehr bald hat scheiden lassen. Ich habe diese Kinder seit jenen Tagen nicht mehr gesehen, da ich die Hütte öffnete und der Geruch abgestandener Dinge in meine Nase drang. Dies ist eine Frohbotschaft, dass Verwandte, auch Blutsverwandte, im Laufe der Zeit unsichtbar werden können. An Karl erinnere ich mich schwach, obwohl ich ihm etwas verdanke: Karl hatte Ingenieur werden wollen, er brach seine Studien jedoch ab, um Unternehmer zu werden. Was unternahm er? Er organisierte sich einen Fuhrpark, stellte ein paar Chauffeure an, und seine Autos fuhren durch die Stadt, um einige Kinos mit Filmrollen zu beliefern. Damals war ein Film auf viele Rollen verteilt. Lief im Kino Nummer 1 die Rolle Nummer 2, dann konnte im Kino Nummer 3 die Rolle 1 laufen – und während das alles lief, kurvten Karls Autos durch den besonders Freitag nachmittags stockenden Verkehr. Die Autos holten da die Rolle Nummer 2 ab, belieferten damit das Kino Nummer 3, von dem sie wieder die Rolle X in das xte Kino brachten. So entsteht ein unerschöpflicher Aufgabenbereich, und ich weiß nicht, wie es Karl geschafft hat, dem in sich drehenden Rad seines Unternehmens in die Speichen zu fallen.

Karls Crash war riesengroß, der Untergang Karls gigantisch. Aus der Konkursmasse entnahm ich drei umfangreiche und im Format übergroße Hefte. Der Umschlag war blau und hatte wie wir alle, aber besonders wie ihr Besitzer Karl, bessere Zeiten gesehen. Der Inhalt war zeitlos: niedere Mathematik bis an die Grenze zur höheren, sorgsam aufgeschrieben für Ingenieursschüler. Wenn ich die Augen schließe (aber nicht um zu sterben, sondern um zu träumen), höre ich keine Musik, sehe ich keine Geliebte, spüre ich keinen Rasen auf meiner Haut, spüre ich keinen Tau auf meiner Stirn, keinen Tau, sondern ich habe die Klarheit einer pädagogisch einwandfrei vorgeschriebenen Oberstufenmathematik im Kopf: das Bruchrechnen, die Rentenrechnungen, geometrische Reihen, arithmetische Reihen, Ansätze darstellender Geometrie, Algebra. Nein, nicht dass ich das Geringste errechnen könnte, aber etwas von der Utopie der Mathematik in einem völlig leeren oder besser, in einem ästhetischen, beinahe rein künstlerischen Sinn, etwas von dieser Utopie stiftet in meinem Kopf immerwährend Bedeutungen. Es muss Maßnahmen geben, sage ich mir seitdem, mit denen sich, sage ich mir, das Füllhorn der Natur auf einfache Übungen rückführen lässt. Sage ich mir. Vielleicht sollte ich aber besser sagen, die Utopie der Mathematik in meinem Kopf verheißt, dass es etwas auf der Welt zu verstehen gibt, das sich auf Lösungen hinführen lässt.

Es ist also eine Verständnisfrage, und ich, der ich nur Utopist auf dem Gebiet der Mathematik bin, darf mir nicht einreden, ich hätte etwas verstanden – also von der Mathematik habe ich rein gar nix verstanden. Die Frage der Hilfe, ich genoss aus Mathematik Nachhilfe.

Die Tage wurden müde, die Stunden stützten sich schwer auf mich. Der Nachhilfelehrer trug einen braunen Anzug. In seiner Altbauwohnung roch es nach alt gewordenen Speisen, solche Wände speichern als bleibenden Geruch das einst Frischgekochte. So überleben die Familienfeiern bis in alle Ewigkeit und segnen nicht das Zeitliche, nein. Die Wohnung, in der ich Nachhilfe genoss, war in meinen Augen eine Aufbahrungshalle – sorgsam war alles eingerichtet, damit der Professor, die Gattin und die Kinder nicht leben mussten, falls man unter Leben auch nur ein geringes

Quantum an Überraschungen versteht, das einen aufweckt, wach macht, weil man damit fertig werden muss oder sich wenigstens darauf einstellen. Der braune Tisch des Lehrers, der braun wie sein Anzug war, hatte auf der Platte einen weißlichen Überzug, damit Schüler wie ich durch ihr verzweifeltes Kritzeln keinen Schaden anrichten konnten. Die Natur war in die Wohnung eingetreten, aber nur in Form von Zimmerpflanzen, in Form von großen, aus einem Topf sich emporrankenden, nach vorne hin spitz, messerscharf werdenden Salatblättern. Ja, dieses Grünzeug erschien mir als Salat, und ich phantasierte mir den Professor zurecht, wie er – nach dem erschöpfenden Unterricht – mit seiner großen Nase voran in einer Salatschüssel verschwand. Nach jedem Fraß aber wuchs das aus dem Topf Abgeschnittene wieder nach, und hätte der Professor dem Salat nicht so leidenschaftlich zugesprochen, wäre die Wohnung vielleicht bald vom gigantischen Wuchs aus dem Topf überwuchert worden. Die Einwohner wären an etwas Lebendigem erstickt und nicht an ihren eigenen Ausdünstungen und an denen der Schüler, die sich todmüde zum Tisch des Professors schleppten. Die Szenerie des Abgestorbenen, der klammheimliche Totenkult, motivierte mich zu meiner ersten philosophischen Handlung, zu einer Polemik gegen die Mathematik. War sie nicht blutleer?

Eines Tages, in einem heißen, frühsommerlichen Mai, öffnete ich aus Neugier und weil ich mich unbeobachtet fühlte, eine der Türen zu einem mir bisher verschlossenen Zimmer des Professors. Auch dieses Zimmer hielt den bräunlichen Ton der ganzen Wohnung durch. Aber als ich die Tür geöffnet hatte, hörte ich ein seltsames, ein aufgeregtes Geräusch. Ich erschrak. Was war das? Die Fenster waren weit geöffnet, und was ich gehört hatte, war ein Flügelschlagen. Schließlich sah ich die Taube. Sie saß verirrt auf einem Heizungsradiator und versuchte davonzufliegen. Ich schloss die Türe so schnell und so verstohlen, wie ich sie geöffnet hatte, betrat darauf jenes Zimmer, in dem der Professor auf mich wartete, verlor kein Wort über die Taube nebenan und widmete mich recht und schlecht der Mathematik. Viele Jahre danach, als mich mein schlechter Gesundheitszustand zu Kuraufenthalten zwang, betrat ich – es war ebenfalls ein frühsommerlicher Mai – mein frisch aufgeräumtes Zimmer im Kurhaus. Ich hielt den Atem an – in der Badewanne saß ein riesiges Insekt, es war durch das geöffnete Fenster in meine Räume eingedrungen. Ich konnte den Blick, obwohl (oder weil) es mir vor dem Tier grauste, nicht abwenden. Heute denke ich, es muss eine Riesenheuschrecke gewesen sein, aber Riesenheuschrecke ist auch nur ein Wort. Draußen vor dem Fenster waren Felder und Felder, eine Landschaft ergoss sich vor meinen Augen. Die Landschaft hatte mir den Gruß geschickt, eine uralte Botschaft durch ein befremdliches Tier. Das Einzige, was ich hörte, war mein eigener Herzschlag. Nichts als der Herzschlag ist das Inferno. Das Atmen beruhigt, aber der Herzschlag schafft eine infernalische Akustik, besonders bei angehaltenem Atem. Ich verlangte von der Kurverwaltung ein neues Zimmer, nie wieder mochte ich an das Insekt erinnert werden. Mein Leben lang haben mich jedoch die starren Augen des Tieres nicht verlassen, so oft konnte ich die Zimmer gar nicht wechseln. Sie sehen mich von außen. Es schien mir, als stünde ich stets unter Beobachtung eines alten, ganz anderen Lebens und als wären meine Lebensäußerungen in eine archaische Feindseligkeit gebettet.

Genügt denn die Feindseligkeit der Leute nicht, der sogenannten Anderen, muss die Angst darüber hinaus eine andere, eine nichtmenschliche Unwirtlichkeit zur Quelle haben? Die Angst hat jeden Grund – während alles wankt, steht sie am festesten. Die Hölle auf Erden kann eine jede Gestalt annehmen – auch eine, die den Frohsinn anderer erweckt. Wissen Sie, ich mag es sehr, wenn man mich um Hilfe bittet. Aber es muss schon ein sehr ernstes Problem sein; je ernster das Problem, bei dem meine Hilfe gefragt ist, desto lieber ist es mir, denn nur im Ernstfall kann die Freude groß genug sein, dass ich selber so ein Problem nicht habe. Mit der Blutleere seines Faches konfrontiert, reagierte der Professor kühl. Er forderte die Lösung des vorliegenden Beispiels; es zu lösen bedeutet aber gar nichts, bedeutete ich, der das Beispiel nicht lösen konnte und in diesem Augenblick auch nicht hätte lösen wollen, falls ich es hätte lösen können. Der Wille zur Lösung ging mir ein Leben lang ab, ohne dass er mir jemals fehlte. Ich kann es heute nicht sagen, war es die dümmliche Prosa der Beispiele, die mich von der Mathematik abhielt, also diese ausgesuchten Erzählungen (»Ein Mann fährt mit seinem Auto hundert Stundenkilometer. Wie lange dauert es, bis er …«), war es also das gleichsam Literarische, das Schein-Praktische mit dem zur Aufgabe gewendeten Alltäglichkeitsgetue, oder war mir im Gegenteil das Formale so abscheulich, dass ich dagegen einwandte, das Leben sei bunt und voller Inhalte: voller Gelegenheiten, Angelegenheiten und Affären, die Abstraktionen mögen sich zum Teufel scheren. Ich habe meinen Stolz von damals in ausgezeichneter Erinnerung: Ich wandte etwas gegen die Mathematik ein, und zwar einem Menschen gegenüber, der von der Mathematik lebte, nämlich von ihr so intensiv lebte, dass er dachte, sie mir – wenigstens bis zu einem gewissen Grad – beibringen zu können.

Der Mann im braunen Anzug erhielt das Geld, das ich meinerseits von den Eltern erhalten hatte. Dieser Geldkreislauf verschwand mir im Nichts, denn ich wusste nicht, was der Mann im braunen Anzug mit dem Geld machte. Er war mir ja überhaupt unberechenbar: Ein menschliches Wesen mit schreibenden und zeichnenden Fingern, ein mir für Geld helfender, mir an einem Tisch zur Seite sitzender Mensch, der mit einer manchmal sehr eleganten, mich überraschenden Geradlinigkeit zu Lösungen gelangte. Es war diese »Wer-hätte-das-gedacht-hättest-dir-ja-denken-können-Geradlinigkeit«, ein beschämendes Verfahren für den, der unbeholfen schrieb und zeichnete. Gestern erschrak ich, weil ich es auf einmal für möglich hielt, dass der Stolz, mit dem ich Einwände gegen die Mathematik formulierte, bloß eine Dummheit war. Vielleicht rührte die Abscheu gegen das Formale nur von daher, von woher der Abscheu gegen das Formale zumeist herrührt: Zumeist rührt der Abscheu gegen das Formale von der Sentimentalität her: all die Inhalte, die Gelegenheiten, die Angelegenheiten und die Affären, das bunte Leben – das Gemurkse und das unverantwortliche Gemisch, für das die blutverschmierten Herzen schlagen.

Es war einer dieser heißen Tage im Mai, mit denen sich der Sommer schon früh erschöpft. In den Jahren mit den heißen Maitagen wird der Sommer kühl, der August solcher Jahre ist der reine Herbst. War das eine statistische Wahrheit oder eine persönliche Erfahrung – und wenn das eine, was war dann mit dem anderen? Was war? Du bist auf einem Sessel vor der Balkontür gesessen. Die Vorhänge sind halb zugezogen gewesen. Durch den offenen Spalt ist das grelle Licht in dein Zimmer eingedrungen. So sind Lichtverhältnisse entstanden, die es mir ermöglicht haben, dir ins Gesicht zu sehen, ohne dein Gesicht zu sehen. Wo dein Gesicht zu sehen gewesen wäre, ist die Dunkelheit eingetreten. Ich habe ins Dunkle gesagt: Wenn wir uns nicht einigen können, dann können wir uns doch darüber einigen, dass wir uns nicht einigen können. Wir müssen, wie es heißt, das Gemeinsame suchen, und wer könnte bestreiten, dass das uns einzig Gemeinsame die Tatsache ist, dass wir uns nicht einigen können. Du hast darauf geantwortet: Mir ist so etwas nicht möglich, ich bin ein auf Harmonie angewiesener Mensch, hast du darauf geantwortet, und wie könnte ein Mensch, der nur in der Harmonie leben möchte, sich darauf einigen, dass er sich nicht einigen kann, und so haben wir halt weitergestritten.

Ich weiß, wo der Greis die Zähne seiner Frau gefunden hat. Er hat lange gesucht, und plötzlich hat er sie in seinem eigenen Mund gefunden. Nein, hast du gesagt, das ist nicht wahr, es stimmt nicht – und doch ist es wahr, wenn es auch nicht stimmt. Der Greis hat die Zähne seiner Frau nicht im eigenen Mund gefunden; er sucht die Zähne noch. Aber es ist wahr, dass er ihr, die seit Jahren, seit vielen Jahren Schritt für Schritt die Stufen hinuntergeht (oder hinauf), um aus dem hinauszukommen, was wir diese Welt nennen. Sie ist draußen, ganz aus der Welt, und der Greis borgt ihr alles, was er hat: Hand und Fuß, um sie wieder hereinzuholen. Er gibt die Hand so, und er setzt den Fuß so, dass sie – seine Frau – in der Wirklichkeit bleiben kann, ohne dass sie diese, unsere Wirklichkeit noch hat. Sie hat ihre eigene Wirklichkeit. Der Mann und die Frau gehören zusammen, und hätte er diese Aufgabe nicht, bei der er die Hand so gibt und den Fuß so setzt, dann hätte auch er schon längst keine Wirklichkeit mehr. Er gibt seine letzte Kraft her, das ist sein Lebensabend. Aber er tut es nicht einfach für sie, er tut es gegen die Hilfe, die ihm droht, gegen die fremde Hilfe, die hart und kalt von außen zur Verfügung gestellt wird, die in eine Zusammengehörigkeit eindringt, wie sie auf dieser Welt noch nicht gesehen ward. Er will sich nicht helfen lassen, es wäre sein Ende. Deshalb ist er auf den Beinen und sucht in einem fort nach den Zähnen seiner Frau. Manchmal setze ich mich so, dass du, säßest du mir gegenüber, mich wegen des Gegenlichts nicht sehen könntest. Ich wäre ein Schatten in deinen Augen. Gestern – es begann dunkel zu werden – stand ich in meiner Küche. Die Fenster waren offen, sie gehen in den Hof hinaus. Ich stand einen Augenblick still, um in der Stille zu begreifen, dass ich, ausgerechnet ich, am Leben war. Leben-lebte-gelebt. Aus einer der Wohnungen, einen Stock tiefer, drang das Geschrei zweier Frauenstimmen in meine Küche. Sie störten mich in meiner Stille nicht, sie gehörten dazu. Die überschnappenden Stimmen, mein Leben. Ich wusste nicht, wovon einen Stock tiefer die hasserfüllte Rede war. Dann hörte ich, dass eine der Stimmen, sich um Deutlichkeit bemühend, telefonierte. Eine Adresse wurde genannt, es war die Adresse meines, unseres Hauses. Danach wurde das Geschrei noch lauter, und jetzt hörte ich plötzlich einen Satz, der sich immer wiederholte: Die Mutter angreifen, die eigene Mutter angreifen. Und dann hörte ich: Geh mit deinem Kind, geh mit deinem Kind. Und: Ich geh mit meinem Kind, ich geh mit meinem Kind – jetzt gehe ich mit meinem

Kind. Dann hörte ich ein Kind brüllen, und die zwei anderen Stimmen stimmten mit dem Gebrüll überein und wurden eins. Ich hielt still in meiner Küche.

Ich dachte an meinen Vater, diesen herzensguten Mann, der seinerzeit meine Mutter angebrüllt hatte. Meine Mutter pflegte er immer Mama zu nennen. Nicht einmal das, nicht einmal diese Benennung wollte er mir lassen, mein Vater, der herzensgute Mann. Die Sommerabende, als das Sonnenlicht schwächer wurde, aber noch stark genug war, um das Wohnzimmer meines sogenannten Elternhauses auszuleuchten. Da kam ich nachhause und war so durstig, dass ich den Eiskasten aufriss und die sogenannte Familienflasche Coca-Cola mit einer einzigen Bewegung an meine Lippen setzte. Die braune Flüssigkeit in der großen Flasche. Es zischte durch die Kehle – die schönen Augenblicke, in denen man war wie ein Tier an der Tränke (oder so war, wie man glaubt, dass ein Tier an der Tränke sein muss). Ich hatte genug von der Stille in meiner Küche und vom dazugehörigen Lärm. Ich verließ die Wohnung und wusste, dass ich, ausgerechnet ich, am Leben war. Ich lief die Stiegen hinunter, und in dem Augenblick, als ich die Haustüre öffnete, schossen zwei Menschen pfeilschnell an mir vorüber. Es war die zu Hilfe gerufene Polizei, eine Frau und ein Mann, wie ein Ehepaar in Uniform.

Aber während ich ein Nichts, bloß eine Dunkelheit in deinen Augen sein könnte, säßest du mir gegenüber, und während ich, falls du da wärest, glauben würde, du schautest mir ins Gesicht, während das Licht hinter mir einfällt und ich so dasitze und weiß, dass du nicht da bist, spreche ich das Wort Lebenslauf aus. Über den Lautsprecher sagt ein Mensch: Ich möchte meine Geliebte zurück, auch wenn ich von ihr nicht bloß ein gebrochenes Herz, sondern auch eine Geschlechtskrankheit habe. Die Geschlechtskrankheit. Die Geschichtskrankheit.

Wie möchten Sie's haben? Warm, weich und angenehm. Und wohin fliegen Sie? Ich fliege in die Stadt, in der die Affen herrschen. Und dort haben Sie's warm, weich und angenehm? Sie denken wohl, ich meine Affen im bildlichen Sinne, ich meine die Tiere aber wörtlich. Könnten Sie mir ein paar Worte darüber sagen, wie Sie das wörtlich meinen wollen? Wer über den Landweg in die Stadt meiner Wahl reist, der wird an der Staatsgrenze kein übliches Wappen und keine der üblichen Fahnen sehen. An der Grenze steht ein riesiges Poster – und auf dem Poster: ein lachender Schimpanse. Über seinen bleckenden Zähnen strahlt eine Sprechblase mit dem Wort Relax. Aha, das Land, in dem die Affen sich erholen. Aber machen Ihnen die Affen nicht zu schaffen? Ach, ja. Wer die Fenster in der Nacht offenlässt, dem kann es ergehen wie mir. Wie erging es Ihnen? Eines Morgens betrat ich das Wohnzimmer meines Ferienappartements. Dort überraschte ich ein bulliges Alphatier. Es saß auf einem Haufen von Fotobüchern und kaute ruhig an einer herausgerissenen Seite. Die Seite war nicht mehr zu retten. Das Foto meiner Eltern war ins Affenmaul geraten. Aber ich hatte es ohnehin im Kopf: der Vater hoch aufgerichtet, hinter der sitzenden Mama stehend, die Hand auf ihrer Schulter lastend und die Blicke ins Ewige gerichtet. Während ich in meinem Kopf überprüfte, ob sich das Foto meiner Eltern darin noch unbeschadet gehalten hatte, ergriff ich einen Stock. Als ich dem Affen damit drohte, und zwar nicht, ohne meinerseits die Zähne zu fletschen, bequemte er sich, hinauszutrotten. Er verschwand aber nicht aus meinem Gesichtsfeld, sondern schwang sich auf einen nahen Baum und genoss es sichtlich, von dort aus drohend die Brauen hochzuziehen. Ich hielt seinen Blicken Stand und zeigte ihm den Stock. Jeden Tag spazieren über die Brüstung meiner Veranda Rudel von Rhesusaffen. Affengekreisch. Sie prüfen, ob auch alle Zugänge ins Haus zugesperrt oder vergittert sind. Ich gebe zu, dass ich nicht selten ein paar Fotobücher in meinem Wohnzimmer für sie auslege. Ich öffne am Morgen das Fenster und erscheine mit dem Stock. Die Affen lassen sich aber nicht aus der Ruhe bringen. Vergnügtes Affengekreisch. Ihre amüsierte gemächliche Reaktion zeigt, sie fühlen sich nicht nur auf den Straßen, auf den Plätzen, in den großen Parks zuhause, sondern auch bei mir. Es sind Rhesusaffen, und fast in jedem Bezirk der Hauptstadt gibt es viele Rudel, die – statt im Dschungel Essbares zu knacken – über Dächer und Mauerbrüstungen hüpfen und sich an dem gütlich tun, was ihnen durch das Gitter des Küchenfensters entgegengestreckt wird. Damit begann, so steht es in der Partitur für meine Schulfunkstimme, die Herrschaft der Affen: Die unteren Klassen, die Küchensklaven, die Herrschaftsdiener, sahen den am Anfang noch wenigen Affen gerne zu, weil die Affen keine Menschen waren. An Menschen hatten sie sich schon satt gesehen. Um sich des Schauspiels, das die Affen boten, nicht zu berauben, reichten die Diener ihnen Nahrung. Weil die Affen Nahrung bekamen, wurden sie immer mehr, und weil sie keine Menschen waren (und weil man sich daher fragen musste: Was sind sie denn?), und weil das Schauspiel, das sie lieferten, ohnedies göttlich schien, hielt man sie gleich für Götter, und das auch deshalb, um die Speise, die man ihnen durchs Küchenfenster reichte, Götterspeise nennen zu können. Die Götter, dachten die Menschen, sind die uneigennützigen Fürsprecher der Sterblichen. Deshalb machen die Menschen gerne viele Wesen zu Göttern, um genügend Fürsprecher zu haben. Erst der Glaube an den einen Gott, der Monotheismus, hat diesem Spuk ein Ende gemacht. Er hat die Fülle der Fürsprecher pragmatisch und ökonomisch vereinfacht und dem Göttlichen die unbezahlbare Qualität der Unsichtbarkeit verliehen. Besser als viele Fürsprecher für eines ist es, einen Fürsprecher für alles zu haben. An das Unsichtbare muss man glauben – Glauben, das ist der entscheidende religiöse Akt. Zu sehen wäre ja überall, dass die Affen sich keinesfalls uneigennützig, geschweige denn segensreich verhalten: Affengekreisch. Sie verspeisen nicht nur Tiefdruckpapier, sondern sie kriechen auch hinter Kühlschränke, sie reißen trockene Wäsche in Fetzen, und vor einem Jahr wurde ein Mann im Osten der Stadt tödlich verletzt, als ihm ein Affe einen Blumentopf auf den Kopf warf. Nicht alle Menschen sind so tapfer wie ich. Nur wenige bewaffnen sich mit Stöcken und jagen die Teufel in die Flucht. Ein einziges Mal – vor vielen Jahren – hatte die Polizei versucht, die Affen aus dem Gelände der Universitätsklinik und aus den Vorgärten einiger Ministerien in das Ruinenfeld der ehemaligen Residenz der Könige zu verfrachten. Der Versuch fruchtete nichts, denn die Tiere fanden ihren Weg zurück. In der Demokratie ist es schwierig, diesen Versuch zu wiederholen. Erst in der Demokratie kann sich die Tierliebe vollkommen entfalten. Die Tierliebe des ersten Bürgers der Stadt, des Bürgermeisters, geht inzwischen so weit, dass er den Menschen das Milchtrinken verbietet. Er befiehlt erstens: Milchtrinken ist ab sofort säugenden Kälbern vorbehalten, und zweitens: Das Töten von Moskitos wird als Tierquälerei unter Strafe gestellt. Vor allem aber setzt sich der Bürgermeister gegen die Verschleppung der Affen in die weiten Wälder am Fuße des großen Berges ein. Unsere Affen, sagt er, unsere Affen haben ebenso ein Anrecht auf eine urbane Existenz wie die Menschen. Unsere Affen leben in unseren Städten, seitdem es unsere Städte gibt. Jubelndes Affengekreisch. So herrscht in der Stadt gegenüber den Affenherden eine Mischung von Ehrerbietung und Angst. Die Küchen hatten ihren Glauben bei der essenden Herrschaft durchgesetzt. Nur ungern teilen die besitzenden Klassen mit den besitzlosen, aber wenn sie teilen, dann am liebsten den Glauben. Der Glaube ersinnt zum Glück auch Auswege: Gegen die Affenplage in seiner Residenz hat der strenggläubige Staatspräsident endlich ein Mittel gefunden: Zweimal am Tag lässt er domestizierte Languren, eine andere Affenart, auf eine Runde durch die präsidialen Gärten führen. Vor den scharfen Zähnen der Languren nehmen sogar die grimmigen Herdenführer der Rhesusaffen Reißaus. Jämmerliches Gekreisch davonstiebender Affen.

Und in dieser Stadt gefällt es Ihnen? Ja, denn sieht man von den Affen ab, habe ich es dort weich, warm und angenehm. Aber sagen doch Sie, endlich Sie, womit entspannen Sie sich?

Durch diese Frage nahm das Selbstgespräch allmählich einen anderen, einen ebenso unerwünschten Verlauf. Ich diskutiere gerne mit Menschen, antwortete ich etwas atemlos. In meinen Gesprächen formt sich stets der höhere Standpunkt, die Menschen und die Affen betreffend. Ich kann Ihnen deshalb in aller Ruhe folgenden Satz sagen: Obwohl Menschen und Schimpansen fast identisch sind, unterscheiden sie sich in vielfacher Hinsicht. Sie halten das für einen Unsinn, für eine Trivialität, jedoch steckt dahinter modernes Gedankengut. Was die kognitiven Fähigkeiten betrifft, liegen zwischen den beiden Spezies, zwischen Menschen und Affen Welten. Das weiß ein jeder, aber wer weiß schon, dass zwischen den beiden Spezies Differenzen in der Krankheitsanfälligkeit bestehen? Schimpansen erkranken nicht an Aids und nicht an Malaria. Sie entwickeln selten Brust- oder Darmkrebs. Wie ist das mit Frühsommer-Enzephalitis? Ich habe keine Ahnung, aber ich behaupte, Affen erkranken nicht an Frühsommer-Enzephalitis. Eine Behauptung aufzustellen, ohne eine Ahnung zu haben, errichtet mir nichts, dir nichts eine Brücke, die über den Abgrund zwischen Wissen und Unwissen führt. Man rätselt inmitten der Ahnungslosigkeit herum, während die Zecken immer aggressiver werden und vielleicht bereits die Affen befallen und sie sehr, sehr krank machen. Aber es gibt Indizien, die in der Vorstellungskraft liegen; das heißt: Ich kann mir nicht vorstellen, dass … Also wohatwerschon gesehen, dass Affen mit einem Zeckenimpfpass vorstellig werden oder dass sie alle drei Jahre vom Tropeninstitut eine Verständigung erhalten, endlich ihre verdammte Zeckenimpfung erneuern zu lassen. Also, ich glaube überhaupt, dass diese ganze Zeckenimpferei, sprich, die Zeckenschutzimpfung, einer der strategischen Züge im Krieg der chemischen Industrie gegen den Menschen ist. Gegen den Menschen gerichtet! Wer den Affen liebt, wünscht ihm kein menschliches Schicksal, besonders keine Zeckenschutzimpfung. So spielen auch Emotionen eine Rolle in der Einschätzung von wohatwerschon gesehen, dass Affen. Ja, die Brücke über den Abgrund von Wissen und Nichtwissen ist eine der wichtigsten Architekturdenkmäler der Menschheit. Sie ist aus Verstand und Gefühl errichtet.

Das wäre nicht der Rede wert, stünde dahinter nicht ein … ein Wunder? Es steht dahinter eine Frage; die Frage nach Nähe und Entfernung ähnlicher Lebewesen – Gegen alle teuren Vergleiche: Dass angesichts eines nur geringfügigen Unterschieds in der DNA-Sequenz zwei derartig verschiedene Organismen entstehen konnten, darin zeigt sich die Natur von ihrer ironischen Seite: Aus den Ähnlichkeiten treten die Unterschiede spielerisch hervor; beim Menschen sind die Erbanlagen, die er mit dem Affen teilt, arbeitsamer. Das macht den Unterschied. Ich begrüße also die Herrschaft der Affen. Wegen einer genetischen Differenz von 1,5 Prozent sollten die Affen nirgendwo auf der Welt herrschen? Affen und Menschenjubel unisono.

Jeder Mensch ein tief reduziertes Einzelstück, aber manchmal kommen Gespräche zustande, auch auf hohem Niveau. Ich bin ja kein wissenschaftlicher Geist, aber ich beobachte. Ich entspanne mich beim Beobachten und beobachte mich beim Beobachten, gleichsam als Beobachter. Hält die Selbstachtung der Beobachtung stand? Es stand eine leere, also eine durchsichtige Whisky-Flasche auf dem Tisch. Hinter der Flasche hatte der Tisch einen Spalt. Wenn ich durch die Flasche hindurchsah und dabei meinen Kopf schnell bewegte, gleichgültig in welche Richtung, dann hatte ich den Eindruck, ein Insekt würde über die Tischplatte huschen. Ich sah ein Insekt über die Tischplatte huschen, ich suche die Sinnestäuschung, sie ist schöner als das Trinken, wodurch es auch zu Sinnestäuschungen kommen kann, aber deren Ursache liegt im Getränk und in mir:

Das Insekt, das über die Tischplatte läuft, kommt allein vom Sehen; es existiert nicht, aber ich kann es nicht ungesehen machen. Ich kann es nur deutlicher machen, immer deutlicher sehe ich, was nicht existiert. Eines Tages ließ ich mir Gleitsichtbrillen machen. Die Optik kam mir in die Quere. Der Optiker fragte: Und wie sehen Sie die Straße? Ich sah in die Richtung, in der mein Hausverstand die Straße vermuten musste, und fragte den Optiker: Welche Straße? Das Einzige, das gleitet, bin ich, und zwar aus. Ich gleite aus, stolpere über die Stiegen – man muss, so wird gesagt, mit den Augen immer die richtigen Punkte ansteuern und fixieren, dann … Aber das Dann kommt dann nicht; es wird in zehn Tagen kommen, in drei Wochen und dann, nach diesen drei Wochen, übermorgen.

Der Optiker wurde für kurze Zeit mein Freund. Sehen Sie, sagte er. Ausgerechnet er, der Optiker, sagte: Sehen Sie! Sehen Sie, die einfachsten optischen Kenntnisse sind nicht bekannt. Schreiben wir doch zusammen ein Buch, wir übersetzen es in alle Weltsprachen. Überall auf der Welt will man diese ganz einfachen, aber entscheidenden optischen Kenntnisse erwerben. Während er noch sprach, verließ ich den Laden und stieg auf der Straße sofort in den Bus. Der Bus stand aber gar nicht dort, wo ich in ihn einstieg; er stand auf der anderen Seite der Straße – es war eine peinliche Sehstörung. Einmal hatte ich eine peinliche Beißhemmung. Ich hatte mich damals in die Berge zurückgezogen, in ein berühmtes, wie man sagt sündteures Hotel. Man hatte mir geraten, ein Zimmer im dritten Stock zu nehmen. Da stand ich nun im dritten Stock und blickte vor dem Abendessen aus dem Fenster: Vor mir ragten die Berge empor in den Himmel, und unten im Tal lag links ein

See und rechts ein See. Dazwischen herrschte Stille, eine bewegungslose, unkorrumpierbare Ruhe, die ich gerührt betrachtete. Ich ging, von dem Anblick erfüllt, ins Badezimmer und nahm dort mein künstliches Gebiss, das meine untere Zahnreihe ersetzte, aus dem Zahnputzglas. Aber da – es glitt mir aus der Hand, es war von der Reinigungstablette glitschig geworden und fiel auf das weiße Email des Waschbeckens. Dort zerbrach es haarscharf in der Mitte entzwei. Wie sollte ich essen? Ich war so glücklich im Speisesaal gewesen. Er hatte eine riesige Glaswand, die die Illusion schuf, man würde mitten im verschneiten Wald essen und trinken. Der Raum strahlte von den großen Lüstern, die weit über den Köpfen der Menschen angebracht waren, aber auch von den Kerzen, deren Lichter sich in den silbernen Terrinen spiegelten. Ich stand vor dem Spiegel, öffnete den Mund und steckte die beiden Teile meines Ersatzgebisses auf das zahnlose Unterkiefer. Beim Essen tanzten die beiden Stücke in meinem Mund, und die Bruchstelle schnitt sich tief in das Zahnfleisch ein. In den Wochen meines Erholungsaufenthaltes brachte ich es zu einer Meisterschaft: Ich ließ mein Gebiss tanzen, und die besten Speisen, die ich gierig aß, verloren unter den Schmerzen ihren Geschmack. Der Mensch, ein Prothesengott? Ach was, er ist ein Sklave seiner Hilfsmittel, seiner ausgeklügelten, aber immer bescheiden bleibenden Versuche, sich durch Ersatz Abhilfe zu verschaffen, abzunötigen. Unter Schmerzen entspannte ich mich damals beim Hören. Ich hörte zur Entspannung Hans Albers: »Hoppla, jetzt komm ich«, sang Hans Albers, und danach hörte ich den Nachrichtensprecher. Er sagte: »Der Kopf der Machenschaften«, und ich überhörte, wohl weil ich zu angestrengt zuhörte, was dem Kopf der Machenschaften zugestoßen war. War er gefasst worden? Der Kopf der Machenschaften war gefasst worden. Man fasst sich an den Kopf, so geht es gewöhnlich, aber der Kopf der Machenschaften genießt das Privileg, gefasst werden zu können. Wenn er nicht gefasst wurde, dann genießt er das Privileg, nicht gefasst worden zu sein: Man kann es drehen, wie man will.

Hans Albers, diesen Kopf seiner Machenschaften, gibt es auch nicht mehr. »Hoppla, jetzt komm ich«, der dreht kein Ding mehr. Aber seine Stimme ist eine Ressource, eine Tantiemenquelle für die Nachkommen. Oder gibt es keine, gibt es, Hans, »ich stehe an deinem Grab«, niemanden mehr, der danach, der nach deinem erfüllten Leben kam? Gibt es ein Konsortium, ein kassierendes Konsortium, das die Vorleben, von denen es die Schecks bezieht, von denen es die Geldflüsse abzapft, verhöhnt? Hoppla, jetzt komm ich, schmeck's – jetzt kommen die Leute vom Konsortium. Nein, sie, diese Leute vom Konsortium, kommen gar nicht, das Konsortium ist ja immer schon da. Es ist unsterblich, dafür hat es kein Ich. Sagt einer vom Konsortium ich, dann wird er entweder sofort ausgeschieden oder er hat gar nicht sich gemeint, sondern mit ich gleich das Konsortium selbst. Das Konsortium bin nicht ich, sondern, hoppla, es ist … Aber was immer es ist, ich behaupte, durch das bloße Dasein höhnt, was ein Vorleben krönt, nämlich das Konsortium, wenn es im Fall von Hans Albers das Überleben in der Nach-Albersschen Epoche verkörpert. Durch Kassieren. Hoppla, ich, und schon hat dich das Konsortium aufgefangen, und während du, hoppla, tot bist, unterhalte ich mich mit dem Vorstandsvorsitzenden. Thema: Die Toten lehren einen das Sterben nicht. Im Gegenteil: Immer kommt einer, und dann kommt wieder einer, und schon wieder ist einer, ist ein Mensch da, der sagt: Hoppla, jetzt komm ich! Hin und wieder sagt einer: Hoppla, jetzt geh ich, nimmt den Hut und sich das Leben. Ha, ha. Aber sonst glaubt man, es hört nie auf, immer ist einer da und wirft einen Blick in den Spiegel. Der Blick in den Spiegel, das ist der Moment, in dem der Affe ins Wasser springt. Erst bei dem Gedanken fand ich Ruhe, dass es nur zwei Wesen gibt, die absolut und von einleuchtender Selbstverständlichkeit sind: ich selbst und mein Schöpfer. Ich blicke in den Spiegel und sehe meinen Schöpfer. Auf jeden Fall sehe ich erschöpft aus. Der Mensch, sagte der Optiker zu mir, ist das Lebewesen, das sich beim Zermürbtwerden zuschaut. Das führt dazu, dass ihn das Sich-selber-Zuschauen, die Selbstbeobachtung, zermürbt. Selbstbeobachtung stört die Selbstachtung. Aber nicht immer.

Der Schminkende saß an seinem Schminktischchen. Dann begann er mit dem Schminken. Er sagte, sein Spiegelbild haargenau ins Auge fassend: Für mich ist das Schminken ein Kommunikationsprozess mit mir selbst. Ich lasse mir das Wort Freitod nicht aufzwingen. Wenn ich schon die Arschkarte gezogen habe, die Popo-Karte, sage ich doch nicht Freitod. Der Mensch, sagte der Optiker ein zweites Mal zu mir, ist das Lebewesen, das sich beim Zermürbtwerden zuschaut. Das führt dazu, wiederholte er, dass ihn das Sich-selber-Zuschauen, die Selbstbeobachtung, zermürbt. Selbstbeobachtung, sagte er schon wieder, stört die Selbstachtung. Hören Sie, Herr Optiker, ich sage Selbstmord und niemals Freitod. Das bin ich meiner Selbstachtung schuldig. Es ist mir egal, was Sie von mir denken, ich denke von Ihnen, dass Sie nicht einziges Mal ein einziges Augengläserpaar rein und richtig durchsichtig, absolut durchsichtig bekommen haben, ganz gleichgültig, ob Sie es mit Ihren lächerlichen Tüchern versucht haben, mit diesen urkomischen Microfaser-Brillenputztüchern, 19 × 19, die effektiv und schonend reinigen, die man waschen kann, die also waschbar sind; man kann sie mit seinen dreckigen Sachen in die Waschmaschine stecken und nach einigen Waschgängen herausholen. Dann kann man mit ihnen weiterputzen, solange man seine Scheißbrillen noch selber, noch selbständig ins Gesicht hieven und an den Ohren befestigen kann, solange wird man sich selber mit solchen Brillenputztüchern die Brillen putzen. Wenn's einmal aus wird sein, sagte ich zum Optiker, dann ist der Blick gebrochen, ein für alle Mal. Dann verscherbelt – »ich selbst habe keine Erben« – das Konsortium meine Brillen und meine Brillenputztücher, und so kommt vielleicht alles an Sie zurück. Sie optischer Trottel, sagte ich kalt und abweisend und ein klein wenig sadistisch zum Optiker, zu meinem Freund, Sie haben doch noch nie ein einziges Augengläserpaar ganz und gar durchsichtig bekommen, egal ob Sie's händisch versuchten, mit Tüchern oder ob sie die Brillenwaschmaschine anwarfen, dieses Kleinod unter den Gerätschaften der Erde. Was bei Ihnen herauskommt, mein lieber Freund, ist immer das Gegenteil von klarsichtig, Sie haben kein Händchen dafür, kein Händchen für diesen letzten Schliff, mit dem erst alles perfekt ist und abgeschlossen; ihre Putzereien hinterlassen Kratzer auf den feinen Gläsern, Kratzer, in die der Staub sich einnistet, und man blickt Ihretwegen durch Fossilien hindurch hinaus auf die Welt.

Ich dachte, dem habe ich es aber gegeben. Der Optiker jedoch, mein Lebensabschnittsfreund, wies alle Vorwürfe zurück. Er erwiderte gelassen: Wenn, dann mit Niveau, bitte. Mein Ton erschien ihm niveaulos. Optiker, erzähl mir was vom Leben, rief ich ihm zu; er sollte sich die Lebensabschnittsfreundschaft verdienen. Auch ich sehe das Leben nicht durch die rosarote Brille, sagte der Optiker, und ich fiel ihm, mich gewählt ausdrückend ins Wort: Ja, du Ausbund eines reifen Könnens. Ach, ich war heute gereizt. Von allem Anfang an war ich heute gereizt. Ich bemerkte nämlich, als ich in der Früh meine Wohnung verließ, dass jemand vor die Türe meiner Nachbarin geschissen hatte. Die Nachbarin war hergegangen und hatte in den Scheißhaufen eine Nadel gesteckt, an der sie ein Schildchen, eine kleine Anzeigetafel befestigte. Das wirkte wie eines dieser Kärtchen, die man zur Erläuterung in die Töpfe wertvoller Pflanzen tut und zu denen sich gebildete, hochinteressierte, in Kleingruppen vorbeidefilierende Besucher Botanischer Gärten herunterbeugen. Mir jedenfalls wurde heute Morgen klar, dass ich noch Wochen einen allmählich verkümmernden Scheißhaufen vor der Türe meiner Nachbarin passieren und dass ich seine Beschriftung bald auswendig kennen würde. Soll ich mich, hatte die Nachbarin auf dem Schild in der Scheiße geschrieben, hiervon persönlich angesprochen fühlen oder war nur irgendwer zu faul, die eigene Scheiße wegzuräumen? Eine rhetorische Frage, aber auch eine Willenskundgebung. Es war mir klar, dass meine Nachbarin nicht willens war, die Scheiße vor ihrer Tür zu kehren. Nicht ein einziges Stück davon wollte sie wegräumen, es war ja nur ihre Türe, nicht aber ihre Scheiße. Ich dachte, durch eine Inschrift erhält unsere Scheiße etwas Bleibendes. Ich selbst wagte meine Nachbarin nicht anzusprechen, ein Verdacht hätte auf mich fallen können. Schon gar nicht wagte ich es, die Scheiße selber wegzuräumen, in einer Nacht- und Nebelaktion, bei der man mich, weil ich immer bei meinen Nacht- und Nebelaktionen erwischt werde, sicherlich erwischt hätte, und dann wäre es allen gewiss geworden, ich hätte mich hiervon angesprochen gefühlt. So ließ ich die Scheiße sein und ärgerte den Optiker, der eisern schwieg und mir nichts vom Leben erzählte.

Bitte, jeder denkt anders. Ich zum Beispiel bin Nihilist, und wie alle Nihilisten verberge ich ein reines Herz. Meine Trauer ist munter, so munter, dass sie sogar springt, nämlich meinen verlorenen Illusionen entspringt. Eines Tages hat meine Mutter den einen Satz gesagt, an den ich mich noch heute erinnere. Sie sagte, auf dem Weg in die Küche: Jetzt sehe ich einmal nach, ob der Falsche Hase schon fertig ist. Ich bin quasi ein Quasimodo auf den Tanzflächen der Künste. Das behaupte ich ernsthaft, während ich unter einem Bild sitze, auf dem man zu sehen bekommt, wie ich unter einem Bild sitze. Du, Geliebte, hast mich eines Tages gefragt, und es war dir ernst mit dieser Frage, glaubst du, hast du gefragt, dass dein Vater allmächtig ist? Eine ernste Frage, antwortete ich, und natürlich ist mein Vater allmächtig, aber das sagte ich dir nicht. Ich sprach, um von dir ernst genommen zu werden, mit gespaltener Zunge. Ich spaltete in meiner Antwort die einfache Wahrheit auf. Einerseits ist mein Vater, sagte ich, allmächtig. Im Prinzip nämlich ist er es: allmächtig, er verkörpert das allmächtige Prinzip der Folter durch den Befehl. Andererseits aber ist er schmächtig, ein armer Hund, eine arme Seele, gespickt mit Befehlen und gerädert von der Folter der Körperschmerzen und des Grübelns. Meine Falschheit machte mich gerecht, sogar ihm gegenüber, durch dich bin ich ja immer schon gerecht gewesen. Meine Gerechtigkeit war eine Wurzel, eine Quelle unserer Liebe. Je nach dem Aggregatzustand, in dem ich mich innerlich befand, war sie Quelle oder Wurzel, aber immer unserer Liebe!

Das Wesen des Tragischen in seiner ganzen fürchterlichen Unentrinnbarkeit ... Unsinn, möchte man da rufen: Das Entscheidende ist doch ...

Nein, alles Unsinn, möchte man rufen, oder wie mein Freund Norbert (zu dem ich, ist er anwesend, Norbert auf Deutsch sage, sonst, wenn er anderswo weilt und ich ihm nicht ins Gesicht spreche, sage ich Nobeeert zu ihm, nämlich Nobert auf Französisch, er nennt sich selbst so gerne NO-BERT, kein Bert also), oder wie Keinbert, mein Freund, sagt, der Unsinn und der Sinn – sie sind gut ausgewogen, beinahe richtig austariert, und ich sage: Norbert, das ist mehr, als ich erwarten konnte! An dem Morgen hatte ich früh meine Wohnung verlassen, um zur Arbeit zu gehen. Das Nächste nach dem Verlassen ist aber Fahren ... mit dem Aufzug fahren. Ich fahre also hinunter, hinauf könnte ich gar nicht. Da oben wohnen Leute, im Überbau oben, die haben spezielle Aufzugsanweisungen, eigene Facilities mit einem Extraschlüssel, damit niemand, den sie nicht extra dazu einladen, extra dazu aufgefordert, hinaufgefordert haben, hinauf kann. Ich also hinunter, an dem Tag, am Abend wollte ich Lili treffen, Lili Fichte, ich will jetzt und an dieser Stelle mit ihrem Namen herausrücken, sie hat es letztlich mit meinem Leben zu tun, gewiss mit meiner Liebe, die in mir sitzt, also wohnt, wie eine platonische Idee. Das heißt, wenn in der äußeren Wirklichkeit Lili erscheint, wird in der inneren, wird also meine Seele dynamisch – nichts Körperliches, also in Wirklichkeit schon, aber was soll ich hier darüber sagen, gestehen, ist doch immer ein Geständnis, was zwischen den Beinen zweier Menschen, ich überlege noch, ob ich darüber Näheres sagen werde … Aber an dieser Stelle, an dem Tag fahre ich mit dem Aufzug hinunter, komme wie geplant unten, im Erdgeschoß an, und kaum war die Aufzugtür aufgegangen, stand vor mir eine riesige Kiste, und dahinter ein grün gekleideter Mann in Firmenuniform. Um Gottes willen, dachte ich, womit, mit welchen Geräten, decken sich die da oben ein, im Überbau. Was werden die erst im Keller untergestellt haben? So dachte ich und sagen, sagen musste ich (und ich wollte es auch sagen) Folgendes: Das passt aber nicht hier hinein, Ihre Kiste in diesen Aufzug, sagenhaft, und der grüne Mann, diese Krätzen (und Krätzen, das ist kein Fall von Krätze, dem geflochtenen Warenkorb, wie der Deutsche sagt), der Mann – identisch mit der Bezeichnung – kommt viel mehr von der Krätze, von dieser weitverbreiteten parasitären Hautkrankheit, er ist die Verkörperung oder die Personalisierung von etwas Weitverbreiteten.

Jedenfalls sagt der doch zu mir: Wenn Sie reinpassen, passt auch die Kiste hier rein. Oha, das war eine Anspielung auf mein Übergewicht, auf meine überdimensionierte Präsenz in dieser Welt. Damals war ich noch sehr empfindlich, überempfindlich, wegen Lili Fichte – ich wollte nicht, dass dieser schöne Mensch Lili einen dicken, hässlichen Affen an ihrer Seite, einen Menschenaffen, einen Menschen, dem man zum Affen macht, dulden muss … Ich konnte es ja nicht ändern, jeder Versuch, zum Schluss vielleicht sogar abzunehmen, nichts als Diät zu mir zu nehmen, hätte die wunderbaren Abende beeinträchtigt, ja, in Frage gestellt, diese Abende im Restaurant Cantinetta Antinori, in dem Lili und ich einander oft zuprosteten und ein Steak Fiorentina nach dem anderen bestellten, sodass die reichen Russen an den Nebentischen, diese überall auf der Welt von irgendeiner nationalen, manchmal auch von ihrer heimatlichen Justiz gesuchten Wohlstandsflüchtlinge ..., sie fliehen im höchsten Wohlstand und bleiben im höchsten Wohlstand, wo immer sie ankommen, mit Ausnahme derjenigen, denen man, wenn sie tot sind, radioaktive Stoffe im Köper nachweist. Jedenfalls haben alle in ihren Londoner Villen eine strahlende Zukunft, pflegte Lili in ihrer geschmacklosen Art zu sagen, und in ihren Datschas auf der Schmelz, die sie regemäßig verlassen, wenn es regnet, um ins Schutzhaus zu eilen, alles, während meine Zeit abläuft, und ich in mein Notizbuch Grabinschriften notiere, die meinem Nicht-Sein angepasst sein werden. Ich hab's versucht, lautet eine Inschrift für die Vorübergehenden, für die an meinem Grab Dahinschlendernden, und zugleich stelle ich mir vor, dass ich nach meinem Tode einer dieser Dahinschlendernden sein werde und an meinem Grabstein, direkt unter die Inschrift »Ich hab's versucht« schreiben werde: »Aber es ist dir nichts gelungen, du Trottel.«

Lili Fichte, für deren Inbild in meiner Seele ich gerade dabei bin, einen grün gekleideten Mann im Stiegenhaus zu verprügeln, ach, Lili kommt vom Lande, geboren an irgendeinem Kreuzungsort zweier österreichischer Bundesländer, und es hat wenig Sinn, Lili zu erklären, was das für mich heißt, diese Stadt. Es heißt: Ich bin aus dieser Stadt nicht herausgekommen, und in einem der Werke, für die ich, wie man es formuliert, keinen Verleger fand, steht es geschrieben, schwarz auf weiß, dass ich oben auf der Marc-Aurel-Straße hinunterblickte auf den Donaukanal. Es war Sommer, ich sollte zur Nimmerwiederkehr abreisen, nach Dresden zum Restaurant Blindgänger.

Mann. Ich habe die Gewalt der Welt nicht erfunden. Man muss es bitte so sehen: Im Gedenken an Lili, die meine Hässlichkeit nicht merken sollte, versuchte ich diese Hässlichkeit am Körper meines Feindes einschlägig zu verdrängen: Hiebe leisten das! Da lass ich mich nicht beleidigen, niemand darf es offen aussprechen, so eine Krätzen, wie der Wiener zum Beispiel solche grünen Menschen nennt!

Ich schlug dem Mann sofort auf die Birne, ohne zu zögern, er konnte ja nicht wissen, dass ich in der Adipositas-Sportgruppe an der Spitze stehe, noch ein Tritt von mir in seinen Arsch, er flucht gottlos, aber er kann mir nicht an, noch eine auf die Birne, er muss ja die Riesenkiste auf einem Tragegerät balancieren. Kann sich nicht rühren, der Mann, diese Krätzen. Meine Schläge kommen ihm gar nicht recht, Erziehung (kommt von Ziehen, pflegte ein österreichischer Landespsychiater in die nicht vorhandene Diskussion einzuwerfen) geschieht ja nicht selten gegen den Willen der zu Erziehenden. Aus dem Humus dieses Landes erwachsen immer Psychiater, die das Land gleich im Insgesamt therapieren möchten. Der Gesamtpsychiater blickt in die Abgründe, ins Unverdaute und Unvertraute, in die Seelengeisterbahn, die uns Einheimische von hier nach dort bringt, die uns aber nicht weiterbringt, und an jedem Punkt ist es scheußlich, wir sind die Scheusale, und an diesem Tag…

Ich fühlte mich an dem Tag durchaus als Erziehungsberechtigter, hatte der doch zu mir gesagt ... Also er kann sich nicht rühren, er muss sein Paket heil abliefern, ich haute ihm gleich noch eine runter, ich sehe es heute vor mir, als ob es gestern gewesen wäre. Es war ja auch gestern, der Mann versuchte mich mit seiner Rechten zu schlagen, während die Linke die Kiste balancierte. Aber ich erlitt keinen Rückschlag ... Noch eine für den Herrn ins Kreuz, der Herr im grünen Kostüm, wahrlich kein Jäger oder Förster, sondern eine großstädtische Erscheinung, schreit, flucht, ich hätte gerne noch zugeschlagen, musste aber sehen, dass ich raus kam ins Freie, also auf die Gasse, sonst heißt es noch, ich wäre einer der Menschen, die in der Großstadt, wie sie hier sagen, ausrasten. Das stand ja oft in der Zeitung. Die Leute, stand in der Zeitung, die Leute rasten so schnell aus. Ganz viele Leute, stand oft in der Zeitung, sind total geladen – wie Waffen geladen, so gefährlich sind die. Jüngere, ältere, jede Sorte. Auch für Nachwuchs, heißt es in der Zeitung, ist gesorgt, es wachsen tüchtige neue Aggressions-Patronen nach. So stand es in der Zeitung und: Immer kleinere Leutchen sind schon voll extrem drauf.

Ausrasten war zu meiner Zeit, also damals, als ich sprechen lernte, wie sonst auch vieles das Gegenteil von heute: Ausrasten hieß auf dem Lande im Rasen liegen, einen Humpen Most neben sich, die Auswirkung von kaltem Most auf die Verdauung erwartend. Das Sich – ist es das Sich, das den Unterschied ausmacht, das die Differenz bildet? Der Vater rastet sich aus, und eben der Vater rastet nicht aus. Mein Vater seinerseits tat beides, sich ausrasten und ausrasten, je nach Belieben, er hat mich – nicht regelmäßig, aber gelegentlich – geprügelt, so hart, als wäre ich sein Haustier, das nicht spurt. Seitdem versuche ich einen gewissen Kontakt zu Tieren aufrechtzuerhalten, was leider nicht klappt, weil ich denke, es sollte mir eine Herzensangelegenheit sein, ich bin aber verzweifelt menschensüchtig. Das Maß aller Tiere ist der Mensch, und auch umgekehrt: Wenn man weiß, wie Affen ticken, weiß man auch, wie Menschen ticken. Darüber habe ich in einigen schriftstellerischen Versuchen, für die sich ebenfalls kein Verleger fand, aufrichtig berichtet, und auch darüber, dass ich vom Vater niedergeschlagen wurde, nicht oft, nicht regelmäßig, sondern gelegentlich, und heute im Rückblick, da ich weiser geworden bin und die Menschen nun verstehe, tippe ich darauf, wann, bei welchen Gelegenheiten der Vater mit seinen Prügeln nicht hinterm Berg halten konnte: Es war immer, wenn dieser harte Mann von einer furchtbaren Welle des Selbstmitleids überschwemmt wurde, wenn er also weich wurde, da haute er hin: Der Sohn ein Schulschwänzer, sein Sohn! Und der Sohn ein Kritiker des so schwerverdienten Urlaubs und des Urlaubsdomizils, man tritt ihn beim Waldspaziergang sofort den Hang hinunter, dass er spürt, was er dem Vater antat. Bei einem Zehnjährigen kann man damit noch landen; ein verzweifelter Vater, beleidigt vom Sohn, dem Eigenfleisch, und dessen vom Sohn abgetrennter Existenz, die immer öfter etwas Eigenes begehrte und schließlich sogar etwas Eigenes sein wollte. Sonst war ja der Vater sehr in Ordnung, ein guter Mann, wenn er einkaufen ging und seiner Familie was mitbrachte, ein paar Kilo fette Wurscht, die Coca-Cola-Familienflasche, die so riesig war, dass sich bei uns zuhause der Tisch immer bog. Ja, das war ein sorgender Vater, er nahm uns die Sorgen ab, wir hatten keine Sorgen, aber beim Eigentlichen, das heißt, wenn's um irgendwas ging, das ihn auch interessierte, wurde der Vater immer weich, gerührt, sodass er zuschlagen musste, und ich denke oft daran, wie er im Alter, vor seinem Ende, geleugnet hat, wie er geleugnet hat, jemals Schläge ausgeteilt zu haben, aber er war da nicht sehr glaubwürdig, denn es war für den Sohn spürbar; der alte Mann hätte ihm wegen des Vorwurfes, ein Schläger gewesen zu sein, am liebsten eine hineingehaut, und zwar eine solche, dass die Sohnesohren ein paar Wochen lang gewackelt und gebrannt hätten.

Gott helfe mir, ich kann nicht anders, ich muss dem Mann in der grünen Kluft noch in die Kniekehle treten, er kann ja in diesen Momenten gar nichts tun, sonst fällt ihm die Kiste, die Riesenkiste, die er in den Aufzug hineinzwängen möchte, auf den Kopf, und das weiß der Mann, der alles noch im Griff hat, dass dann die Schäden größer sind als der Gewinn, den er davon hat, dass er's mir, Jessas na, heimzahlt. Der Mann knickt auf den Tritt in die Kniekehle hin leicht ein, und das hätte fast sein ausgeklügeltes System, die Kiste festzuhalten und sich an der Kiste festzuhalten, aus der Balance gebracht. Der arme Mann schrie. Was willst du denn, du schreiender Mann, sagte ich, Gewalt ist doch überall. Ich erzähl dir nur die Geschichte vom Richter. Der Richter. In der Zeitung steht erst der Richter, und dann, weil eine Zeitung nicht zwei Mal hintereinander dasselbe Wort verwenden darf, Abwechslung ist Stil, steht beim zweiten Mal nicht Richter da, sondern: Jurist. Der Jurist hat eine Katze ertränkt und an die Wand genagelt. Da regst du dich auf, sage ich zum Mann im Aufzug, wegen ein paar Tritten, die ich höchstpersönlich dir verabreicht habe. Die Natur ist grausam und so mancher Richter auch. Auch die ganzen Dinge sind grausam, damit wir nicht immer über diese Tiere reden, die Dinge und erst recht die Gerätschaften: Vom Pflug gepfählt, flüstere ich meinem hilflosen Freund ins Ohr. Im Bezirk Oberwart ... Vater und Sohn räumten zweisam die Lagerhalle auf, der Sohn stolperte über einen Pflug und stürzte in eine senkrecht stehende Eisenstange. Diese bohrte sich durch seinen Bauch in seinen Rücken und pfählte ihn regelrecht. Jetzt hat der grüne Mann begriffen, den er sagt nicht ohne Pathos: Schwerter zu Flugscharen oder Pflugscharen – was für ein Wahnsinn. Stammt aber aus der Bibel. Die Bibel ist eine Fibel, sage ich. Nudelaug, ruft er mir nach.

Ja, der hat seine Lektion gelernt, und ich kann verrichteter Dinge das Stiegenhaus verlassen. Natürlich, Sie, Lektor, bringe ich die Chronologie durcheinander, grammatisch die Zeiten. So wie ich nicht glaube, dass mich meine Absicht entschuldigt, so glauben Sie ja nicht, dass ich diese Absicht des Durcheinanders nicht habe. Es geht mir als im Hauptberuf schwer arbeitender Frühstückskoch im Café Formanek in meiner Literatur ums Bewusstseinsflimmern. Ich will hier ja nur eines erzählen, nämlich wie ich Lili, die mich natürlich auch verlassen hat, eines Tages kennenlernte. Nachdem sie mich verlassen hatte, lernte ich die Qualen des Sexus kennen, auf dem Prokrustesbett liegt man alleine oder besser: Wenn man alleine liegt, sind einem die Gliedmaßen wie tot, aber im Kopf hat man doch noch eine gewisse Bewegung. In seiner Weltgeschichte berichtet der altgriechische Geschichtsschreiber Diodor von Prokrustes: Prokrustes, der Ausstrecker, bot Reisenden gerne sein Bett an. Er, Unhold und Wegelagerer, aber ganz Gastfreund, legte die Gäste aufs Bett und stellte die richtigen Maßverhältnisse her. Waren sie zu groß für das Bett, hackte er ihnen die Füße und alle auch sonst unpassenden und überschüssigen Gliedmaßen ab. Waren sie zu klein, hämmerte und reckte er ihnen die Glieder auseinander, indem er sie auf einem Amboss streckte.

Prokrustes, mir einer der liebsten, Prokrustes, mein Mann, wurde von Theseus, diesem Gutmenschen (oder war der gleich direkt ein Arschloch?), auf seiner Wanderung nach Athen als Letzter der Bösewichte am Kephisos erschlagen. Nach diesem Theseus ist im Volksgarten zu Wien, nahe beim Burgtheater, ein Tempel benannt, eine kleine pseudoantike Steinhütte, die mich an seinen Mörder, an Theseus erinnert. Na klar, sie haben im Laufe der Zeit die einschneidende Geschichte des Prokrustes überhöht, das heißt abstrakt gemacht, sodass nichts davon mehr bleibt als eine Metapher: Als Prokrustesbett oder Bett des Prokrustes bezeichnet man redensartlich eine Form oder ein Schema, in die etwas gezwungen wird, das dort eigentlich nicht hineinpasst. Aber nicht genug, abweichend davon wird unter dem Prokrustesbett zum Teil auch allgemein eine nicht oder nur gewaltsam lösbare Zwangslage verstanden, also jedes ungerechtfertigte Abkürzen oder Ausdehnen wie überhaupt jede peinliche Lage, in welche jemand gezwungen wird. Kann man sich vorstellen, was für ein Heiliger der alte Bursche (old boy) für mich ist – redensartlich?

Lili war die Frau mit der Kamera, und es hat mir gefallen, von ihr aufgenommen zu werden. Ich lief unter den Gerüsten meiner Heimatgasse hindurch, sie hinter mir her.

Du nennst den Karren, auf dem du mit der Kamera hinter mir her bist, Dolly und nicht Trolley? Trolley, erklärte ich ihr, ist der bewegliche Untersatz, Dolly ist doch das Schaf: Auf dem Trolley sitzt das Schaf. Das geht, rein sprachlich, das kann man sagen. Das Schaf Dolly (* 5. Juli 1996; † 14. Februar 2003) war ein walisisches Bergschaf und das erste aus einer ausdifferenzierten somatischen Zelle geklonte … Nein, kein Spaß, es interessiert mich, Lili, rein sprachlich: Heißt das Ding, auf dem du hinter mir her fuhrst, Dolly?

Ja, sagte sie: Der Karren, auf dem ich hinter dir her war … also ich war nicht hinter dir persönlich her (das musste sie natürlich gesagt haben), ich wollte Lichtabdrücke von dir haben, dich sozusagen in manipulierbare Abbilder verwandeln, also ich wollte dich ins Optische investieren, ein Prozess der Versachlichung: Gleich welcher Religion oder Weltanschauung, geschweige denn Rasse du bist, hast du überhaupt eine Rasse, Franz, oder genügst du dir damit, dass du ein Mensch bist … Du bist, egal, was du bist, man kann dich dann in dunklen Räumen vorspielen, du bist dann deutlich sichtbar, aber ich gebe zu, sagte Lili, die gerne gibt, auch zugibt, »du« muss unter Anführungszeichen stehen, denn das Bild, wie immer es sich auch in seiner Beweglichkeit dir annähert – das bist doch gar nicht du, auch bist du nicht ganz das, was ich aus dir gemacht habe, Filme werden auf Schneidetischen, nein, heute digital gemacht (sprich es ja Englisch aus: digital) … am Bildschirm wird das Zeug fix und fertig gemacht, das man dann im Dunkel im sogenannten Kino abspielen will und auch kann, wenn man ein Kino findet, das einen machen lässt … aber der Karren, an dem die zwei Idioten mich unter den Gerüsten deiner Heimatgasse hindurchgezogen haben, ist sogar ein Panther-Dolly (korrekte Markenbezeichnung, der

Tierwelt entlehnt), also kein Schaf, sondern ein Panther. Der Panther-Dolly, sagt Lili, trägt die Kamerafrau durch dick und dünn.

Das war die erste, und es blieb die einzige Bemerkung, die sie je über meine krankhafte Leibesfülle gemacht hat, fallen ließ, wie es heißt. Sie, die Kamerafrau, war an einem miesen Herbsttag auf dem Panther-Dolly, von zwei Sklaven der Filmhochschule gezogen, hinter mir her gewesen. Ich war, eingedeckt vom Regen, der durch die Lücken im Gerüst auf mich heruntertropfte, ganz echt, das heißt, ich spielte nicht oder besser: Ich spielte nichts – ich ging einfach unter den Gerüsten meiner Heimatgasse hindurch, es ist das Harmloseste von der Welt, da bleibt kein Platz für das Ausleben in einer Rolle, unter solchen Gerüsten ist jeder, was er ist und wie er ist, während die Kamerafrau auf dem Panther-Dolly viel mehr ist als der, der für den Film, für das Auge der Kamera unter den Gerüsten durchwandert, durchschlendert, gerade noch durchgeht. Es geht ums Sein, während Schein produziert wird. Aber halt, so viel ist die Kamerafrau auch wieder nicht, weil auf der Filmhochschule die Studenten, oben verantwortungslos (von mir) Idioten genannt, die die Kamerafrau mit dem Dolly unter den Gerüsten hindurchziehen, beim nächsten Dreh selber Kameraleute sind und auf ihrem Panther-Dolly von anderen Idioten gezogen werden. Alle lernen von der Pike auf. Das geht ohne Abwechslung, ohne job rotation nicht: Die Hochschule für Musik und darstellende Kunst, also auch die einschlägige, ihr unterstellte Filmabteilung (die natürlich für sich ganz autonom ist), kann mit ihren Geräten nur abwechselnd arbeiten – alle müssen alles machen.

Auch Lili, die Frau mit der Kamera, zog den Panther-Dolly, wenn es sein musste, und es musste sein, denn es zieht ein jeder auf der Filmhochschule auch den Dolly, nur die Professoren nicht, die ziehen nicht, aber alle Studenten schon. Es herrscht eine diffuse Hierarchie in der Ausbildung. Alle müssen alles lernen, es herrscht auf der Filmhochschule die strengste Allseitigkeit der Ausbildung, keine Arbeitsteilung, hinter der sich jeder verstecken könnte, nein, nein, jeder hat schon einmal den Panther-Dolly gezogen, und bei mir war Lili die Kamerafrau. Wie bei einem Wagenrennen saß sie auf dem Panther-Dolly, und es wurde das Bild auf zweifache Weise in Bewegung gebracht: erstens durch meine eigene Bewegung, unter den Gerüsten hindurch ... meine Heimatgasse ..., aber dann natürlich auch durch die Idioten, die den Dolly zogen, vorübergehend zogen, denn sie würden ja bald selber aufsitzen, bei einer anderen Gelegenheit, die nur filmisch, also Aug in Aug zu bewältigen war, und andere würden ziehen, damit man ins Bild Bewegung bekommt. Andere Idioten.

In Erinnerung an Lili Fichte: Als sie schon lange weg war (sie ging nach Leipzig, denn sie hatte im Café Formanek, wo ich als Frühstückskoch arbeitete, um mir zu meinen schriftlichen Arbeiten etwas dazuzuverdienen, einen Leipziger kennen gelernt, und zwar genau in einem jener Momente, in denen ich gerade das Frühstück kochte), in Erinnerung an Lili habe ich mir, als ich eines Tages, endlich, wenn auch nur vorübergehend, zu Geld gekommen war, einen Panther-Dolly gekauft, er steht bei mir in der Küche, gleich neben einem thailändischen Reiskocher, der meinen Möglichkeitssinn in Anspannung hält: Ich habe nämlich noch nie mit dem thailändischen Reiskocher Reis gekocht, ich könnte es aber jederzeit. Wäre also möglich. Gut möglich, dass ich mir eines Tages mit dem thailändischen Reiskocher ... Da steht nun der Panther-Dolly, zum Ziehen des Panther-Dolly habe ich niemanden, aber ich habe auch keine Kamera, meine Ausrüstung ist perfekt, wenn auch in dem Sinn fehlerhaft, dass für eine wirkliche Funktionstüchtigkeit fast alles fehlt, aber nein, nun auch wieder nicht alles, denn die Funktion des Dolly in meiner Küche ist ganz allein die Erinnerung – das erinnernde Gerät, das Pfand meiner Vergangenheit, es erinnert mich an die Zeit, als die Frau mit der Kamera mich noch aufnahm, während ich – jenseits jeder Rolle, ganz in echt – unter den Gerüsten meiner sich stets im Umbau befindlichen Heimatgasse hindurchging.

Leben heißt Abschied nehmen, habe ich einmal zu Lili gesagt, und sie hat mir, mit ihrer harten Stirn, sofort einen Kopfstoß gegeben: Ich solle keinen Blödsinn reden, jedenfalls nicht so einen Blödsinn. Jetzt habe ich den Panther-Dolly, meinen Dolly-Panther zuhause. Das ist, was mir von Lili blieb. Na gut, ich habe den Panther-Dolly gebraucht gekauft, aber die Rollen, auf denen er läuft, wenn man ihn zieht, sind einmalig, das würde einmalig rollen, würde man nur am Dolly ziehen und ziehen. Für die Kamerafrau habe ich zur Erinnerung den Sitz montiert – sie könnte jederzeit, wenn sie plötzlich vor meiner Türe stünde und zwei Idioten mitbrächte und eine Kamera – aus mir, hinter mir herfahrend, wieder ein bewegliches Bild machen. Ich sage, wenn ich mich an Lili, unvergessen, erinnere, Wörter – in meiner Küche – vor mich hin, Wörter wie equipment, oder ich löse meine Erinnerung szenisch auf, indem ich sage: Panther dollies and cranes behind the scenes in action. Oder ich sage, schon etwas entfremdet auf Deutsch: professionelle Kamerasysteme und professionelles Zubehör.

Ich will nicht leugnen, dass ich oft daran dachte, den Panther-Dolly etwas Nützlichem zuzuführen; ich wollte ihn zu einem Zimmerfahrrad umbauen lassen, aber da fiel mir ein, was Lili mir auf Anfrage anvertraut hatte. Was, Lili, ist dein Lieblingstier? Sie antwortete, ohne zu zögern: Mein Lieblingstier ist der Silber-Panther. Also soll der Panther bleiben, und auch deshalb, weil der Nutzen, den ich aus dem Zimmerfahrrad ziehen würde, von der symbolischen Funktion hätte abgezogen werden müssen, den der Panther-Dolly im Original für mich hatte: die Erinnerung …

Ich kann Lili nicht vergessen, aber das macht nichts; dann erinnere ich mich halt an sie, an meine Frau mit der Kamera. Es war natürlich (so wie sie nicht meine Frau war) auch nicht ihre Kamera, sondern es war die Kamera der Hochschule (heute Universität) für Musik und darstellende Kunst. Die Sprache stellt Ansprüche, an die die soziale Wirklichkeit sich nicht unbedingt hält. Sie ist ja auch nicht wirklich sozial. Lili im Regenmantel war hinter mir hergerollt, und es war ein paar Monate danach, da traf ich sie im Aera, in meiner Heimatgasse an der Ecke, ich hatte gerade meinen Steuerbescheid erhalten. Der Bescheid setzte sich aus zu leistenden Vorauszahlungen und Nachzahlungen zusammen, und natürlich auch aus noch zu leistenden Gegenwartszahlungen. Das wäre nichts Besonderes gewesen, aber beiliegend zu den Zahlungsaufforderungen – was sag ich? –, beiliegend zu den Zahlungsbefehlen lag ein Brief, eine Art persönlicher Brief. Ich sage eine Art, denn der Absender, die Frau Finanzminister, kannte ja nicht einmal meinen Akt persönlich; es war ja auch nicht sie, von der –

und man lese jetzt das Wort eigentlich, das eigentlich gleich hierher gehört –, von der eigentlich der Brief stammte. Eigentlich stammte er vom Ministerium selbst, aber das ist nicht möglich, unmöglich ein so persönlicher Brief von einer anonymen Instanz, mit so vielen Angestellten, die ihrer Instanz, der Institution einen Körper und ein Format verliehen, und zwar im ministeriellen Zentrum, tatsächlich an einem Ort gelegen, der Himmelpforte, ja wirklich Himmelpfortgasse heißt.

Im Brief erweckt das Ministerium, verkörpert durch die Finanzministerin, den Eindruck, als ob sich die Behörde mit dem an mich geschickten Brief anschickte, alsbald mit mir Bruderschaft zu trinken. Ich dachte, die tun sich leicht, das Persönliche mit dem Bürokratischen zu versöhnen, die Sphären miteinander zu synthetisieren. Die schreiben einem offiziell private Briefe, die weder ganz privat sind noch, wie es sich gehören würde, ganz offiziell – sie erzeugen eine Grauzone, in die sie sich einschleichen, in die Wohnungen und in die Herzen …

Ich hatte den Brief in der Hand, als ich Lili im Aera traf, ein Lokal an einer der wenigen Ecken, zu denen es meine Heimatgasse gebracht hat. Die tun sich leicht, sagte ich zu Lili, weil sie einfach die Diskrepanz von Persönlichem und Institutionellem leugnen, weil sie das Unvereinbare für die Dimension eines Briefes ausschalten.

Lili schnappte sich den Brief. Sie vertraute schon lange meinen Eindrücken nicht und hätte sogar das Finanzministerium gegen mich in Schutz genommen, wenn es sich dieses – nach ihrer Ansicht – nur verdient hätte. Der Brief lag in ihren guten Händen, aber was, frage ich, ist aus dem aufrechten Bürger geworden – ein von der Steuer ausgewrungener Jammerlappen, eine desolate Mittelstandsmarionette. Sie ruinieren mich, sagte ich im Aera zu Lili, und Lili erwiderte, macht nix, ich ruiniere dich ja auch. Aber du, Lili, ruinierst mich ganz anders: Ich werde schöne Erinnerungen haben von dir.

Ich lebe vom Versagen.
Kurt Krömer

Warum, Schuh, lesen Sie Kriminalromane, warum haben Sie von frühester Jugend an, Schuh, Kriminalromane gelesen, so viele, dass Sie im Fernsehen vorkommen dürfen mit einer Expertise zum Beispiel über Agatha Christies »Mousetrap«, am Vortag einer Theaterpremiere: »Die Mausefalle«. Mein Gott, denke ich, flehe ich, und eine Welle von Daseinsnostalgie (das Wort, das mir so wichtig ist, werde ich später noch erklären, analysieren, erhellen oder wozu ich in der Lage bin), das Wort spült mir die Seele durch, von so einer Welle bleibt immer etwas hängen, im letzten Spitalsbett deines Lebens wird dir, wenn die Schmerzen es zulassen, von deinem Dasein immerhin die Nostalgie bleiben, die Übersicht im Rückblick – Daseinsnostalgie, um wenigstens so viel jetzt schon zu sagen, ist das Gefühl, das einem nachhängt, wenn man einst schon dagewesen ist: Ich war da, als 14-jähriger in London, und las an der Fassade eines Kotzbrocken von Architektur: »The Mousetrap«. Es kann nur das Theatergebäude gewesen sein, in dem man »Die Mausefalle« Jahrzehnte gespielt hat, ein Agatha-Christie-Durchlauf durch Jahrzehnte, und ich in London, mit meinen Luncheon Vouchers in der Tasche, das waren Essensgutscheine, die in bestimmten Lokalen angenommen wurden, in anderen aber sowas von gar nicht. Die warfen einen raus, wenn man damit ankam. War ich in einem Lokal, von dem ich annehmen musste, dass sie dort keine Luncheon

Vouchers annahmen, verbarg ich meine Luncheon Vouchers in der Brusttasche des Sakkos, nahe am Herzen.

Und wieder war eine Kamera auf mein Haupt gerichtet, auf meinen Sprechkopf. Ich sage es wieder, sagte ich, so wie ich es schon Hunderte Male gesagt habe: Ich lese Kriminalromane wegen der Zwangslage, der Kriminalroman ist die Literatur der Zwangslagen, wenn es eng wird, da weiß der Kriminalroman Bescheid über die Zwangslage, er hat die Zwangslage in sein Schema eingearbeitet, genauso wie er die Illusion, sich aus der Zwangslage befreien zu können, vielleicht durch ein Verbrechen?, in sein Schema eingearbeitet hat, mehr kann man als Mensch auch nicht machen, und, du lieber Gott, dachte ich, als ich dem Fernsehen kostenlose Auskunft geben durfte, kostenlos – und das bei meiner prekären Lebenslage, Auskunft über Agatha Christie, über Paranoia und über Schuld, über den Kreis der Schuldigen, dafür waren sie mit der Kamera ins Funkhaus angerückt, in den Großen Sendesaal, aber sie waren zu spät gekommen, und so gab ich Auskunft über Paranoia, über Schuld, über das ewige Ausfindigmachen des Schuldigen, während hinter unserem Rücken bereits zwei Menschen, eine Orgelspielerin und ein Sänger, präsent waren, um für den Abend ein Oratorium zu proben: Der Sänger sang einen Ton an, die Orgel spielte mit, und nie wurde es etwas Ganzes, nicht eine Sekunde lang wurde »O Haupt voll Blut und Wunden« daraus, es war immer nur ein wiederkehrendes »O H«, es hätte am Schluss auch »O Hauptgewinn« heißen können, ich war verzweifelt: ein Oratorium, nein, nicht als Fragment, ein Oratorium in Schnipseln.

St. Matthew Passion, sagte ich zu den Leuten vom Fernsehen, und weil sie doch über das höher entwickelte Medium verfügten, höher entwickelt als Stimme und Orgel, forderte ich sie auf, dem niederen Treiben, dieser Gesangsprobe hinter uns, sofort Einhalt zu gebieten. Ich hörte, wie die Leute vom Fernsehen eine Weile verhandelten, und ich konnte – paradox wie ich eben empfinde – meine Tränen nicht unterdrücken, als die Orgelspielerin und der Sänger traurig, wie ich mutmaßte, ja, sehr traurig den Großen Sendesaal verließen. Sie verschwanden durch eine Seitentüre, und ich sah von meinem privilegierten Platz vor der Kamera aus, wie der Raum, in dem diese beiden Künstler nach ihrem Auszug aus dem Sendesaal Zuflucht fanden, vollgesteckt war mit Reisetaschen, Koffern und Kleidungsstücken: das Ensemble des Oratoriums, der Chor (O Haupt voll Blut und Wunden) hatte sich in einem Nebenraum des Großen Sendesaals niedergelassen, in dem ich schamlos über die Schuld, über die Paranoia, über Agatha Christie ausführlich werden durfte, allerdings gratis, und das bei meiner prekären Lebenslage.

Das Fernsehen war ins Radio gekommen, extra meinetwegen. Ich arbeitete damals als Radiophilosoph, mit einer philosophischen Kolumne pro Monat, ein Zubrot, und es ist gut, dass man davon nicht leben kann, denn über alles, wovon man nicht leben kann, kann man philosophieren. So reißt der Gedankenstrom nicht ab, und du wirst durch deine Zwangslage auch noch zum Gelehrten. Die Leute vom Fernsehen waren bald weg, sie ließen mich, den Mann mit seinen Zwangslagen, im Großen Sendesaal allein zurück. Ich fühlte eine leichte Beklemmung, und um mich darüber zu beruhigen, aber auch aus Spaß und weil sonst niemand da war, stellte ich mich an eines der vielen Pulte, die im Sendesaal bereitstehen, und hielt niemandem, buchstäblich niemandem einen Vortrag: … und dann, so begann ich meinen einsamen Monolog im Sendesaal, und dann ging der Vorhang auf. Die ganze Bühne, sagte ich, war besetzt von einem einzigen Orchester. Die Musiker saßen in Stufen, bis hoch hinauf, bis fast an die Decke. Die Klarinetten spielten, die Violinen spielten, die Trompeten spielten, alle spielten, und zwar auf Teufel komm raus.

Die Musiker waren mit ihren Instrumenten zusammen gewachsen, im Doppelsinn – zusammengewachsen: Sie waren endlich eins mit ihren Instrumenten geworden (und zwar nicht bildlich, sondern im wörtlichen Sinn) und: zusammen gewachsen –, sie waren mit ihren Instrumenten gewachsen, empor in die lichten Höhen, sagen wir, einer himmlischen Musik. Durch das Orchester ging ein einziges Zittern und Beben, alle waren ein Körper, niemand fiel aus dem Rahmen, auch die dicke Dame nicht, die in einem grellroten Kleid vorne an der Rampe stand und beinahe elegant am Klavier lehnte. Der Pianist haute in die Tasten, dass es eine Freude war, und die Dame, die ein wenig aussah wie ein verkleidetes Mitglied der Panzerknackerbande, schürzte ihre ohne Gnade sangesbereiten, das Kleid an Röte weit übertreffenden Lippen.

Da sie nichts zu singen hatte, stand sie als Monument ihrer selbst da, gleichsam als solistisches Zubehör des Orchesters. Das war spektakulär, aber es war nichts gegen die Figur, die diesem Ereignis insgesamt vorstand. Man sah sie nur von hinten, und es konnte kein Zweifel bestehen: Das ist der Dirigent. Wie auch seine Frackschöße flogen, das wirkliche Ereignis waren seine Hände und seine Arme. Mit ihnen hatte er alles im Griff, den Rhythmus, die Noten, die anwesenden Menschen, die Hörer und die Produzenten.

Die Ärmel des Dirigenten ruderten besitzergreifend in der Luft – unschlagbar gaben sie den richtigen Ton an.

Nie in meinem Leben habe ich Schostakowitsch wieder so hören können, nie wieder in einer so eindeutigen Schostakowitsch-Performance, auch nie wieder in einer so unverschämten Lautstärke, dass es einem die Socken auszog – und bevor man mich für den Banausen hält, der ich leider eh bin: Ich habe, wie gesagt, dieses Orchester wirklich gesehen, allein, es war kein wirkliches Orchester, sondern ein Marionettenorchester, auf die Bühne gestellt von einem russischen Puppentheater, an dem hinter den Kulissen ein geniales Ensemble wirkte: Leute, die einen Sinn für Ironie und zugleich für das Bombastische haben, mit dem nicht zuletzt ein moderner Musikbetrieb seine Anhänger rekrutiert.

Und bei Musikbetrieb, einem Stichwort, kamen die Organistin und der Sänger wieder zurück, um ihren kleinen Musikbetrieb wieder zu eröffnen. Sie wurden widerwillige Zeugen meiner akustischen Anmaßung. Sie waren doch keine Marionetten, sondern Künstler, also Menschen, die geistige Freiheit, Disziplin und Lebendigkeit hatten. O Haupt voll Blut und Wunden murmelte ich in meinen Bart und schlich beschämt aus dem Großen Sendesaal des Funkhauses in der Wiener Argentinierstraße.

Wie passt das alles zusammen? Ganz einfach und überhaupt nicht. Kein Wunder, dass ich Bewusstseinsflimmern habe. Mein Kopf, mein Bewusstsein, muss alles zusammenhalten, und es war ganz einfach der Tag, an dem ich Lili Fichte kennen lernte, nämlich der Tag, an dem ich selbst mit durchaus krimineller Energie (ich will nicht unschuldig tun) den Herrn vor dem Aufzug verbal und brachial versorgte. Das hasse ich an der Zeitungssprache, dieses »er sorgt für«, zum Beispiel für Aufsehen oder für einen Eklat, natürlich hasse ich auch »er gibt sich«, das hasse ich auch, wenn einer sich ergibt, also wenn völlig Fremde, der Sache und der Person ganz und gar Fremde, die in der Zeitung schreiben, sich skeptisch geben: Er gibt sich zufrieden, nein, das kann man ja sagen, aber er gibt sich charmant, so, als ob er nicht charmant wäre, sondern sich nur charmant gäbe. Das ist gang und gäbe, dieses »er gibt sich«, und Robert Menasse hat es auch erledigt, mit elegantem Spott, während ich mich selbst erledige mit dieser Wut, dieser Wut, die ich habe, wenn sich einer wieder gibt. Ich gebe alles, sagt Alaba, der größte Fußballer aus Österreich, und daher – wegen alles – muss man von ihm sagen, dass er auch sich gibt. Das war mein Glück, dass ich mich nie gegeben habe, jedenfalls nie ganz, so blieb immer ein wenig, ein bissl was von mir über, mit dem ich die nächste Niederlage in die Wege leiten konnte. Dafür habe ich gesorgt.

Genau an diesem Tag, an dem ich morgens beim Aufzug Sieger geblieben war, lernte ich Lili Fichte kennen. Jetzt gebe ich mich als einer, der Lili Fichte kennen gelernt hat. Man muss sich das vorstellen, ich habe den Mann im Aufzug erledigt, danach wollte ich ins Café Formanek, zur Arbeit, Frühstück für jeden Menschen, der ein Frühstück bezahlen kann, und als die Frühstücke bezahlt worden sind, die Frühstücke vom ersten Durchgang, dann kommt ja die zweite Frühstücksschicht, aber ohne mich, mit mir nicht, hatte ich doch die Verabredung mit dem Fernsehen im Funkhaus, wo ich als Radiophilosoph meiner bescheidenen Meinung nach unterbezahlt, aber immerhin zuhause bin. Ja, das Funkhaus in der Argentinierstraße ist mein zweites

Heim. Die dreieinhalb Jahre, die ich mit Cathrin Pichler in einer äußerst schwierigen Art und Weise zusammengelebt habe, wohnte ich bei ihr in der Prinz-Eugen-Straße, und der Rundfunk, auf den ich von Cathrins Fenster aus stets einen Blick werfen konnte, war noch nicht mein Heim. Den Rundfunk von innen kannte ich nur aufgrund meiner Reiseleitertätigkeit für amerikanische Brass Bands, auf Deutsch, für Blechmusikkapellen, und eines Abends war ich dort mit meiner Blechmusikkapelle aus Amerika.

Das war viele Jahre, bevor ich Cathrin kennen gelernt habe, bei der ich dann vis-à-vis vom Funkhaus wohnte, und ich war als Reiseleiter eine Autorität. Ich hatte aber nicht im Geringsten meine Autorität ausgenützt für die Liebesbeziehung mit einer Klarinettistin, die mir das Schicksal, um es so zu sagen, geschenkt hatte. Das Schicksal sorgte für meine Liebesbeziehung zu Sheila. Sheila, die Klarinettistin, muss aber blutjung gewesen sein, wie die Leute damals sagten, als ob sie sie der Liebesbeziehung wegen schlachten wollten: blutjung. Ja, es war eine Jugend-Blaskapelle. Ich weiß noch, dass eine amerikanische Lehrperson, eine Dame in den Dreißigern, mich zur Seite nahm und halb besorgt und halb heiter mir Folgendes sagte: Sheila, sagte sie, Sheila kenne ich seit ihrem siebenten Lebensjahr. Weißt du, wie seltsam das für mich ist, jetzt zu sehen, wie Sheila von einem Jungen begehrt wird und wie sie einen Jungen begehrt?

Sie sprach Englisch, ich habe aber nur die deutsche Fassung davon in Erinnerung. Dort habe ich sie behalten, weil in der erstaunten Frage kein Dogma und nichts von einer verbietenden Moral war, sondern nur Staunen über den Wandel der Dinge und Güte für einen Menschen, der – hoffentlich zum Glück – diesem Wandel unterworfen war. Die

Lehrperson wollte mich von der unendlichen Kostbarkeit des jungen Mädchens unterrichten, das sich – war's ein Fehler oder nicht – mir zugewandt hatte.

In solchen fehleranfälligen Zeiten war ich zum ersten Mal im Funkhaus und damals gleich auch im Großen Sendesaal, weil die Brass Band, meine Blechmusikkapelle, dort auftrat. Heute, rückwärtsgewandt, wie ich es ja mehr als genug bin, weil ich alle meine Erkenntnisse mit Vorliebe im Rückblick gewinne, ist mir klar, was ich an den jungen Amerikanern wertzuschätzen hatte: Sie traten auf, kaum von Eitelkeit oder von irgendeiner künstlerischen Verblendung motiviert, und spielten ihre Musik in der Haltung, als ob sie Hörern, die hören wollten, etwas zu bieten hätten. Die, die nicht wollten, waren für die Musiker auch in Ordnung, und ich will darauf hinweisen, dass ich in ihrem Fall das Wort Spiel doppelsinnig verstehe: Einerseits – zum Beispiel – Sheila, die eben Klarinette spielte, anderseits aber war das ganze Unternehmen ein Spiel, mit anerkannten Regeln, mit einer Strenge, die das Funktionieren garantierte, und zusätzlich der reinen Freude des Dabeiseins. Keine Erwartungen, die man überzogen nennt, sondern Einhaltung des Rituals, das man generell bejahte und das ein Zusammenspiel ermöglichte, hinter dem eine, in meinen Augen, sehr beschwerliche Logistik stand: Ständig musste man die Instrumente einpacken und auspacken, dorthin tragen, dahin tragen, alles Übungen, an denen ich schon beim Zuschauen verzweifelte, wie ich oft beim Zuschauen verzweifle, sodass ich singen könnte: »Zuschauen kann i net«, ganz so wie Max Hansen es singt, nicht so geölt wie Peter Alexander, sondern fast so, als wär's ein Lied von Brecht: »Zuschaun kann i net«, ganz in der Singweise von

Max Hansen, und im Rundfunkarchiv in der Argentinierstraße haben sie sicher die entsprechenden Aufnahmen, die meine Art von Gehör bestätigen würden.

Mit der Blasmusikkapelle aus Amerika war ich zum ersten Mal im Funkhaus, dachte ich, als ich aus den Fenstern von Cathrin Pichlers Wohnung hinüberblickte zum Parkplatz der Rundfunkangestellten. So ein Blick wäre schon ein paar Jahre später nicht mehr möglich gewesen: Wo der Parkplatz war, hat man ein Gebäude errichtet, nach der Manier der Städte, in denen der freie Blick, der auf dem Land zum Muss wird, absolut unmöglich ist. In dieser Frage bin ich ein Fachmann, weil mich einst ein Architekt aus der Schweiz angeschrieben hat, ich möge doch bei einer universitären Publikation mitarbeiten, die dem Thema Stimmung und Dichte in der Großstadt gewidmet ist. Was geschieht mit unserer Stimmung, wenn die Verbauung immer dichter wird? Ich warf mich ins Zeug, schrieb meinen Text, übersandte ihn dem Architekten, und der nannte mir die Adresse einer Universität, an die ich die Honorarnote zu richten hatte; er selbst sei im Besitz des Textes und aus dem Schneider. Ich habe aber keine Honorarnote irgendwohin gerichtet, es war mir zu anstrengend, viel zu mühsam, und der Architekt ist mir aus der Sichtweite gerückt, verschwand in der verbauten Ferne. Das hat mir meine Stimmung verfinstert, aber die ist eh meistens so schlecht, dass ich überhaupt von Stimmung nichts halte.

Damals, beim ersten Mal im Funkhaus, war ich müde, erschöpft von meiner Funktion als Reiseleiter, der eine Schüler-Blaskapelle aus Amerika durch Europa geleitete, und durch die Müdigkeit hindurch gewannen die Augenblicke im Funkhaus etwas auratisch Schweres. Ich glaube, dass ich damals in meinem seelischen Ungleichgewicht das Monopol des öffentlich-rechtlichen Rundfunks mitempfunden habe. Die Entwicklung, der Fortschritt hat alles banalisiert, vor allem den öffentlich-rechtlichen Rundfunk. Jeder, der das Geld dafür hat, kann jetzt senden und sich wichtig machen, aber damals war der öffentlich-rechtliche Rundfunk allein wichtig. Ich stand im Funkhaus, in der Kantine, die leer war, und mir kommt vor, als hätte ich das künstliche Licht von damals heute noch in meinen Augen. Die Blasmusikkapelle spielte im Großen Sendesaal, ich saß zum ersten Mal im Funkhaus, und, verstehen Sie, meine Damen und Herren (meine Damen und Herren – das ist alte Radiosprache), verstehen Sie, diese Zeitverschobenheit in Städten hat etwas Unheimliches: Da war ich einst im Funkhaus, und der Ort war mir ganz und gar neu, ich war mir sicher, niemals wiederkommen zu dürfen oder zu müssen, das war selbstverständlich, es war nur ein Gastspiel, im Großen Sendesaal spielte die Blechmusik aus Amerika, von mir nicht musikalisch, sondern geographisch begleitet, und ich war währenddessen Kantinengast im Rundfunkgebäude, vor allem war ich ahnungslos einer Zukunft gegenüber, die ich damals aber schon hatte und in der ich eines Tages mit Peter Klein über den Gang gehen würde, ich, als ein dem Rundfunk Zugehöriger, und das Band der gerade aufgenommenen Eineinhalbstunden-Sendung wird auseinanderfallen, und wir werden es auf- und wieder zusammenrollen.

Das war tatsächlich damals meine Zukunft, aber die damalige Gegenwart war dieser Zukunft gegenüber ahnungslos. Man könnte auch sagen, sie war von ihr unbelastet, und ich glaube, deshalb konnte diese Zukunft auch eintreten. Sonst wäre alles ganz anders gekommen, aber es ist ein seltsames Gefühl geblieben, wenn man die Orte und die Stellen mit Hilfe des Gedächtnisses so ansieht, als hätten sie noch die Unschuld, die sie allmählich verloren haben, weil man an Ort und Stelle oft ein und aus ging: der RP5 zum Beispiel im zweiten Stock des Funkhauses, ein vom Gebrauch abgetakelter Regieplatz, an dem vieles, man sollte es nicht glauben, immer noch gut funktioniert, auch wenn der Raum total verschlissen erscheint. Im RP5 saß ich, der Verzweiflung nahe, während Peter Klein sachkundig, mit Recht seinem Geist und seinem Handwerk vertrauend, die Tonbänder schnitt. Das konnte ich nicht, schneiden konnte ich nicht, und wiederum wurde mir die Lehre meines Lebens erteilt: Fertigstellen kann ich es nicht allein, ich habe jemanden nötig, der es für mich fertig macht, und ich sage: mit mir, es mit mir fertig macht, während ich, der Verzweiflung nahe, zusehen muss, was wird.

Es war das Furchtbarste, dieser Moment, als ich Jahre später im Funkhaus anrief, um Peter Klein zu sprechen, dem ich den Vorschlag für eine Supersendung machte, er aber meine Suada mit der für ihn typischen Ruhe unterbrach, um mir mitzuteilen, dass er nunmehr keine Sendung machen würde, mit mir nicht und auch mit sonst niemandem, er sei in der Hierarchie aufgestiegen, an der Spitze der Bürokratie gelandet, wo man nichts mehr macht, sondern vielmehr alles Gemachte beaufsichtigt. Verdammte Vergänglichkeit, ich war schon wieder allein, auch auf der weiten Flur des Funkhauses in der Argentinierstraße 30a, wo der Sender war, der einst in meiner Kinderzeit im Programm hatte, was man dann im Leben nicht hatte, nämlich die »Die große Chance«: »Die große Chance, die große Chance, sie klopft an deine Tür …«

Kennmelodie: Gerhard Bronner, Moderator: Max Erich Octavian Böhm, genannt Maxi, der Mann, dessen Witzesammlung, wie nach seinem Tod festgestellt wurde, 80 000 Witze umfasste. »Die große Chance« war eine Radioquizsendung, und zu der Zeit, in der wir noch gar nichts voneinander wussten, hörte Armin Thurnher in Vorarlberg »Die große Chance«, und ich in Wien hörte »Die große Chance« ebenso. Die Trostpreise, ein »Schwechater Wirtegutschein« und eine »Flasche Jules-Bouchet-Weinbrand«, wurden zeitweilig sprichwörtlich, man höre: Die Trostpreise wurden sprichwörtlich! Während die Hauptpreise längst den Bach runter sind, habe ich die sprichwörtlichen Trostpreise noch im Ohr: Jules Bouchet, den Brand der Brände, und Schwechater Wirtegutschein.

Damals, in den fünfziger Jahren, war die Hautevolee (heute: High Society) mit einem Paar Frankfurter Würsteln fürs Erste zufrieden, aber immerhin hatte »Die große Chance« auch ihren noblen Touch: Sie wurde im Mozartsaal des Wiener Konzerthauses, wie man sagte, aufgezeichnet, also dort, wo die edelsten Instrumente und die allerschönsten Menschenstimmen erklangen, spielte für uns (für Armin Thurnher in Vorarlberg und für mich in Wien) der große Norbert Pawlicki, dem erst 1966 der Berufstitel Professor verliehen wurde. Zur selben Zeit, als die Sendung längst eingestellt worden war und Armin Thurnher, der spätere Chefredakteur der Stadtzeitschrift *Falter*, Vorarlberg längst schon verlassen hatte, brachte ein Team für Grundlagenforschung am Publizistikinstitut der Universität Wien es ans Licht: Das Format der »Großen Chance« stammte von der amerikanischen Radioquizsendung »Double or Nothing« mit Bert Parks. Ja, Parks, wir Freunde Amerikas kennen ihn: »There She Is, Miss America«, der Song, aufgezeichnet mit Parks, findet heute noch bei den amerikanischen Misswahlen Verwendung, aber da gibt es auch diesen merkwürdigen historischen Kreislauf, dieses Unberechenbare der Emigration und ihrer Rückbezüglichkeit: Parks wurde in Atlanta, Georgia, geboren, sein Vater war Aaron Jacobson, ein jüdischer Kaufmann, der aus Lettland in die USA eingewandert war. Die Mutter, Hattie Jacobson, eine geborene Spiegel, war die Tochter von Einwanderern aus Österreich-Ungarn, ihre Leute kamen von hier!, und in diesem Meer der aneinander in der Weltgeschichte vorbeilaufenden, einander nicht berührenden Menschen entdeckt man Bedeutungskreisel und Zusammengehörigkeiten, dass mir schwindelt (seltener sagt man, aber man sagt es doch: mich schwindelt).

Double or nothing – ein Schmerz, den ich hatte und der aus der Sprache kam. Er kam aus dem Englischen zu mir, aber zuvor, bevor ich den Schmerz ansprechen werde, will ich noch zu dieser furchtbar banalen (das heißt: erschreckend) wahren Geschichte Stellung nehmen, dass ich einst als Schüler Englisch bei Professor Gabler hatte, bei einem alt wirkenden Herrn, alt, auch wegen seines schlohweißen Haares, der seine abgetragene Aktentasche ausschließlich Lieblingsschülern zu tragen überließ. Hinter seiner Tasche kam er dann um die Ecke, immer die halbe Unterrichtsstunde zu spät. So ging alles durch die Schuljahre seinen Gang, bis eines Tages aus Großbritannien ein Austauschlehrer erschien, der immer rechtzeitig, also eine halbe Stunde vor Gabler, in der Klasse war. Und da ereignete sich das Wunder der Sprache: Der junge Doktor Finley Lewis – er wird von mir im Rückblick so extrem deutlich angesehen, dass er im Gedächtnis wie einer aussieht, den es damals in der später berühmten Form noch gar nicht gab –, er sah nämlich aus wie Mister Bean, wie die Kunstfigur des von mir geliebten Rowan Atkinson, wobei man eingestehen muss, dass die Figur ja so konzipiert ist, dass alle Engländer Mister Bean gleichschauen, und dass mein Gedächtnis vielleicht gar nicht einem Klischee auf dem Leim gegangen ist, sondern dass eben Atkinson, wenn man das so sagen darf, mit dem Leim gearbeitet hat, der alle meine Vorstellungen von Doktor Finley Lewis zusammenhält.

Nun kommt die Umständlichkeit meiner Erzählung davon, dass mir die Geschichte peinlich ist. Es ist mir so peinlich, dass Professor Gabler und Doktor Finley Lewis sich nicht auf eine gemeinsame Sprache einigen konnten. Das heißt, die englische Sprache, die Professor Gabler bevorzugte, war eine ganz andere Sprache als die, die Doktor Finley Lewis zu seiner Muttersprache hatte. Ohne Zweifel hatte Professor Gabler sein durchaus fließendes Englisch in sogenannter amerikanischer Gefangenschaft gelernt, geübt und ständig verbessert. Aber das war es nicht, auch wenn es mir, der ich schon als Schüler bis zur Obsession anglophil war, die Chance der Quotation einräumte: »We have really everything in common with America nowadays except, of course, language.«

Ich stand mein Leben lang ganz auf der Seite der Briten (auch während des Falkland-Krieges), und es gibt aus meiner Schulzeit ein Foto, das den Schüler Leupold, mich und als Lehrmittel ein wackliges Skelett zeigt, wobei ich der Einzige von den dreien war, der ein echt britisches Sakko trug, ein Tweed-Sakko, das ich mir von den Luncheon Vouchers, also direkt vom Munde abgespart hatte. Das Skelett hatte seine beweglichen, aber leblosen Finger auf meinem Tweed. Die Auffassungsunterschiede, daran konnte mein echtes Sakko auch nichts ändern, zwischen Professor Gabler und Doktor Finley Lewis waren nicht von der »Two nations divided by a common language«-Art und Weise. Ich fürchte, Professor Gabler hatte für sich durch all die Jahre ein Englisch als Unterrichtssprache entwickelt, das im gesamten angelsächsischen Raum nicht nur nicht gesprochen, sondern auch nicht verstanden wurde. Und dieser vortreffliche Mann, der immer zu spät kam, musste noch vor seiner Pensionierung, also irgendwie rechtzeitig, erleben, dass ein aus England dahergelaufener Doktor Finley Lewis die philologische Kreativität eines österreichischen Professors relativierte und seine Privatsprache der Vernichtung preisgab. Mister Bean, die Kunstfigur, spricht selbst ja kaum ein Wort, seine Lebenskunst, wortlos auszukommen (oder besser: ohne Worte am Leben zu scheitern), ist eine gute Ergänzung der Tatsache, dass heute (anders als damals) Englisch die Sprache wurde, die nicht zu beherrschen ein aristokratisches Signal ist. Alle schreiben ihre Triumphe, ihre Siege auf Englisch an, und selbst der Jammer der Erde drückt sich, wenn auch nicht akzentfrei, so doch einwandfrei in dieser von mir so geliebten Sprache aus, womit ich zu einem Schmerz zurückkommen kann, den mir die englische Idiomatik bereitete: Ich fuhr mit einem Mädchen aus Amerika, nein, nicht mit Sheila, sondern mit einem Mädchen, das ich Jahre später in der Londoner Jugendherberge kennen gelernt hatte, per Autostopp hinauf in den britischen Norden. Ich hatte das Mädchen gern, und dass sie nicht zu den schönsten gehörte, war doch, weil ich ihr Wesen erkannte, ganz egal.

Irgendwo auf der A1 hielt ein weißer Kleinbus, der Wagen eines Handwerkers, der mir über das Mädchen aus Amerika, als sie es nicht hören konnte, zuflüsterte: »All right for a double«, was wohl so viel hieß wie: zum Ficken okay. Die Phraseologie, die zu fester Form verwachsenen Redewendungen, bewunderte ich am Englischen auch in diesem Fall. »All right for a double« hat eine Geradlinigkeit, die nichts zu wünschen übrig lässt, aber der konkrete Gebrauch des Sprachspiels erschütterte mich. Da wollte einer ein Einverständnis mit mir zelebrieren, in einer Angelegenheit, die für mich ganz und gar anders war und die eine solche Rohheit gar nicht zuließ. Er gab mir zu verstehen, dass er mir die Nicht-Schönheit meiner Reisebegleiterin nachsähe, weil er ja genau wüsste, warum ich sie auf mich nähme. Mit seinem »All right for a double« beanspruchte er Komplizenschaft und traf mich so ins Herz. Ich ertrug den Mann bis Edinburgh, denn wer je auf der A1 per Autostopp von London aus in den Norden hinaufwollte, der weiß, dass es zu einem Degradierungsritual werden kann, zu einer tiefen Demütigung mit dem Gefühl, dass man auf der Welt nicht gewollt wird, weshalb man Kompromisse schließt, sich also zum Komplizen auch von Leuten macht, denen man auf der Straße nicht begegnen möchte.

Was hatte ich denn ein Leben lang mit England? Ich bilde mir ein, ich weiß es, und zwar seit gestern (gestern seit dieser Niederschrift heute). Gestern sendete ein deutscher, sich selbst Kultursender nennender Sender eine Doku – Doku, wie Lili zu sagen pflegte, Doku, eine Abkürzung, die ich hinschreiben kann, die mir aber nicht über die Lippen geht. Dokumentiert wurde die uralte Affäre des John Profumo mit der Christine Keeler und das erinnerte mich gestern daran, wie ich an dem historischen Zeitpunkt, da alles mit der Keeler aufflog (ich habe keine Ahnung mehr, was da aufflog), in London war und wie ich im Park von Lewisham aufgeregte Zeitungsberichte las von einer Welt, die mir weiter entfernt war als Alaska. Der ganze staatspolitische Krampf im Mix mit der eh hoffnungslosen Sexualität, dem Spionageverdacht und einem Osteopathen, aber dann dieser wunderbare Name, der in der Hitze des Gefechts fiel: Mandy Rice-Davies. Sodass ich heute noch daran denke, in diesem Buch Lili Fichte nicht Lili Fichte, sondern Mandy Reis zu nennen, zumal Reis meine Lieblingsspeise ist und ich in meinem Vorzimmer sogar einen vietnamesischen Reiskocher stehen habe, aber noch unausgepackt, denn ich koche zuhause nicht. Das tue ich mir nicht an!

Die Doku führte mir eines vor Augen – in den frühen sechziger Jahren hatten die Engländer Stil: Tweed-Sakkos sowieso und dann diese Button-down-Hemden, taillierte Wintermäntel, Kappen und Hüte von mutigem Schwung. Heute sind die Engländer angezogen, als hätten sie die Gebrauchtwarenlager des ehemaligen sogenannten Ostblocks aufgekauft oder geplündert, aber damals waren sie in shape, in Schale, wie man im geliebten Wien sagt, dieser schönsten aller Städte, die zugleich die hässlichste aller Städte ist, eh schon wissen, und ich wäre zu meinen Schulzeiten auch gerne in Schale gewesen, aber zu mehr als einem Tweed-Sakko im Ausverkauf und zu einem, meine finanziellen Kräfte übersteigenden blauen Button-down-Hemd hat es nicht gereicht. Aber der Stil, der muss es gewesen sein, der mich so anglophil gemacht hat, und ich war anglophil, bevor alle Welt es wurde, weil Massen von Menschen an den Beatles und den Rolling Stones einen Narren fraßen. Da ich so anglophil war, fiel es mir schwer, Cathrin Pichler zu verstehen oder ihr auch nur im Mindesten gerecht zu werden. Wir saßen in einem griechischen Restaurant hinter der Volksoper (wer das alles damals bezahlt hat, woher mein Geld kam?), und Cathrin Pichler hatte einen ihrer schweren Anfälle von Italianità (conformity to the peculiarities of Italians or their language or culture). Von der Leichtigkeit des Lebens dort, von den Fischerdörfern, von Rimini und von Fellini, von den Restaurants in Rom und dem Wein in Turin und den Linken, die in Italien »eine Rolle spielten«. Ja, dachte ich, dem Hitler haben die Italiener vorgespielt, wie man's macht, und so sind sie, wie viele in der Weltgeschichte, Opfer der Entfesselung jener Ideen geworden, auf die sie zuerst einmal selbst gekommen sind. Nein, die Italiener, super, von mir aus auch die Atemluft in Rom super, wenn auch nur super Benzin, nein, nein, Italien, großartig, aber ich hielt Cathrins Art des Lobens nicht aus. Sie schloss nämlich mit ein die kalte Art des Verachtens von allem anderen, das nicht unters Italien-Lob subsumiert werden konnte. Es war die Fetischisierung, diese Behauptung der Alleinseligkeitsmache durch Italien, die mich bis aufs Blut reizte, innerlich kochte ich, bis ich mit der Wut herausplatzte und es zu einer unserer stadtbekannten Streitigkeiten kam, deren Intensität bei zumeist kindischer Ursache uns hätte klar machen müssen, dass wir auch bei bestem Willen einander nicht ertragen konnten.

Jahre später (als ob es gestern gewesen wäre) wartete ich auf sie im Café eines Krankenhauses. Sie kam aus einem der oberen Stockwerke und fuhr in einem Rollstuhl aus dem Aufzug heraus. Ich hatte sie lange nicht gesehen, aber jedes Mal, wenn ich sie gesehen hatte, gelang es ihr, mir etwas zu unterstellen, was mich – wie gehabt – in Wut brachte. Dabei war mir nicht verborgen geblieben, wie sehr ich ihr verbunden war, wir beide hatten das gleiche Gefühl für das Gewicht der Welt, wir wussten, wie viel es wog. Ins Krankenhaus war ich gekommen, um mit ihr ein Gespräch zu führen, das ich in eine Laudatio einfließen lassen wollte: Für ihre wissenschaftlich-künstlerische Arbeit bekam sie eine hohe Auszeichnung des Staates. Der Rollstuhl – sie hat an diesem Nachmittag im Maimonides-Krankenhaus ihren Rollstuhl mit keinem Wort erwähnt. Das konnte sie, weil die Distanz zwischen uns mittlerweile groß genug war, sodass sie keine Erwartungen mehr in mich setzte. Aber sie konnte es auch, weil sie, wenn sie wollte, unheimlich taktvoll war. Sie wollte mir an diesem Nachmittag im Krankenhaus auf keinen Fall das Gefühl geben, ich müsste zu einer Unvermeidlichkeit hilflos Stellung nehmen. Wir verdrängten ihren Tod nicht, wir übergingen nur gemeinsam und mit Schweigen, dass er in absehbarer Zeit eintreten würde.

Ich habe nichts mehr von Cathrin als meine Erinnerung an ihr Leben, an ihre Art, lebendig, also oft auch traurig, depressiv, also leblos zu sein. Sie hat zu Lebzeiten für ihre Notizen mit Vorliebe schwarze, linierte Geschäftsbücher verwendet – Hardcover. Solche Bücher benütze ich jetzt in ihrer Nachfolge, und weil ich ein paar Frühlinge mehr als sie erlebt habe, denke ich, wenn der Frühling kommt, an die ersten warmen Nachmittage, da wir damals – vis-à-vis vom weit genug entfernten Funkhaus – im Garten vor ihren Fenstern saßen und uns Notizen machten. Das Furchtbare ist, dass mit jedem Menschen die ganze Welt verschwunden ist, dass der Überlebende aber zur Kenntnis nehmen muss, dass sie doch noch da ist, die ganze Welt. Das Leben ist ein merkwürdiger Anlass zu sterben. Außerdem gibt es keinen anderen, das ist der purste Totalitarismus. »Die große Chance« ist vorüber, Maxi Böhm, der Witzesammler, lebt nicht mehr, aber Armin Thurnher und ich sind da. Wir können uns über die alte Welt miteinander unterhalten, sogar unsentimental, in reiner Sachlichkeit. Die Kandidaten, sage ich, hatten Fragen mit wachsendem Schwierigkeitsgrad zu beantworten. Armin, der selbst einen kleinen Mittelbetrieb führt, fügt natürlich hinzu: Als Sponsoren traten der Unilever-Konzern und die Brauerei Schwechat auf. Vorsicht, dieser Text enthält Produktplatzierungen, ich meine meinen eigenen Text, den Content meines eigenen Textes, meine ich.

Ist es dir aufgefallen, Armin, hast du es bemerkt? Sicher ist es mir aufgefallen, sag mir was, damit ich weiß, ob es dir auch aufgefallen ist. Na, sage ich, wie heißt das Quiz heute? Armin antwortet, ohne zu zögern, lehrt er doch auf der Fachschule für Journalismus: »gehört. gewusst. – Das Ö1 Quiz.« Ja, sage ich, und es fällt dir nicht auf? Doch, jetzt fällt es mir ein: Früher hieß es »Die große Chance«, und ich lauschte in Bregenz und dachte, dort muss ich hin, wo sie dir die große Chance geben, und heute, sagt Armin, heißt das Quiz so abgeschlossen, so selbstreferentiell im Kreis gehend: »gehört. gewusst.« Das ist es, sage ich, damals wusste der Sender von seiner Sendung, von seiner Mission, heute bringt er nichts als den eigenen Markennamen im Titel unter.

Close the gap, mind the gap. Ach, ich habe mein Leben lang the gap, die Kluft zwischen unterhaltsamem Unfug und elaboriertem Geist nicht anerkennen können. Es muss eine Krankheit sein, aber ob große Chance oder Richard

Wagner, sie kommen doch alle aus einem Gerät. Später kam das Fernsehgerät dazu. Es gibt in diesem Zusammenhang für mich ein Phänomen, das mich seltsam, ja, gespenstisch berührt. Meine Eltern und ich gingen von unserer Stiege zu einer anderen Stiege des Gemeindebaus, hinüber in die Wohnung der Familie Sucharek. Wir pilgerten hinüber, es war ein Marsch in ein heiliges Land, weil dort bei den Sucharcks schon ein Fernsehapparat stand. Fernsehen kannten wir nicht, Telefon hatten wir nicht. Das war unser Verhältnis zur Technik, genau umrissen: kannten wir nicht, gab es nicht, Plattenspieler kannten wir ebenfalls nicht. Rückblickend also ein auratischer Augenblick: der erste Fernseher in einem Leben. Nach dem Konsum eines schwarzweißen Programms fand die Unterhaltung kein Ende, sondern beliebig wiederholbar sang Freddy Quinn von der Platte: »Junge, komm bald wieder, bald wieder nach Haus! Junge, fahr nie wieder, nie wieder hinaus! Wohin die Seefahrt mich im Leben trieb, ich weiß noch heute, was mir Mutter schrieb. In jedem Hafen kam ein Brief an Bord. Und immer schrieb sie: ›Bleib nicht so lange fort!‹«

Meine Mutter berührte das nicht, mein Vater verstand nicht, was das alles war und vor allem wozu es war, und ich empfand vom ersten Ton an, den ich von Freddy Quinn oder von Peter Kraus hörte, eine große Liebe für die Kunst. Ja, meine ästhetische Erziehung hatte einen Höhepunkt im Gemeindebau, und zwar ganz genau in jenen Momenten, als Fredl Sucharek, die alte Sau, der alles vom Bett aus verfolgte und dirigierte, sich unter der Decke unaufhörlich den Sack kratzte. Man muss die Begleiterscheinungen ausblenden. Ich konnte keinen Augenblick an eine niedrige Kunst glauben, ja, Scheiße machen die im Fernsehen genug, aber Kunst ist Kunst, was immer auch Kunst ist. Das dauernde Sitzen vor dem Fernseher ist für mich ein Kunststudium. Über die wechselseitige Durchdringung von gehobener Trivialkultur und der in höchste Höhen gehobenen Burgtheaterkultur kann ich sogar ein Referat halten: »Adieu, Claire«, heißt eine Folge von Helmut Dietls Fernsehserie »Kir Royal«. Der Inhalt der Folge: Ein Komponist stirbt, und die alte Dame, die in der vor-nationalsozialistischen Zeit seine Geliebte war und seine Chansons gesungen hatte (so ist das angeblich in der Liebe der Künstler: Wes Lied ich sing ...), sie lebt in Paris und hat geschworen, nie wieder deutschen Boden zu betreten. Der Tod ihres einstigen Geliebten bringt sie aber nach München zurück. Ein Freund chauffiert sie durch die Stadt, und sie fragt, ob er für sie am Theater vorüberfahren kann. Dann steht sie vor dem Theater, und an Ort und Stelle hört sie im inneren Ohr eine Hitlerrede und den Beifall der Masse, wie er ungeheuerlich anschwillt. Sie unterbricht das Gehörte mit einer ungeduldigen Geste ...

Die zitierte Folge stammt aus dem Jahr 1986, und die Szene vor dem Theater ist praktisch, sehr praktisch dieselbe, mit der Thomas Bernhards »Heldenplatz«-Uraufführung 1988 endet. In Dietls »Kir Royal« wurde die alte Dame von der Schauspielerin Marianne Hoppe gespielt. Marianne Hoppe war es, die in der Uraufführung von Bernhards »Heldenplatz« am Ende die von Hitler aufgeregte Masse im Ohr hatte, und ich saß in der Premiere, es war mein größtes Theatererlebnis und überhaupt eines meiner größten Erlebnisse, so sehr, dass ich mich fragen muss, wie kam ich überhaupt dazu, wie kam ich damals zu einer Karte?

Zur Frage fallen mir Antworten ein, allerdings nur zu

ganz anderen Fragen – es fielen mir die Studenten ein, die Schauspielstudenten, ein Einfall wie ein Einbruch, gewaltförmig, das Bewusstsein, dieser Assoziationsapparat, durch den beisammen liegt, was auseinandergehört, manches vielleicht doch zusammen sein soll, besser zusammen wäre, dieses Bewusstseinsflimmern, das mich immer gefesselt hat, für das (nicht: auf das) ich mich immer konzentriert habe, paradox, nicht wahr, wie mein Lateinlehrer Professor Vacek, schon lange tot, zu Lebzeiten so gerne sagte, nicht wahr, und er fuhr mit dem Zeigefinger über seine lange, großartig geschwungene Nase, nicht wahr, sodass ich als gelehriger Lateinschüler mit knapper Not es verhindern konnte, auszurufen: Nicht wahr!, aber eben nicht im Sinne der harmlosen, doch nervösen Floskel, sondern im Sinne der unverbrüchlichen Feststellung, dass etwas nicht wahr sei, sondern nichts als die Unwahrheit. Was herrscht? Es herrscht eine Schlacht um einen Platz im Bewusstsein, ich muss mich für das Bewusstseinsflimmern konzentrieren, nicht um das Flimmern einzustellen, nicht um es zu beherrschen, sondern damit mir vom Flimmern nichts entgeht und ich immer über das Verschwimmen im Bild bin, und das ist bei einer Person wie mir …

Es fallen mir Studenten, Schauspielstudenten im Theater ein, im Burgtheater, wo sie begeistert Vorstellungen sehen, Theateraufführungen mit ihren Bekannten oder gar mit ihren Schauspiellehrern auf der Bühne, oder ehemaligen Schauspielstudenten, die es geschafft haben, auf die Bretter hinauf, wo man so tun kann, als würden sie die Welt bedeuten. Ha, werde ich eines Tages zu Lili Fichte gesagt haben, was ist dieser Holzboden schon gegen die Erde, auf die der

Mensch aufrechten Ganges seinen Fuß setzt. Ach, widersprach mir Lili, wer dieses Bühnenholz erfunden hat, hat die Kultur erfunden: den Probeernst, nein, nicht den Probenernst, sagt Lili, sondern den Ernst, der ausprobiert wird und den man in einer Art Probehandlung einem Publikum vor Augen führt, das danach nicht bleiben darf, sondern nachhause oder anderswohin gehen muss. Aber Lili, die Erde, will ich antworten, mit beiden Beinen auf der Erde stehen und doch nicht auf der Bühne, auf die die Schauspielstudenten Begeisterungsrufe hinaufriefen, wenn einer der ihren wieder im Rampenlicht stand. Sie betrieben ganz offen Wettbewerbsverzerrung. Wer, Lili, hat die Bar erfunden, wo die Studenten standen, die mir einfielen, und wer hat diese eine Schauspielstudentin, diesen unendlich schönen jungen Menschen sich ausgedacht, diese Studentin, die in der Pause barfuß, ja, mit nackten Füßen im Burgtheater, sich an die Bar lehnte.

Mich hatte sie, erzählte sie mir in der Theaterpause, am Abend zuvor gesehen, als ich im Fernsehen ein Statement abgab – abgab, wie man die Garderobe abgibt, die man nach der Vorstellung wieder holt, um mit dem alten Gewand weiterzumachen. Ich hatte ein Statement abgegeben zur Frage der Gerechtigkeit und wurde als Radiophilosoph vorgestellt. Natürlich erhielt ich für mein Statement keinen Cent, die Weisheit von Plato, die ich – immer korrekt zitierend – einbrachte, ist kostenfrei. Da unbezahlbar, bekommt man sie gratis, das ist der moderne Geist, der ein Medium von heute erfüllt, das in seiner Gesamtheit ohnedies kein Interesse an Plato hat, geschweige denn an der Gerechtigkeit, von der man höchstens eine Theorie wünscht, aber um Gottes willen keine Praxis. So macht man Theorie zum Alibi, und zwar systematisch. Sie, die barfüßige junge Frau im Burgtheater, fragte mich an der Grenze zur Bösartigkeit herausfordernd: Na, Herr Philosoph, sagen Sie doch was.

Ach, Sie Antigone, was soll ich denn sagen. Na, sagen Sie doch was übers Leben, Herr Philosoph. Ich versuchte es mit der Gegenfrage: Ist das, was Sie haben, sagte ich, die sogenannte Sektlaune? Ich hatte sie Antigone genannt, damit nicht nur sie mich erkannte, sondern damit auch sie wusste, dass auch mir alles Wesentliche von ihr bekannt war. Eine Sektlaune kann ich nämlich nicht erkennen, ich trinke nur Champagner, und ich wollte die Feindseligkeit, die mir zwischen uns vorherrschend erschien, akzentuieren. Leider hatte ich nichts anderes in petto als den hilflosen und gescheiterten Ausdruck einer Arroganz, die bei mir ja nicht immer hilflos und gescheitert ist. Über das Leben, sagte die junge Dame, sagen Sie bitte, Herr Philosoph, uns etwas über das Leben, und sie schmiegte sich für mein Gefühl etwas zu demonstrativ an einen Schauspielstudenten, der seinerseits höchstes Interesse an meiner Antwort spielte, um nicht zu sagen outrierte. Aber ihr Schmiegen schien mir so echt, so authentisch, dass ich glauben konnte, sie stellte mir im Ernst eine Frage nach dem Leben aufgrund der Liebe zu diesem Burschen.

Mein Bewusstsein, quasi unterirdisch, hatte längst den Fragenkatalog, der sich bei einer so einfachen und verfänglichen Frage nach dem Leben stellt, gründlich ausgearbeitet und mit Antworten gründlich ausgefüllt. Ursprünglich war mein Ansatz, sagen zu wollen, das Leben ist immer mehr als das, was man über das Leben sagen kann. Das erschien mir zwar wahr, aber zugleich als feige und wie mit einem doppelten Rittberger ausweichend, wenn man das so sagen darf. So sagte ich in Gottes Namen: Das Leben – im Leben kommt es darauf an, so viele glückliche Augenblicke zu haben, dass man die unglücklichen, gleichgültig wie lange sie währen, ertragen kann. Schön, sagte die junge Dame, das ist aber schön, und durch Umklammerung ihres Begleiters signalisierte sie Sehnsucht nach der höchsten Versöhnung mit einem anderen Menschen, nach der intensivsten Bejahung eines anderen Menschen, nach der sogenannten Liebe. Was für sentimentale Tröpfe, dachte ich, und ich beneidete sie um dieses Schwanken, das sie in Bewegung hält, zwischen ironischer Aggression und pathetischer Hingabe. Waren wir auch so seinerzeit, also zu unserer Zeit? Lili kann ich nicht fragen, nichts, was die Wahrheit über meine Generation betreffen könnte, sie ist 35 Jahre jünger als ich … Kann das sein, dass es Menschen auf der Welt gibt, auf Erden, die einfach 35 Jahre später angefangen haben?

So eine Person habe ich an diesem Morgen kennen gelernt, der, wie ich immer wieder betone, mit einem Eklat am Aufzug begann. Am Nachmittag war ich, wie gesagt, im Funkhaus tätig – aber in einer Zeit dazwischen (noch vor meiner Arbeit am Frühstück im Café Formanek) begegnete mir Lili. Begegnet, weil darin das Gegnerische offener steckt als in dem Wort Begegnung, ein Wort, das durch seinen Gebrauch ein Pathos hat, in dem alles Gegnerische verschluckt sein soll. Ich stürzte an dem besagten Morgen aus dem Haus, rannte um die Ecke (und das mit meinen beklagenswerten Knien), stand plötzlich vor dem alten, abgefuckten Hotel, das die Besitzer umzubauen, zu renovieren gedenken, weil – trotz des triumphierenden Markennamens – die ganze Palette von Wanzen und Schaben im Hotelbetrieb aufgetreten war, als wär's der erste Akt im Musical: großer Aufzug, grässliche Musik!

Die Straße bei mir um die Ecke war an dem Morgen gesperrt, das aufgelassene, dem Umbau frei gegebene Hotel war von der Polizei besetzt, die Polizisten saßen höchst angespannt in den Polizeifahrzeugen. Einige von ihnen rauchten, einer spielte mit den Verschlüssen an seinem Schutzanzug. Aus Zeitgründen lief ich durch die Absperrung hindurch, ich wollte, wie immer, ohne Umwege zur Straßenbahn, zur Arbeit. Das ist mein Arbeitsethos, ohne Umwege zur Arbeit, in Mäandern von der Arbeit. Eine große Dame, sie wirkte stark und zäh, ging plötzlich in gemessenen Schritten neben mir her und sagte etwas Unverständliches. Es war immer wieder dasselbe, was sie sagte, und schließlich konnte ich es akustisch entziffern. Sie sagte: Was ist das nur für eine verlogene Welt, in der wir leben. Eh klar, aber sie sagte es, als würde sie gar nichts davon glauben und als würde sie nur üben, um sich die Wörter mundgerecht zu machen. Ich stolperte durch einen Haufen von beschäftigten Leuten und dachte, das ist vielleicht die Steuerfahndung, die unter Polizeischutz einen armseligen Hinterzieher festnehmen will. Der Staat hat das Steuerverbrechen zum Sakrileg erklärt, man wird nicht nur erwischt, sondern auch an den Pranger gestellt und am Schluss von der Inquisition verbrannt. Mich aber, dachte ich, kann die Polizei gern haben, ich bin Künstler mit einem Teilzeitjob im Café Formanek, wo ich jeden zweiten Tag das Frühstück koche, den anderen Tag und täglich in der zweiten Schicht haben sie eine andere Größe in Lebensgröße zum Frühstückkochen, das Frühstück funktioniert 1a, Frühstück verlangen, und schon ist es, wenn alles gut geht, aus der Küche auf dem Tisch. Bitte, man kann es nicht immer garantieren, aber ich gebe mein Bestes, und mein Wort (eben dieses hier, das der Leser gerade liest), mein Wort, dass im Café Formanek die Abläufe von früh bis spät perfekt sind. Ich habe keinen Grundbesitz, ich besitze kein Schloss, in meine Kleinwohnung passt die Steuerfahndungstruppe gar nicht hinein, meine Mietwohnung können sie mit ihrer Übergröße nicht überfallen, wenn ich zum Beispiel in Bad Kleinkirchheim weile (wo ich noch nie war). Bei mir genügt ein Beamter und das Auge-in-Auge-Prinzip, denn ins Auge geht es sicher, und während ich mich durch meine Spintisiererei wappnete, hörte ich einen Schrei: »Schafft diesen Idioten endlich weg vom Gelände!«

Die große herausragende Dame, sie trug eine Lederjacke und schwang eine Handtasche hin und her, während sie – diesmal durchaus verständlich – einen irren Satz vor sich hinsagte, wohl um ihn abzuschmecken und auszukosten: Aber wer hätte gedacht, dass der alte Mann noch so viel Blut in sich hätte? In diesem Augenblick erschien eine junge Frau. Sie kam aus dem Inneren des hoffnungslosen Gebäudes heraus und winkte mir mit einem Blatt Papier, als sei dieses für mich persönlich auf der Welt. Sie reichte mir das Blatt, es war tatsächlich für mich persönlich auf der Welt, es sei in allen umliegenden Häusern affichiert worden, und darauf stand zu lesen, dass man alle vor dem warnte, was durch mich eingetreten war. Das Blatt verständigte mich davon, dass man bei mir um die Ecke einen »Tatort« drehen werde, weshalb man darum bitten müsse, dabei ja nicht zu stören. Lili jobbte für die Filmfirma, der sie an diesem Morgen mit dem Verjagen eines Frühstückskochs einen großen Dienst erwies.

Reflexe der Lage oder zweierlei Arten von Cafés. Es ist wieder geschehen, sie hat es wieder gemacht. Und es war schon ein paar Monate Ruhe gewesen. Die Wendung, es herrschte Ruhe, steht mir näher, Herrschen hat etwas Stabiles, etwas, das für seine Unabänderlichkeit den Rest, also alles andere, aufs Spiel setzt. Das Spiel ist aber ernst, in dem Fall sogar fast wortwörtlich ernst. Und wieder stand am Display die unbekannte Nummer, die fremden Ziffern steigerten meine Erwartung. Ich hörte am Telefon aber nur die Stimme: Ernsti! Ernsti! Ich dachte, es hätte ein Ende gehabt, aber nein: Ernsti! Ernsti!

Es war eine Frauenstimme, und es war keine Kunst, das hohe Alter herauszuhören. Die Müdigkeit, eine unendliche Schwäche, die sich mit letzter Kraft an Ernst festhielt, an ein Lebenszeichen von Ernsti, und gleichzeitig hatte die Stimme etwas Tiefgehendes, etwas Vielfältiges – in die Stimme war in meinen Ohren ein langes, wahrscheinlich freudloses, aber zum Glück wenigstens nicht geradliniges Leben eingeflossen. Ernsti – das bin ich nicht, musste ich sagen, und diesmal war sie, war der Mensch am anderen Ende weniger überrascht als vor Monaten, als dieser Mensch zum ersten Mal die richtige falsche Nummer, die Nummer mit mir am Ende, gewählt hatte.

Die richtige Nummer war es, denn Ernsti, soviel bekam ich heraus, hatte ihr eine falsche Nummer gegeben, ich glaube, damit sie ihn nie mehr erreichen konnte, und genau die Nummer rief sie an, kaum davon zu überzeugen, dass sie sich verwählt hatte, was sie ja auch nicht hatte. Es lag an mir, meine Identität, mein Nicht-Ernsti-Sein unter Beweis zu stellen (The Importance of Not Being Ernsti, kalauerte Lili). Während die Frau am anderen Ende unbedingt einen Ernsti aus mir machen wollte, wuchs in mir die Gewissheit, nicht Ernsti zu sein. Was soll man tun, wenn man nichts hat als die falsche Information? Es kostet viel Kraft, sie sofort ad acta zu legen. Besser als gar nix erscheint einem auch das Falsche, und einzubekennen, dass man gar nix hat, fällt im Alter schon deshalb schwer, weil das ganze Leben sich auf diesen einen Gar-nix-Punkt zubewegt.

Dass die falsche Information die einzige ist, die man hat, verführt dazu, die Tatsache ihrer Falschheit auszublenden, um weitermachen zu können, und so rief sie mich immer wieder an: Ernsti! Ernsti! – Ich heiße Franz. Am Anfang versuchte sie mich zu überreden, doch endlich Ernsti zu sein. Ich sei, sagte sie mir auf den Kopf zu, Ernsti, der so tue, als wäre er Franz. Zum Spaß, ein Scherz, ich wäre ein Scherz von Ernsti, erst allmählich begriff sie, Ernsti kann ich nicht sein, aber sie setzte ihre Anrufe fort, Ernsti war ihr Ein und Alles. Ich spielte mit, aus einer seltsamen Trägheit heraus, aber auch aus einer Spur von Sadismus: jemanden leiden sehen. Wenn es für das blöde Wort Voyeurismus, eine dieser diagnostischen Überhebungen, etwas Analoges, etwas auf das Akustische Bezogenes gäbe, dann wäre es in meinem Fall angebracht: Ernsti! Ernsti!

Auf einmal war zwischen der alten Frau und mir eine lange Pause entstanden. Sie hatte aufgehört, mich zu wählen, aber heute, an diesem merkwürdigen Tag, ach nein, es war ein Tag, der zum Vergessen war, klingelte mein Mobiltelefon, das auf einem der Kaffeehaustische lag, es vibrierte auf der Fläche. Die Nummer am Display: unbekannt; gespannt ich, und dann die Stimme: Ernsti! Ich ging an dem Tag noch hinaus in die Natur, ohne Lili Fichte, einsam ging ich wandern. Am Morgen, nach der Morgentoilette, hatte ich Lili aus meiner Prosa vorgelesen, in der ein leicht dementer, zum Glück aber heiterer Priester, ein Südtiroler, den es nach Linz verschlagen hatte, auf die Frage, wer denn für ihn koche, ob Manderl oder Weiberl, antwortete: niemand mehr, keine mehr. Ich esse im Bräustüberl, da kocht – (und den Namen hatte ich, der Autor, aus dem Leben herübergeholt) –, da kocht der Ernsti. Zu Mittag, so Hochwürden, gab's Braten in der Rein. Und davon hab ich jetzt die Scheißerei, sagte mein Priester nicht ohne, nämlich nicht ohne sein Gesicht in den Händen zu verbergen angesichts der Verdauungskatastrophen. Ich sagte zu Lili, bezugnehmend auf die Scheißerei: Der Mensch ist auch ein Tier. Lili machte keine Umstände, sie erwiderte: Da nehm ich mir gleich ein Tier.

Einen Professor hatte ich sagen hören, mit der Einbildung solle man Schluss machen, dass der Mensch kein Tier sei, und was hatte ich gesagt? Hatte ich gesagt, dass alle Tiere sind, also auch der Mensch ein Tier, oder hatte ich gesagt, dass der Mensch auch ein Tier, also ein Teilzeittier ist. Ich bin Schriftsteller von Beruf, also brauche ich schon beim Sprechen einen Lektor. I have a dream, sagte Lili Fichte im Café Landtmann, nein, keinen Traum, wie es sein oder werden soll, nicht im Geringsten eine Sehnsucht, nur tatsächlich einen Traum, einen Alptraum, und das Spannende daran ist, dass der Alptraum immer wiederkehrt, und zwar mit demselben Sinn, aber immer wieder mit einer anderen Geschichte. Heute Morgen, Franz, wachte ich um halb fünf Uhr in der Früh auf, und es ist immer dieser Schlaf im Morgengrauen, der mir die gleiche Traumgeschichte in jeweils anderer Fassung bringt. Bringt oder eingibt. Ja, unterbrach ich ungefragt, aber immerhin war mein Name gefallen, da kann man schon was sagen, wenigstens kann man mitsprechen, wenn der eigene Name gefallen ist, man also angesprochen wurde, und ich sagte: Man stelle sich vor, diese heute alle entsprechenden Bedeutungsfelder aufputzende Floskel »I have a dream«, die wurde am Anfang ihrer phantastischen Karriere, nachdem sie viele Jahrhunderte lang brachgelegen war, vor 250 000 Menschen gesprochen, und in dieser Ansprache wurde sie zu dem, was sie heute ohne weiteres ist und was jeder Einzelne mobilisieren kann. I have a dream, sagte ich zärtlich, und mein Traum war eben Lili, eine starke Persönlichkeit, die sich heute fürs Café Landtmann schön gemacht hat, aber das war keine Macke bei ihr, die manchmal in Sack und Asche herumging, die zum Wegfegen aussah, klein und staubig. In Wirklichkeit war sie aber schön, und ich empfand ihrer Schönheit gegenüber einen Abglanz vom Glauben an die Dreieinigkeit des Wahren, des Schönen und des Guten. Sie ist gut, und das wäre sie für mich auch gewesen, wenn sich für mich herausgestellt hätte, diese Lili ist ein böser Mensch.

Keine Lüge, bei der ich sie erwischt hätte, würde jemals das Gefühl beseitigen können, dass diese junge Frau im Café Landtmann mehr an der Wahrheit teilhat als ich, der Wahrheitssucher, für den ich mich hielt. Es kommt eben darauf an, was für einen wahr ist – mein Schicksal, wie viele Lügen darin auch immer vorkommen mögen, wird mir immer wahr vorkommen. Es ist die Wahrheit über mich. So bin ich – ein Diener der Wahrheit, der frei hat, der also gerade nicht im Café Formanek seinen Brotberuf ausübt, sondern ich sitze, ich saß damals im Café Landtmann, umgeben von Ex-Politikern, zukünftigen Burgschauspielern (die gegenwärtigen hatten Probe) und von Geschäftsleuten, die ich, vorurteilsbeladen wie ich einfach existieren muss, für zweigeteilt hielt: Die einen waren mit ihren Betrügereien erfolgreich gewesen, die anderen mit den ihren erfolglos geblieben. Reiche Erben drückten sich auch hier, es war ihre ubiquitäre Obsession, um die Vermögenssteuer herum, an koreanischen Touristen vorbei, die auch nichts dafür können, aber die Japaner im Hintergrund, sind sie Ingenieure aus Fukushima? Die Menschen, denen ein Unheil über den Kopf wächst, statt dass es im Meer versinkt und nicht mehr wiederkehrt.

Sag jetzt nichts über die Ausstrahlung japanischer Touristen, Franz (für ihre Kalauer kämpfte Lili, meine bekämpfte sie), wende dich lieber der kleinen Gruppe aus Kasachstan zu, deren Gesichter du aus der Zeitung kennst. Diese Menschen haben etwas getan, sagte ich, aber erstens habe ich vergessen, was, aber zweitens weiß ich, dass man es ihnen nicht beweisen kann. Aber Hauptsache, es ist aktenkundig. Ich sitze im Café Landtmann mit Lili Fichte, sie trägt ein dunkelblaues Kostüm und wird für mich immer unerreichbar sein, auch weil es ganz und gar nicht auszudenken ist, was es denn hieße, sie zu erreichen. Im Kostüm ist sie elegant und geistreich wie laut meiner quirligsten Informationsquelle, also laut *Spiegel*, ein Roman von Daniel Kehlmann, von einem Autor, den ich übrigens persönlich kenne und schon lange, bevor er berühmt war, sehr verehrt habe. Ja, jetzt ist er berühmt, und so ist es, die einen werden berühmt, und die anderen bleiben als Unbekannte im Café Landtmann sitzen.

Ich habe das Ass im Ärmel, ohne aber irgendeinen Ort zu kennen, wo ich es ausspielen könnte. Ich erkläre Lili, dass ich schon an ein Berühmtwerden von Kehlmann glaubte, als es sich noch gar nicht abzeichnete, weshalb ich mir jetzt nicht nur das Prophetische zugute halten kann, sondern es auch leicht habe, meine Verehrung fortzusetzen. Gott erhalte mir eines, vielleicht auch vieles andere, aber dies eine erhalte er mir, dass ich doch weiter Freude am Gelungenen habe, mehr Freude als Trauer darüber, dass mir nichts gelingt. Alle schwimmen auf der Nudelsuppe daher, und weil sie etwas Stärkeres als Nudelsuppe benötigen, nehmen sie ein Säurebad im Ressentiment: Siehe ihre Fressen, sie sind enttäuscht. Ich löffle eine Nudelsuppe, einen wunderbaren Menschen an meiner Seite, Lili Fichte, die mir einen Traum erzählt, den ich mir anhöre, während ich mir selber was denke. Mein Gott, bin ich dankbar, dass das Bewusstsein die Einheit von Mannigfaltigem sein dürfte, sich also – auch bei aller Einfalt – in eine Mannigfaltigkeit auseinanderlegen lässt. Das Viele und das Eine – dass das Eine nicht die Alleinherrschaft hat, ist gut für die Unterhaltung, die ein Mensch auch sich selbst schuldig ist. Man kann nicht muffig herumsitzen, bloß weil man sich zur Einsamkeit verdammt fühlt oder weil man allein gelassen wurde, von irgendeinem Ernsti, keiner hat ein Anrecht auf den Nächsten, dagegen stünde ja die Nächstenliebe. Da keine Berechtigung besteht, herrscht die Gepflogenheit, jedes Füreinander zu zelebrieren – Hochzeiten, goldene Hochzeiten, aber auch schon Verlobungen und der tückische Austausch von Freundschaftsringen: Man will irgendeinen Nächsten besitzen, auch weil man sich allein nicht unterhalten kann, und dann jammert man eines Tages, dass man zu zweit allein ist.

Man trampelt auf seinem Nächsten herum, weil keine Unterhaltung mehr herauskommt, dabei bietet das Bewusstsein als Einheit des Mannigfaltigen jedem Einzelnen

Unterhaltung genug. Ich gebe ja zu, das heißt, ich will es nicht leugnen (wer könnte mich dafür verurteilen, dass ich mich mit Floskeln herantaste an den Schmerz der Zerrissenheit, der mit jedem Atemzug wehtut, auch wenn er gut und gerne Freude spendet, dieser widersprüchliche Schmerz), ich gebe ja zu, nein, ich will es nicht leugnen, dass die demokratische Verfasstheit des Geistes heute (so sagt man das!), diese billige Faszination vom Pluralismus, geisttötend ist. Billigste Gefühle werden im Netz entäußert, aber auch durchdachte Äußerungen wie die des Internisten, der auf jede Klage über Nebenwirkungen von Blutdrucktabletten stets die heiligen Silben erwidert: Besser als ein Schlaganfall, besser als ein Schlaganfall ... Soll sein, aber ich denke jetzt (also damals im Café Landtmann dachte ich, aber beim Niederschreiben entsteht immer eine Gegenwart), jetzt denke ich an Rudi, den Bademeister, der mir Kneippgüsse verpasste und mich nach einem Vollguss mit der folgenden Frage, die eine Feststellung war, konfrontierte: Hören Sie, sagte Rudi, ein Mann, der während der Ausübung seiner Pflichten kurze weiße Hosen trug, mir ist das unverständlich, wie kann nur ein Mensch, der so eitel ist wie Sie, so fett werden?

Ich hielt das damals im Bad für eine Beleidigung, mit der Funktion, eine Gleichstellung zu erzielen, die ja nicht von vornherein bestehen konnte zwischen einem zahlenden Gast und einem bezahlten Bademeister, der im Hauptberuf mit einem Schlauch fremde Körper abduschen muss. Aber in diesen Augenblicken, als Lili Fichte mir einen Traum erzählte (es zumindest versuchte, das heißt, sie erzählte ihn ja, aber was sie versuchte, war, ihn mir zu erzählen, und ich bin hier doch die Hauptperson, also in diesem Rahmen doch den Versuch wert, mich zum Zuhörer zu machen), in diesen Träumen, sagte Lili Fichte, bin ich immer in der Fremde, manchmal ist die Fremde völlig unbenannt, eine generelle Fremde, aber durchaus mit Signalen versehen, die ich verstehen kann, wie zum Beispiel den südamerikanischen Himmel, den ich in echt aus Brasilien kenne, wo ich tatsächlich schon einmal war. Von dort habe ich mir etwas mitgenommen, den Landesvogel aus dem alten Holz, ich habe ihn im Lande wirklich gesehen, also ich sah die fliegende, die lebendige Variante von ihm, aber ich denke, fliegen ist ohnedies nicht seine Stärke, er thront lieber und präsentiert sein gelb-schwarzes Gefieder. Du kommst vom Thema ab, Lili, sagte ich ihr damals, als es noch völlig unklar war, offen stand, sagen die Leute in ihren geschlossenen Kreisläufen, als es offen stand, wohin es uns führen würde, diese Lebensabschnitts-Gemeinsamkeit, ein wahres Wort, an dem der Schnitt das Wesentliche sagt.

Während sie ihr Träumen referierte, spielten rücksichtslos meine Gedanken in ihrer Vielfalt mit der Einheit, für die ich mich mehr oder weniger gezwungenermaßen halten muss, ja, aus moralischen Gründen, zum Beispiel: Einer muss ja schuld sein, aber dass einem einer allein nicht reicht, ist eben die Botschaft, die ich Rudi, dem Bademeister, verpassen hätte können. Ich schwieg aber und bedankte mich mit Schweigen für die Aggression, die Rudis Frage neben dem Staunen ja auch enthielt: Wie kann nur ein Mensch, der so eitel ist wie Sie, so fett werden? Einfach deshalb, weil einer in mir eitel ist und der andere sich gehen lässt, also ganz uneitel seiner Wahrheit entgegenstrebt, und wäre sie noch so entstellend. Wir gehen den Weg nicht gemeinsam, wir stürzen auch an verschiedenen

Stellen ab. Ein Leben allein genügt nicht, und deshalb handelt man sich die innere Zerrissenheit ein. Nicht jeder hat einen Doppelgänger, der in der Außenwelt, ganz und gar mit ihm verwechselbar, das zweite Leben für ihn führt; ein Doppelleben führt auch kaum einer, nicht zuletzt deshalb nicht, weil man, wird man erwischt, erst recht wieder auf das eine Leben zurückgeworfen wird. Es bleibt nur die Zerrissenheit, aber ich habe immer – wie für den doppelten Boden, in dem oft die Wahrheit verschwindet – auch für die Doppelmoral Verständnis gehabt. Auch für den US-Senator, der als politischer Funktionär die Homosexualität in Grund und Boden redete, bis man ihn auf einem Pissoir am Flughafen erwischte, wo er an der Hose eines anderen Fluggastes nestelte. Der Senator wollte eben zwei Leben haben: eines mit und eines ohne Fluggast zum Abtasten. Was wird er dem Fluggast zugeflüstert haben, und wie wird sich das Geflüsterte unterschieden haben von seiner leidenschaftlichen Rede im Senat, mit der er jede homosexuelle Handlung von sich wies.

Ich habe mein Verständnis für jegliche Doppelmoral auch anderen dargelegt, auch der Schauspielkünstlerin Susi Nicoletti, mit der zusammen ich von Frau Maleta in die Rote Bar des Hotel Sacher eingeladen war. Frau Maleta und Frau Nicoletti waren befreundet, sie wohnten in Wien auch im selben Haus, und ich hatte, als die Einheit, als die ich mir – bei aller Zerrissenheit – ja vorkommen muss, für Frau Nicoletti nichts als Bewunderung, und Frau Gerda Maleta, die mich halbwegs zu mögen schien und die ich gern hatte, fühlte sich ja mit dem großen Dichter Thomas Bernhard befreundet. Die Fotos, die sie von ihm geschossen hatte, lagen ihr so sehr am Herzen, dass sie sie sogar ausstellte, also der

Öffentlichkeit zugänglich machte. Dass sie, die verehrte Frau Maleta, zu einer ganz anderen Generation gehörte, machte sie mir durch die Erzählung klar, wie sie mit ihrer Schulklasse nach Nürnberg gereist war, zufällig zur Zeit eines Nürnberger Parteitages, und, dass sie auf der untersten Stufe eines Stiegenaufgangs von Joseph Goebbels begrüßt wurde, von einem mörderischen Verbrecher, der zufällig von oben herunterkam und der seine Freude an den jungen Mädchen gehabt haben wird.

Das erzählte sie, nicht ohne Schaudern, während wir im Hotel Freisitz Roith über dem Ostufer des Traunsees saßen. Aber ich war auch bei ihr eingeladen, in ihrer ansehnlichen Villa, die fast ein Schloss war. Wir aßen zu Mittag, und während wir so dahinsprachen, wurden wir auf exakte Weise bedient von einer dicklichen großen Frau, die zum Zeichen ihrer Dienerschaft und zugleich ihrer Würde ein weißes Häubchen und eine weiße Bluse trug. Frau Maleta sprach die Frau an, die Frau schwieg aber immer; sie, die die ganze Zeit kein Wort sagte, war jedoch höchst präsent. So hatte ich durch Frau Maleta das Vorbild jener stummen Dienerschaft kennen gelernt, die der Dichter Bernhard erfolgreich auf die Bühnen der Welt gebracht hatte. Das Heterogene, das Unterschiedlichste spielt sich in einem fort ab, und Susi Nicoletti hatte damals, nein, ich glaube ein Jahr zuvor, ein Jahr vor unserem Treffen in der Roten Bar des Hotel Sacher, die Hauptstimme in einem Hörspiel von mir gesprochen. Auf meinen dringenden Wunsch hin!

Ihre Stimme hatte den doppelten Boden, in einer Tonlage konnte sie Zwiespältiges zum Ausdruck bringen, ihr Leben lang konnte sie das: Ich habe ja auch die ältesten Filme mit ihr gesehen, in denen sie sehr junge, gertenschlanke Mädchen gab, die fast an der Grenze des Hysterischen zu kokettieren verstanden. Als sie in der Roten Bar neben mir saß und uns gegenüber die Frau Maleta, erläuterte ich unaufhörlich meine freundlichen Ansichten über die Doppelmoral. Na ja, ich wollte ihr auch familiär näherkommen, denn war es nicht ihr damals schon verstorbener Mann, der berühmte Theaterdirektor Ernst Haeusserman, der bei jeder passenden und unpassenden Gelegenheit mit größtem Vergnügen zu sagen pflegte: Im Augenblick der Wahrheit gibt es nur eines: lügen, lügen, lügen! Mein Gott, heute liegen die beiden nebeneinander im Grab, auf dem Döblinger Friedhof in Wien (Gruppe 37, Reihe 1, Nummer 24). Aber damals im Sacher hatte Susi Nicoletti von mir genug, und sie sagte haargenau mit der Stimme, deretwegen ich sie unbedingt in meinem Hörspiel haben wollte (und die sie im Hörspiel dann gar nicht so hatte): Gehn S' scheißen mit Ihrer Doppelmoral. Ein Spruch, der sich angenehm von dem vornehmen Ambiente der Roten Bar im Hotel Sacher unterschied, der daher – zumindest auf mich – eine entkrampfende Wirkung hatte. Also scheißen gehen, und das hört sich im Sacher gut an, es ist ein direkter Ausdruck, verglichen mit den Umgangsformen, die in der Roten Bar sonst ausgeübt, also exekutiert werden und die bei aller Indirektheit eigentlich oft auch auf ein Gehn S' scheißen hinauslaufen. Die Rote Bar ist ja noch viel mehr alles das, was das Café Landtmann sein soll: nämlich ein Stück vom Schloss Schönbrunn, etwas Altes mit einer Lüge von Unschuld, die die Besucher aus der Fremde ebenso mögen wie die Leute aus einheimischen Oberschichten, in denen man sich die absurden Preise ohne weiteres leisten kann.

Dagegen kann ich das Café Formanek, in dem ich als

Frühstückskoch werktätig bin (Frühstück 6 Uhr 30 bis 14 Uhr), auch nicht loben; es ist dort das Gleiche, only the other way round. Wenn im Formanek der Frühdienst erscheint – das bin ich und mein Assistent, und es ist 5 Uhr 15 –, dann ist das Erste, was es zu tun gibt: die Verschandelung des Lokals. Ich bin Nichtraucher, aber jeden Morgen muss ich mir eine anrauchen, und mein Assistent raucht ohnedies andauernd. Wenn die Glut am schönsten ist, brennen wir damit Löcher in die Sofas, schütten dann auch Zeug aus, brunzen in die Ecke – bis das Lokal ganz und gar angebrunzt wirkt, also riecht, und jede Nacht muss man das Gleiche, das Unglaubliche feststellen: Wenn der Spätdienst geht, nachdem Hunderte Leute das Formanek frequentiert haben, ist das Lokal wieder tipptopp: Der Geruch von morgenfrischem Urin ist raus, die Brandlöcher sind verschwunden, alle Plätze sind im 1A-Zustand. Wir vom Formanek sprechen nicht darüber, wohl aus Angst, dass es über uns mehr zu wissen geben könnte, als wir zu ahnen wagen. Ich spreche auch nicht mit meinem Assistenten darüber, der mein volles Vertrauen genießt. Uns genügt, dass die Arbeit im Morgengrauen damit beginnt, dass wir Löcher in die Sofas brennen, Zeug ausschütten und in die Ecken brunzen. Ein schwerer Tag beginnt. Das allerdings habe ich meinem Assistenten schon gesagt: So lange ist das auch nicht her, aber ich war damals noch nicht Frühstückskoch im Formanek, da wurde der Beschluss kolportiert, man würde das Formanek endlich (sie sagten damals: endlich) renovieren. Es kam zu spontanen Massenaufständen, und die Spontaneität der Masse trieb auf dem Ballhausplatz sogar den Bundeskanzler auf den Balkon hinaus: Er sagte, denn das hatte er am Morgen im *Standard* gelesen, Österreichs Größe bestünde im Unterlassen und nicht im Renovieren.

Nach dieser klaren Aussage verstrickte er sich in das Problem seiner patristischen Maxime, der Maxime der Väter, nein, nicht in das Parasitenproblem: Wer unterlässt, so das Parasitenprogramm, der muss andere handeln lassen, und, eh klar, für uns handeln die Deutschen, als deren oberste Hämorrhoide wir in der Welt gehandelt werden. Das ist das Parasitenproblem. Das andere Problem, in das sich der Bundeskanzler rhetorisch verstrickte, hat damit zu tun, dass er – ein Vollblutpolitiker – schon bereit war, alles zu unterlassen, damit alles gleichbleiben kann, nämlich gleich gut bleiben kann. Aber andererseits hatte er an dem Morgen in der Zeitung *Die Presse* gelesen, dass man sehr viel tun muss, damit alles gleich bleibt. Es bleibt nämlich nichts gleich, geschweige denn gleich gut, wenn man nix tut. Ja, die Philosophie ist zum Beispiel eine Leiter, die man wegwirft, wenn man oben angelangt ist. Aber der Bundeskanzler kam nicht hinauf auf seine Strickleiter, und so musste er das Klettern auf der untersten Stufe simulieren. Es gelang ihm, der ein Mann von höchster Ambiguitätstoleranz war (das Wort hatte Lili Fichte in die Beziehung zu mir eingebracht), durchaus (und jetzt wird es martialisch), den Gordischen Knoten seiner Gedankengänge zu zerhauen. Der Kanzler, hoch über den Massen stehend, unterbrach die Komplexität seiner Ausführungen und sagte einfach: Die Republik Österreich garantiert erstens, dass das Café Formanek nicht renoviert wird, und zweitens, dass der Schriftsteller Franz Schuh in diesem Lokal eines Tages als Frühstückskoch sein Brot verdient, sein Brot – sozusagen als Subvention aus der Privatwirtschaft.

Den zweiten Teil des Satzes hatte natürlich niemand gesagt, aber ich legte ihn dem Bundeskanzler in den Mund, weil dieser zweite Teil des Satzes für mein Leben ebenso wichtig war wie der erste. Mein Assistent quittierte meine Erzählung, während wir an diesem Morgen einige Tiere im Lokal aussetzten (ich sage nicht, welche), mit der staatsmännischen Maxime: So etwas wäre in Neuseeland undenkbar. Ich sage gleich, dass wir uns auf Englisch verständigten und dass die Übersetzung hier von mir ist. Man muss den Übersetzer immer nennen, auch wenn man selbst der Übersetzer ist. Ich habe vor 14 Jahren in einem meiner bescheidenen Artikel ausführlich aus einem Roman von Georges Simenon zitiert und die Übersetzerin nicht genannt. Das geschieht mir nur Recht, dachte ich, als ich den Rechtsanwaltsbrief endlich in den Händen hielt. Doktor Noll verlangte ohne Umschweife fünfhundert Euro, was hätte Georges dazu gesagt? Nichts, denn nichts wäre ihm gleichgültiger gewesen. Im Brief stand zum Glück noch, ich hätte sofort Sätze im von mir zitierten Text als nicht aus der Übersetzung stammend zu kennzeichnen. Ich studierte den Brief des Rechtsanwalts Doktor Noll, und zwar auf einer Zugfahrt von Attnang-Puchheim nach Wien, und eine nervöse Ungeduld packte mich. Ich, der nicht in die Geschichte eingegangen sein wird, werde eines Tages eingegangen sein als der Mann mit den drei Schreibtischen – und auf keinem dieser Schreibtische findet sich etwas, das mehr bedeutet als ein falsches Zitat aus Simenon. In meinem Business-Abteil der Österreichischen Bundesbahn müsste ich also fürchten, das Buch »Der Teddybär« von Georges Simenon bei meiner Heimkunft nicht sofort finden zu können, es also neu bestellen zu müssen, sodass es noch länger dauern könnte bis zur Gewissheit, ob ich tatsächlich fremde Sätze in ein Zitat hineingeschrieben ... Nein, so wie ich mich kannte, dachte ich, war das undenkbar. Ich kenne doch meine Fehleranfälligkeit und weiß, dass sie mich auf Schritt und Tritt begleitet. Mit ungeheuren Fehlern bin ich schon aus der Reihe getanzt und habe keinen Tritt mehr gefasst. Deshalb, wenn ich an einer Fehlerquelle vorbeikomme, verlangsame ich meinen Schritt, ja, ich stelle sogar jede Gedankenbewegung ein, um nachzublättern: Ist es falsch, wie gehört es richtig?

Ich komme also nachhause und untersuche – wie ein Tatort-Kommissar – die Wohnung des Verdächtigen. Der Verdächtige war ich, Herr Doktor Noll, ich übernehme die Verteidigung selbst. Die Zeit verging im Fluge, denn Suchen ist, wie man in meiner Kindheit sagte, nicht Finden. Aber da, da lag das Buch, wunderbar, ich öffnete es, einen Band von Simenon, wie die Bibel, wie ein heiliges Testament am Altar, und ich fand sie, die von der Übersetzerin verleugneten Sätze. Wort für Wort hatte ich ihr mit Recht zugeschrieben – ein Triumph, der mich noch in mein letztes Spitalsbett begleiten wird. Naja, ich möchte zuhause sterben, aber was ist bei mir schon zuhause, diese Einzimmerwohnung in der Werdertorgasse, einst war sie Teil eines wunderbaren Abbruchhauses, dann wurde das Haus renoviert und renoviert, bis es endlich wie neu in der Gasse herumstand, und zusätzlich bedeutete dieser Erneuerungsprozess, dass das einst solide wertlose Haus zu einem Spekulationsobjekt wurde: Die wechselnden Eigentümer geben einander die Klinke in die Hand, und jetzt wird das Haus von einer Kanzlei verwaltet, deren Boss ratlos war beim Wort Einziehungsauftrag: Er wusste nicht, was das ist, er wusste nicht, ob er beim Einziehungsauftrag auf seine Rechnung kommen würde; ein Idiot auf dem Gebiet der Bankgeschäfte verwaltet ein Spekulationsobjekt, eine Übersetzerin kennt die eigenen Sätze nicht wieder – das ist die Welt von heute, in der auch ich herumstolpere, Arbeitnehmer plus Assistent bin ich im Café Formanek. Ihn, den Assistenten, habe ich kennen gelernt am Westbahnhof, wir stellten uns in einer langen Reihe an, wir wollten auch so ein gewürzverseuchtes Appetitbrötchen, wie es die Firma Treszniewski anbot, früher alles in der Innenstadt, jetzt hat Treszniewski expandiert und an allen Ecken und Enden der Stadt: Appetitbrötchen. Der Luxus wird allgemein demokratisiert, damit er endgültig aus dem Leben verschwindet und alle, einfach alle den Mund mit demselben Zeug verschmiert haben, und dann kommt die Katastrophe, in Wellen, und jede Welle schlägt uns von neuem die Appetitbrote aus der Hand. Sind Sie auch so ein Schleckermäulchen, fragte ich meinen zukünftigen Assistenten, der natürlich damals genauso wenig wie ich von seiner bevorstehenden Assistentenschaft wusste.

Mein zukünftiger Assistent war mir aufgefallen, er war mir, wie man sagt, ins Auge gestochen, weil er zwei Hosen trug. In erster Linie eine Hose aus schwerem grauem Stoff, und darunter sah man oben beim Bund und unten bei den Hosenbeinen die zweite Hose, eine offensichtlich viel engere als die erste Hose. Die erste Hose war um den Bund herum mit einer Schnur befestigt, die zweite passte prima, hatte keine Feststellung nötig. Der Mann, also mein zukünftiger Assistent, erschien mir keineswegs verwahrlost, ich verstand ihn aus tiefstem Herzen: Es war kalt in der grauenvollen Stadt, die ich so liebte. Zwei Hosen können gegen die Kälte gute Dienste leisten, besser als nur eine

Hose. Der Mann in den zwei Hosen war obendrein noch außerordentlich dünn, während ich damals schon dick war. Mein zukünftiger Assistent war auch außerordentlich blass. Sein Haar war schütter und rötlich, und als er auf die erschütternde Frage: Sind Sie auch ein Schleckermäulchen? mit einer trockenen englischen Satzperiode antwortete, die besagte, dass er Deutsch nicht sprach, sondern dass er überhaupt aus Neuseeland wäre. Damit erregte er meine seit Thatcher schlummernde Anglophilie. Ich spendierte ihm ein ganzes Tablett dieser Appetitbrötchen, und wir kauten diese den Gaumensinn aufstachelnden, ihn aber keineswegs erfüllenden Kunstprodukte. Er sei Neuseeländer auf Reisen, bei denen er sich im Übrigen (neben vielem anderen) einen Magenvirus geholt habe. Mein Gott, sagte ich, und zeigte auf die Appetithappen. Appetithappen ist bis heute das einzige Wort, das er fast akzentfrei aussprechen kann. Schon an Appetithäppchen scheitert er.

Der Mann aus Neuseeland, mein späterer Assistent, antwortete, auf Reisen sei eine Diät das Unmögliche schlechthin, und wäre eine Diät das Richtige für ihn, dann hätte er gleich zuhause bleiben und in der Bucht von Wellington die Segelboote zählen können. Segeln Sie auch?, und so gab ein Wort das andere, und unsere schlichte Konversation aus brötchenverschmierten Mündern half mir, nicht an die Lektorin zu denken, die einen Haufen von mir selbst beschriebenen Blättern mit dem Urteil versehen hatte, mein Text leide an formaler Bindegewebsschwäche.

Das Leben ist eine Erzählung; eine Erzählung, die wir im Fleische erfahren, zuweilen wird das Fleisch nur unter Schmerzen lebendig; aber die Erinnerungen daran sind wie ein Gedicht, verdichtet, von wenigen scharfen Bildern erhellt.

Joyce Carol Oates

Entwurf eines Films, bei dem ich immer wieder vom Thema abkomme, aber dennoch bei der Sache bleibe. Ich entwickelte, wie man das früher sagte, stante pede, also stehenden Fußes, das heißt, ohne mich wegzubewegen, ohne Einräumung auch nur der geringsten Denkpause oder Distanz, also: Sofort entwickelte ich eine Filmdramaturgie. Es begann mit einem Hubschrauberflug, nein, kein Flug in der Handlung, sondern ein Flug für die erste Perspektive auf die noch gar nicht stattfindende Handlung: eine Musterung des Schauplatzes von oben, vom kreisenden Kamerahubschrauber aus. Das muss – rätselhaft sind die Wege des Kreativen – eine Assoziation gewesen sein, aus meiner Soldatenzeit. In den sechziger Jahren, gegen ihr Ende hin, wurde ich mit einer Reihe anderer Menschen männlichen Geschlechts zuerst einmal uniformiert, eingekleidet, um dann ins Gebirge verfrachtet zu werden.

Hoch oben, knapp unter dem Gletscher, in einer Schneise, die sich im Gebirge gebildet hatte und durch die ein Gebirgsbach floss, überlebten wir, die Soldaten, ursprünglich Eingeborene einer Großstadt, einen Sommer lang. Später, als alles zu Ende war, erfuhr ich (ohne dass ich an Ort und

Stelle die Erfahrung gemacht hatte, ich hatte es einfach übersehen, ganz einfach nicht gemerkt), dass es nichts als eine Lotterie gewesen war, ein Glücksspiel in der Höh, allerdings bei frischester Luft. Als Ausrüstung, zum Beispiel die Hosen betreffend, hatte ein jeder von uns nur eine Hose, eine einzige Hose, einen Pullover, einen einzigen Pullover, und mir ist noch kalt, heute, nach so vielen Jahren. Unvergesslich auch die Verzögerungstaktik, mit der die über uns verhängte militärische Macht in Gestalt unserer sogenannten Vorgesetzten gegen uns arbeitete. Die Vorgesetzten sagten immer nur, nächste Woche und dann wiederum nur nächste Woche, in einer langen Wochenkette, aber nächste Woche schließlich sei unser Einsatz im Gebirge (und auch der ihre) endlich zu Ende.

Ja, der Militärdienst, der ist – gleich dem Gefängnis laut Aussage einer ehemaligen Justizministerin (die die Vergewaltigung eines jugendlichen Gefangenen durch einen anderen Insassen von Amts wegen kommentieren musste und die dabei an ihre und an die Grenzen stieß) – kein Kuraufenthalt. Aber ein Aufenthalt, der uns von vielen Übeln hätte heilen können, wenn er uns auch von gar nichts geheilt hatte. Ich habe den peinlichen Moment in Erinnerung, als man mich ungebeten fotografierte, ohne dass ich die geringste Pose eingenommen hätte, oben im Hochgebirge, und zwar noch knapper unter dem Gletscher, als es das Quartier, das wir aufgeschlagen hatten, ohnedies schon war. Ich lag idyllisch hingestreckt in der Sonnenwärme und hatte mir die eine Hose, die einzige Hose, die ich im Hochgebirge besaß, über den Hintern, zusammen mit der Unterhose (da hatte ich eine zweite), runtergezogen. So lag ich unbedeckt, um zu chillen – eine Kühlung, die notwendig war, denn die Patrouillengänge im Hochgebirge brachten niemandem etwas ein außer eben den uniformierten Wanderern –, ihnen brachten die Märsche im Hochgebirge eine Müdigkeit und einen Wolf zwischen den Beinen. Aber jemand, ein Korporal (einer, der es ewig bleiben musste, denn er war einer – was für eine Auszeichnung – mit eiserner Beförderungssperre), hatte mich beim Chillen fotografiert, mich bloßgestellt und behauptet, ich selbst hätte mich bloßgestellt, lag ich doch nackt unterm Gletscher.

Wer war jetzt schamlos, ich oder der Fotograf? Hätte ich nicht gechillt, unterm Gletscher, wäre eine Aufnahme meiner Schamlosigkeit nicht möglich gewesen. Da ich mich aber allein wähnte, kann man von Schamlosigkeit doch erst wegen der öffentlich gemachten Fotografie reden. Mit sich allein ist kein nackter Mensch schamlos, auch wenn man einst versuchte, Kontrolle über den Körper anderer zu erringen, indem man ihnen einredete, ihre Nacktheit allein wäre schon sittenwidrig. Wegen der Nacktheit allein ist man nicht schamlos. Ich lag – in aller Unschuld – unterm Gletscher, die Fotografie strich eine Schuld hervor, die ich nicht hatte. Ich streiche jetzt jede Schuld heraus. Für die Rast unterm Gletscher übernehme ich die politische Verantwortung, das heißt aber eben nicht, die individuelle Schuld.

Mein Zugsführer oben, mein Freund Otto Brusatti, sagte damals den mich nicht tröstenden Satz, den ich einmal auch von Konrad Paul Liessmann zitiert gehört habe: Esse est percipi – Sein heißt wahrgenommen werden. Aber das kann doch nicht sein, wenn ich in aller Unschuld … Da liegt doch die Schuld bei denen, die mich wahrnehmen, und ich wurde in ganz Tirol, dem Heiligen Land (das einige der eingeweihten Bewohner scheinheilig nennen) wahrgenommen, während ich an Freud denken musste, der ja, ganz unabhängig von mir, den Verlust der Scham als Beweis für Schwachsinn angab. So schämte ich mich am Ende doch.

Wie war das mit der Wäsche gewesen in den historischen Momenten, in denen eine Truppe aus Wienern unterm Gletscher die Grenzen zu Italien sicherte, um keinen Grenzverkehr aufkommen zu lassen – einen Verkehr, durch den sogenannte Bumser, also in Südtirol geborene österreichische Nationalisten, sich selbst und ihre Bomben nach Belieben hin und her schmuggelten? Gaben wir hoch oben eine Garnitur Wäsche an die Tragesel ab, mit deren Hilfe man Dachpappe und andere Notwendigkeiten von der Etappe hinaufschleppte, damit die Soldaten es sich in ihren Einöden gemütlich machen konnten? Wuschen wir die Wäsche selbst, im eiskalten Gebirgsbach, in dem ich die schönsten, die am meisten prickelnden Waschungen meines Lebens an mir selbst vornehmen durfte – und bei dieser Gelegenheit, nebenbei bemerkt, waren alle Männer und auch der Zugsführer Brusatti, mein Vorgesetzter, nackt. Ich muss (in dem Augenblick, in dem ich dies nieder- oder wenigstens aufschreibe) vermuten, dass das angeblich Obszöne meiner Erscheinungsform sehr knapp unterm Gletscher deshalb so definiert wurde, weil ich da oben beim Chillen die Hose zur Hälfte ja an, nur über den Hintern runtergezogen hatte. Darin lag in den Augen mancher Betrachter das Ordinäre, mein Schwachsinn. Eine vollständige Nacktheit im Bach wäre mir nicht vorgeworfen worden, es sind die teilweisen Blößen, die den Spott hervorrufen.

Ich weiß es nicht mehr, und während ich damals in der Etappe, wie Vizeleutnant Zehetmayer leider über mich sagte, zum Pin-up-Boy der 4. Jägerkompanie wurde, ein chillender Soldat mit schillerndem Charakter unterm Gletscher, ging ich oben Patrouillen mit meinem unmittelbaren Vorgesetzten, dem Leutnant der Reserve Brusatti. Gott, stand uns die Welt damals so etwas von nicht offen. Die Türen einer persönlichen Evolution waren zugeschlagen – jeder von uns wurde, was er seinerzeit schon war, über mich will ich ja nichts sagen, aber über Otto Brusatti will ich noch einmal sagen (um es dann noch oft wiederholen zu können), was zum Anekdotenbestand, aus dem ich ganz und gar bestehe, gehört: wie wir beide, Otto und ich, über Stock und Stein, ganz knapp unterm Gletscher, dem Himmel nahe, beinahe in einer unzugänglichen Landschaft unseren Weg machten, das heißt, es war ja kein Weg da, wir mussten einen finden, indem wir uns einen machten, einen Weg durch die erhabene, unwirtliche Landschaft. Wir mussten uns durchschlagen wie Pioniere und waren doch nur bei der Infanterie.

Mahler, die Erste! Bruckner, die Siebente! rief ich dem späteren Studenten der Musikwissenschaft zu, dem noch späteren Komponisten, Autor und Radiomann, der aber jetzt schon auf dem Weg, wie man sagt, alles wusste. Viele Jahre später, da war er schon der Autor und der Radiomann, erzählte er mir von seinen Bergtouren, die ihn in eisige Landschaften und auf die höchsten Gipfel der Welt hinaufführten – das heißt: an die körperlichen Grenzen. Ich selbst war an meinen schon beim Militär angelangt (und dann nie wieder). Trotz Erfrischungen im Gebirgsbach und trotz meiner unbezweifelbaren Fähigkeit, die sogenannten täglichen Zwölf durchzuführen, war ich in meiner Militärzeit ununterbrochen am Ende – vielleicht deshalb auch meine Ruhestellung so knapp unterm Gletscher?

Für meine derzeitigen Verhältnisse allerdings (ich meine die Zeit, in der ich das niederschreibe) war ich damals ganz gut in Form, sonst hätte ich die sogenannten täglichen Zwölf gar nicht durchführen können. Die Zwölf waren eine Übungsserie, bei der der Soldat, das ist das Wesen, für das man mich damals von Staats wegen hielt, und von dem man verlangte, mich selbst, sozusagen privat auch dafür zu halten, bei dem also ich mit dem Sturmgewehr in der Hand ausgeklügelte Bewegungen durchführen sollte. Ein Idiot von einem Sportstudenten hatte, ich erinnere mich genau, in der Kantine glaubwürdig behauptet, die Übungen seien kontraproduktiv, weil man von ihnen nichts als zu harte, also unflexible Muskeln bekäme. Idiot, sagte ich aus einem unangenehm verzogenen Mundwinkel heraus, während ich Selchfleisch mit Knödeln, die letzte Portion von einem weit zurückliegendem Gestern, ausfasste. Geschichte ist ja in unserem Land vieles, auch Selchfleisch mit Knödeln kann aus der Geschichte sein.

Das ist, Feldgrauer, führte ich aus, damals ein übertrainierter junger Mensch, die Grauzone vom Training zum Drill. Es geht erst unter ferner liefen um die Muskeln, in erster Linie geht es darum, dass sie dich durch das Gewehr in deiner Hand und durch deinen Schmerz, die Anstrengung und die Überwindung eins mit der Waffe machen wollen. Du kannst den Dreck der Manipulation, die emotionale Pest, Leute hinzukriegen, für ihnen fremde Zwecke hinzukriegen, damit sie das Fremdeste ihrer Natur als ihr ureigenes Anliegen ansehen (und mit Leib und Seele verteidigen), seit Jahrhunderten am Militär studieren. Das weiß jeder, und du redest von Muskeln, nur weil du Sportstudent bist, in deinem Fach ganz groß, aber die Zusammenhänge …

Am Teller stank das Sauerkraut, und ich ging mit meinem Zugsführer, mit ihm allein, ganz ohne Zug, auf Patrouille.

Schwerfällig war Otto Brusatti, mein Begleiter im Hochgebirge, nur scheinbar, er war nur scheinbar gewichtig und etwas langsam, denn wenn es darauf ankam, war er schnell; er war vor allem körperlich in bester Form. Von mir gibt es aus dieser Zeit noch eine andere Fotografie als die besagte: Ich lag hinter einem Felsvorsprung, das Sturmgewehr im Anschlag, meine Haare waren im Messerschnitt geschnitten, einem damals üblichen Verschönerungsverfahren für den Kopf: teuer, aber lohnend. Hinter mir stand der Gefreite Oplustil, er hatte die Militärmütze auf, und ein Fernglas baumelte ihm an der Brust. Wir blickten scharf wie Adler, für die Kamera, und dass Oplustil ein Alkoholiker war, den der Staat an eine hochgebirgige Trockenheit auslieferte, war auf dem Foto nicht zu sehen. Ich hatte aber Oplustils Entzugserscheinungen erlebt und geholfen, was ich helfen konnte. In unserem Zug war er nicht der Einzige mit Entzugserscheinungen. Niemanden habe ich an die Etappe verraten, jeder musste in der Höhe durch seinen Wahnsinn hindurch. Das Militär pflegte damals die Verratenen und Verkauften bis ins Zivilleben hinein zu verfolgen. Wer als Soldat verrückt wurde, sollte die Früchte seiner Verrücktheit im Zivilleben genießen dürfen: Autoverkäufern nahm man die Führerscheine weg, Lehrer stigmatisierte man als unmündig, und es ist mir mein restliches Leben lang eine kognitive Dissonanz geblieben, wie das Militär einigen Männern nach dem ganzen Leben trachtete, während andere, darunter Politiker und im Kreis fahrende Autorennfahrer, als untauglich qualifiziert wurden und wie sie ganz und gar davonkamen. J'accuse.

Wir, Otto und ich (in jenen Tagen waren wir in der Tat ein Wir), machten uns auf den Weg, weg vom Zug und den Entzugserscheinungen, die um sich griffen, weil sie doch der wirkliche Feind von Menschen aus der Großstadt im Hochgebirge waren. Die nationalistischen In-die-Luft-Sprenger gingen uns am Arsch vorbei (so sprechen wir Soldaten, aber auch Fernsehmoderatoren sagen »am Arsch«), am Arsch vorbei, auch weil sie anders gar nicht vorbeigingen: Sie waren für uns ferne, aus Zeitungspapier gemachte Schemen, nichts Wirkliches, und es war natürlich eine Alibiaktion aus Staatsräson, deretwegen wir Infanteristen, also wir zwei Jäger, ein einfacher Jäger und ein Leutnant der Reserve, knapp unterhalb der Gletscherzone auf und ab liefen, also auf Patrouille gingen. Aber die beiden Menschen, nämlich er und ich, wir hatten etwas gefunden, was die umwerfenden Eindrücke der Natur ergänzte: Es war mir, was ich schon anklingen ließ, die Aufgabe des Zurufens zugekommen, und ich rief meinem Vorgesetzten zu: Mahler, die Erste! oder Bruckner, die Siebente und was immer ich rief, Brusatti trällerte, klopfte und spielte mir auf sonst irgendeine Art das jeweilige Musikstück vor.

Kein Orchester, nichts, keiner dieser plüschigen Säle, wo aufgespielt wird, keiner dieser Musikbeamten, keiner dieser Virtuosen im Staatsdienst, aber weil das Glück die Erfüllung eines Kinderwunsches ist, war die totale instrumentale Unvollkommenheit Glück. Glück auf dem Weg. Dieses seltsame Erlebnis mit einem Menschen, der in der Musik so bewandert und verwurzelt war, dass er sie dem Freund – unter jedem Niveau der technischen Reproduzierbarkeit – unterwegs zum Vergnügen vorspielte, ist für mich in der Erinnerung bis heute eine Quelle der Verjüngung: So unbeobachtet (esse est percipi?) und nur zur eigenen Freude zum Beispiel musikalisch zu sein, hat noch im Rückblick eine erlösende Wirkung. Aus solchen Selbstzwecken, ohne die unsere Konzepte und Elaborate und Diskurse ziemlich alt aussähen, kann man Kraft schöpfen. Natürlich, die Arten und Weisen des Hervorbringens, die ja ihrerseits im Irdischen, also im Gegebenen wurzeln (von wo aus sie zu den Sternen greifen), sehen ihrerseits alt aus: physische Not, seelische Not, Intrige, Kampf, Triumph und auf der Gefühlsskala alle bekannten, aber auch die unbekannten, die mysteriösen Akzente, unlöschbare Eintragungen, das Grelle und die Grautöne, der Hass im Herzen und die Liebe in der Phantasie, der eine Schmerzensschrei, der so manches ganze Leben Geltung hatte, für alles galt, was einem passierte, nein, nicht passierte, sondern zustieß. Ja, ja, es gibt auch die Frohnaturen, aber wo nur?

Da saß ich hoch oben, ohne jeden Einblick auf ein Tal (höchstens auf die Niederung, in der der Gebirgsfluss, unser fließendes Wasser, unsere ständig bereite Waschgelegenheit, rauschte), ich saß musikalisch belehrt unter dem Sternenzelt in den Gebirgsnächten. Die sogenannten Kameraden, außer dem Gefreiten Oplustil, hatten sich in ihre halbnassen Decken eingehüllt, manche richtiggehend eingedreht, sodass man sie am frühen Morgen herauswickeln musste. Selber aus ihrer Lage herauswinden konnten sie sich nicht. Ich umschlang Oplustils Hüfte, der ganze Oplustil-Körper zappelte ein wenig im Schraubstock meiner helfenden Arme, er hatte das Weiße-Mäuse-Sehen erreicht, aber es waren keine weißen Mäuse, die er sah, sondern Spinnen, vor denen er davonlief. Nachdem ich den vor sich selbst flüchtenden Oplustil, den vor seinem höchstpersönlichen und doch so allgemein vorgestanzten Wahn in die Nächte hinauslaufenden Gefreiten unter einem Felsen eingefangen hatte, erzählte ich ihm von Arachne, der Lyderin niedriger Herkunft, die die Göttin Pallas selbst herausforderte: »Sie soll mit mir wetteifern«, rief Arachne. »Werde ich besiegt, will ich mir alles gefallen lassen« – genauso wie wir Besiegten im Hochgebirge uns alles gefallen ließen.

Oplustil hatte, als es hinauf ins Gebirge ging, als wir ein Teil einer Truppenverlegung wurden, zum eigenen sogenannten Seesack zusätzlich den Seesack eines Beamten des Heeresministeriums hoch hinaufgetragen. Was tut ein Seesack bei der Infanterie? Er fällt schwer ins Gewicht, sage ich. Der Heeresbeamte war unwissentlich in die Truppenverlegung hineingeraten, er wollte eigentlich nur eine sogenannte Waffenübung machen, das heißt: Er wollte ein paar Wochen hinter einem Schreibtisch in einer Kaserne lungern, am Abend schön zur Gattin heimgehen und dann – aufgrund einer Waffenübung – befördert werden, um im Amt hinter einem noch größeren Schreibtisch zu lungern, bis ans Ende der Tage oder, wenn's geht, bis zur Pension.

Die Truppenverlegung kam überraschend, und der sitzende kleine, glatzköpfige Mensch musste per pedes und auch stante pede hinauf, hinauf bis knapp unter die Eiswüste des Gletschers. Dafür war er nicht trainiert, die ersten Kilometer trug ihm Oplustil den Seesack hinauf und die letzten Kilometer bis in die verdammte Hütte trug ich dem Staatsbeamten seine Sachen in die Berge. Man kann sagen, der Beamte schritt neben uns rüstig aus, während wir, seine Kameraden, wieder die Esel waren, die Tragesel, wichtigster Bestand der Tragtierkompanien, also der Ansammlung von belastbaren Eseln, die in diesen sechziger Jahren auch für sie selbst überraschend die Tiroler Gebirgswelt bevölkerten. Wir, die Lastenträger des Beamten, waren auf dem Weg seiner Karriere staatstragend geworden und legten uns nachts hin auf den Restboden einer ehemaligen Hütte, einer Ruine im Gebirge. Als da noch eine Hütte war, war eine Steinlawine mitten durch sie hindurchgerollt und hatte sie geteilt. Dass noch einmal eine Steinlawine, eine Geröllbombe aus dem Gebirge, auf die längst ehemalige Hüte herunterkommen könnte, war ja unwahrscheinlich, aber doch von der Hoffnung begleitet, dass jeder von uns im entscheidenden Augenblick seine eine Hose anhätte und der eventuelle Abstieg in einwandfreier Kleiderordnung durchgeführt werden könnte.

Heute Nacht, dachte ich, wird mir Oplustil nicht entkommen, und ich hielt ihn fest. Alte Mythen: Pallas wird die Konkurrentin am Webstuhl für ihren Sieg bestrafen, Arachne wird sich aufhängen wollen, Pallas Athene wird den Tod der siegreichen Weberin nicht zulassen. Oplustil, jetzt schalten wir uns mit deiner Aufmerksamkeit in die Handlung ein, bitte, ich weiß, der Inhalt ist dir gleichgültig, du hast nur meine Stimme nötig, hier oben in der nicht frei gewählten Einsamkeit, einen Redefluss, der dich durch deine Nacht trägt. Die Weberin schnürte sich stolz mit einer Schlinge die Kehle zu. Mitleidig stützte Pallas die Hängende und rief ihr zu: Bleib zwar am Leben, aber hänge, Vermessene! Damit beides sei, benetzte die Göttin ihr Opfer mit einem Krautsaft, und siehe da, was einst die Meisterweberin war, verwandelt sich – eine Metamorphose. Oplustil: kein Haar mehr, keine Nase und keine Ohren. Dafür wird der Kopf winzig und auch der ganze Körper, an ihren Seiten hängen dürre Finger statt der Beine, alles Übrige beherrscht der Bauch, doch aus ihm entlässt die Verwandelte einen Faden, und jetzt kann sie ihre frühere Webkunst als Spinne ausüben … Zugegeben, das war vielleicht nicht lege artis, was die Heilkunde betrifft, die Psychotherapie, aber es war ein Versuch, dem Deliranten die Spinne vertraut zu machen, sie mit einer Geschichte zu versehen, sodass sie nicht aus dem Nichts kommen muss, aus dem grauenhaften Nichts, dem Horror.

Ich weiß nicht, was aus dem Mann geworden ist, wurde er Beherrscher seiner Krisen oder ist er Trinker in einer Trinkerheilstätte? Ist er tot? Damals aber kam er durch, nicht gut und schon gar nicht geheilt, sondern durch Lieferungen von Rotwein, ganze Kisten, die wir eines Tages hoch oben am Gipfel, direkt an der italienischen Grenze, von drüben erhielten. Not macht erfinderisch, und Erfindung führt zu noch größerer Not. Oplustil trank sich wieder ein, und das Gift tat fürs Erste seine normalisierende Wirkung. Es gibt ein Foto von ihm und mir, ich kann es jederzeit betrachten und kann nicht aufhören, es zu wiederholen: Ich gebückt lauernd hinter einem Felsen, das Sturmgewehr im Anschlag, scharf blickend – um im Bild zu bleiben –, wie ein Adler scharf blickend, hinter mir halb aufrecht stehend der Gefreite Oplustil, leicht über mich gebeugt, unbewaffnet, ein Fernglas baumelt von seiner Brust. Das Foto zeigt etwas, was ich nie von mir gedacht habe, es zeigt, dass ich nämlich schön war, ein schöner Mensch. Mir ist meine eigene Schönheit durch die Lappen gegangen, ich habe nichts mit ihr anfangen können, auch weil ich weder geglaubt habe, dass ich schön bin, noch es nicht geglaubt habe. Es war, wie man heute sagt, kein Thema, und jetzt, wo die Schönheit entschwunden ist, also jetzt, da sie kein Thema mehr sein kann, sehe ich meine Schönheit und den Gefreiten Oplustil, beides auf einem Bild. Wir standen in felsiger Landschaft, von Steinen beschützt und zugleich nach außen hin offeriert – in die Natur hinein offeriert, also schutzlos dem Rest der Welt angeboten. Sag doch richtig exponiert, unterbrach mich Lili, exponiert.

Und es muss an so einem Tag gewesen sein, als sie zum ersten Mal kamen: die Hubschrauber. Sie brachten irgendwelche Leute, die keine Ahnung hatten, was an unserer Front vorging, und die dachten, sie müssten von Amts wegen eine Ahnung haben; sie müssten die Front in Augenschein nehmen, und als sie über uns dahinflogen, verstanden sie erst recht nichts. Ich blase ihnen die Geschichte vom Gefreiten Oplustil ins Ohr, ich erzähle ihnen alles über den Ofen aus Stein, den wir uns bauten, um die eiskalten Sommernächte zu überstehen. Aber oben im schönen Flugzeug saßen Leute, die, als sie abflogen, von uns auch nichts wussten. Ich hatte jedoch die Hubschrauber gesehen, die ins Gebirgstal hineinflogen, und der Rotorenlärm hatte in der Talschneise einen Resonanzkasten. Es war so laut, dass ich mir die Ohren zuhielt, und es nützte nicht. Die Hubschrauber schrien in hohen Tönen mein Hirn zusammen. Was für schöne Geräte, dachte ich mit dem Teil, mit dem sich noch was denken ließ, hier oben kann sich niemand ihrer erwehren, aber sie konnten sich ja ebenfalls nicht wehren – gegen die Enge und gegen den Wind, den sie zum Teil selber machten und der sie beinahe gegen die Gebirgswände schleuderte, einmal Gefahr von rechts, einmal von links: Die Hubschrauber wandelten, nein, nicht, sie wandelten nicht auf Erden oder sowas, das tut doch kein Hubschrauber.

Sie wandelten, in dem Sinn, dass es sie wie in einer Wanne auf und ab trieb, einmal an die linke Wand, einmal an die rechte. Die Hubschrauber konnten keinen Kurs finden, und ich wette, dass die Piloten nichts als raus wollten, aus dieser Hölle im Zillertal, wo knapp unterm Gletscher ein paar Militärwappler über die Runden kommen mussten, Tag für Tag, bis das Unternehmen Bumser endlich in sich zusammenbrach und der über Mayrhofen eingesetzte Truppenteil mit Lastwagen und dann per Bahntransport in die Ursprungskasernen verfrachtet wurde. Das alles war wirklich und vollkommen unwirklich, es war ganz und gar wie der Krieg. Das ist nicht die Isonzofront, sagte Reserveleutnant Brusatti, und ich pflegte zu antworten, ja, aber es ist wie die Isonzofront – es ist wie der Krieg, also es ist der Krieg ohne seine verheerenden Folgen, es ist der Krieg als Anschein, ausgeführt wie ein gleichgültiges Routine-Experiment, aber doch dem Original ähnlich, wenn auch nicht sehr ähnlich.

Ist es das gewesen, was man später Simulacrum genannt und durch alle philosophischen Durchreichen hindurchgeschoben hat, damit kein Mensch irgendwo auf der Welt glauben kann, es sei echt, also wirklich, was (ihm) gerade geschieht? Trotz Regen und Schnee freuen sich die Kaiserschützen auf den Tag, an dem es gilt, Abrechnung zu halten für all die Tage, die wir still halten mussten im Trommelfeuer am Isonzo. Alles nur ähnlich, entfernt von damals und vom eigenen Sein, aber es ist nicht entfremdet gewesen. Entfremdet soll man nicht mehr sagen, denn entfremdet will doch sagen, wenn man eine Sache oder ein Geschehnis aus seiner Fremdheit herauswickelt, dann stehen die Sache oder das Geschehnis unentfremdet da. Mit der ganzen Wucht des mit sich identischen Seins steht das Unentfremdete in der geistigen Landschaft da. So ein Sein wird nicht mehr gespielt, auch die Verfremdung, die auf Ähnlichem beruht, ist abgesagt. Abgesagt ist, dass man freiwillig, zum Beispiel künstlerisch etwas dermaßen verzerrt, dass dem Zuschauer oder Zuhörer nichts übrigbleibt, als durch die Verzerrung das Unverzerrte wahrzunehmen (also wegen der Schmerz verursachenden Verzerrung stellt der Zuschauer für sich das Unverzerrte her), und ich sage das alles nur, weil Otto gesagt hat, ich hätte damals hoch oben im Gebirge die »Kritik der reinen Vernunft« von Kant gelesen, ein Irrtum, denn ich las zwischen den Felsbrocken, halb nackt oder mit der einen Hose bekleidet Nietzsches »Menschliches, Allzumenschliches«.

Hat er sich Kant eingebildet oder ich mir Nietzsche? Als Simulacrum oder Simulakrum (Plural: Simulacra oder Simulakren) bezeichnet man ein wirkliches oder vorgestelltes Ding, das mit etwas oder jemand anderem verwandt ist oder ihm ähnlich ist. Der lateinische Ausdruck simulacrum leitet sich über simulo (Bild, Abbild, Spiegelbild, Traumbild, Götzenbild, Trugbild) von simul (ähnlich, gleich) ab. Die Bedeutung kann abwertend gemeint sein im Sinne eines trügerischen Scheins, sie kann aber auch positiv verstanden werden im Rahmen eines Konzepts produktiver Phantasie. Was wird schon positiv verstanden – wenn man alles nur kritisch sehen kann, eine Welt, die man nur kritisch sehen kann, selbst im Rahmen eines Konzepts produktiver Phantasie. Das ist es unter anderem, was ich mit den Affen habe. Die Affen sind mir ähnlich (simul), und weil du, Lili, so jung bist, im Vergleich zu mir, hat es mir meine Nachbarin hineingesagt. Ja, hat sie gesagt, das ist bei den Mantelpavianen so, den alten Patriarchen, die sich gerne noch im Greisenalter aus dem Rudel der eben gerade einmal (sie sagte wirklich: der eben gerade einmal) geschlechtsreifen Artgenossen eine Last-Minute-Zeugungsgefährtin greifen. Ich greife nicht, habe ich gesagt, ich begreife nur, dass Sie, Frau Nachbarin, aus der Ähnlichkeit eine Waffe machen.

Trügerischer Schein ist aber auch fad, und vor allem trifft er auf meinen militärischen Einsatz gar nicht zu, denn wir sind ja tatsächlich – wie Schwejks Kompanie seinerzeit an die Ostfront – in den Westen gefahren, nach Mayrhofen, mit Zwischenaufenthalt in Schwaz, wo heute die Familie Wanitschek lebt, die ich von dieser Stelle aus herzlich grüße, so wie ich das von Leuten kenne, die, sagen wir, beim Hahnenkammrennen vor die Kamera laufen, um ihre Lieben zuhause herzlich zu grüßen, und die damit die Autorität des Mediums in Frage stellen. Sie verzerren dessen öffentlichen Charakter für ihre privaten Belange, allerdings wären sie dazu gar nicht in der Lage, hätte das Medium nicht den Auftrag, Öffentlichkeit herzustellen, wo halt Leute sind, eben auch solche, die sich nicht öffentlichkeitswürdig verhalten.

Das weiß ich aber schon, dass die präzise Wortgestalt von Simulacrum auf die atomistische Wahrnehmungstheorie zurückgeht. Mein Lieblingsatomist ist Lukrez, und ihm zufolge erzeugen die Dinge ihre eigene Sichtbarkeit, indem sie ständig feine Schichten ihrer äußeren Hülle in den Raum aussenden, die dann entsprechende Abdrücke auf der Netzhaut hinterlassen. Den Eindruck könnte man haben. Diese umherfliegenden Schichten beziehungsweise Häutchen sind die Simulacra, siehe Lukrez, »De rerum natura«, 4. Buch, V. 30–53 – »De rerum natura« besitze ich in

Form eines schweren Reclam-Hefts, damit hätte ich mich im Gebirge nicht belastet, wenngleich die zwei dtv-Bände »Menschliches, Allzumenschliches« auch nicht leicht waren, aber sie waren aktueller als so ein alter Atomist. Ein Simulacrum, es sind schon wieder diese umherfliegenden Häutchen – das hätte ich mir denken können, als wir von der Österreichischen Bundesbahn unserer Hochgebirgsbestimmung und -stimmung zugeführt wurden –, ein Simulacrum rekonstruiert seinen Gegenstand durch Selektion und Neukombination und konstruiert es auf diese Weise neu.

So etwas hätte ich denken können, habe ich aber nicht gedacht, auch nicht, dass beim Simulacrieren eine Welt entsteht, die der ersten ähnelt, sie aber nicht kopieren, sondern einsehbar machen will. Nicht einen Gedanken habe ich daran verschwendet, als ich in einem großen Simulacrum der sechziger Jahre, einer militärischen Aktion an der italienischen Grenze, mit der Bahn unterwegs war. Ich saß dumpf im Eisenbahnwaggon nach Schwaz in Tirol. So haben wir Soldaten eine Spur gelegt, zumindest später, nämlich von Schwaz nach Mayrhofen, eine Spur gelegt, ohne eine zu hinterlassen, und ich will jetzt zugeben, dass wir, also dass Otto und ich irgendwann in den zweitausender Jahren, in Innsbruck auftraten, um unser Tun in den sechziger Jahren einer historischen Beurteilung zuzuführen.

Die Tiroler Bergführer, aus denen unser Innsbrucker Publikum bestand, konnten Ottos Angaben und Ausführungen nicht folgen, das heißt, sie fanden selbst auf ihren übergenauen Karten die Stellen im Hochgebirge nicht, von denen die Rede war, und ich warf in die allgemeine Ratlosigkeit ein, dass man das Simulacrum eben als Merkmal der Spur verstehen muss, positiv verstehen muss. Da die

Spur kein Anwesen ist, sagte ich, sondern das Simulacrum eines Anwesens, das sich auflöst, verschiebt, verweist, also eigentlich nicht stattfindet, gehört das Erlöschen zu ihrer Struktur. Sagte ich wörtlich, und das war so erhellend, dass die Bergführer sich auf eine Stelle in den Zillertaler Alpen einigen konnten, an der wir uns damals hätten aufhalten können.

Was redest du, sagt Lili.

Das hat sie damals wirklich gesagt, und jetzt wiederholt es sich in meinem Kopf. Was denn?

Redest du vom Krieg?

Ich habe aber auch von meiner Schönheit gesprochen, die ich fotografisch dokumentiert fand. Meine Schönheit ist vorüber, aber einwandfrei dokumentiert. Bei einer Veranstaltung zum Gedenken an alte Zeiten ist meine Schönheit ebenfalls aufgeblitzt: Sie wurde bildlich auf die Leinwand projiziert, als Nebensache eines anderen Dokuments. Plötzlich stand ich da im Lichtspiel und in meiner ganzen Schönheit. Ich erntete von einigen Bekannten böse Blicke, weil meine Schönheit zwar weg, ich aber noch da war. Auch der Tod trifft immer die Falschen. Davon verständigt einen die Gemeinschaft der Überlebenden jederzeit. Was hat der Mensch gemacht, sodass seine Schönheit ruiniert ist, die uns so eine Augenweide auf dem Foto war.

Es scheint mir unglaublich, aber an dem Tag, an dem ich Lili Fichte zum ersten Mal sah, habe ich mich im Morgengrauen mit einem Schwarzweißfoto beschäftigt, ich schätze, es stammt aus dem Jahr 1948. Kann der Mensch aus der Geschichte lernen? Ich bin 1947 geboren, und das Schwarzweißbild zeigt mich. Ich würde mich in Anführungszeichen schreiben, tue es aber nicht, nicht deswegen nicht, weil solche Anführungszeichen von jedem Lektor wegen Transzendierung der vielleicht noch zu duldenden Koketterie gestrichen werden müssten. Nein, deshalb nicht, sondern weil ich es tatsächlich bin, das heißt: Seitdem ich mir die Haare mit der Haarschneidemaschine täglich kurz schere, bin ich im Grunde identisch mit dem, was das Bild von dem Kleinkind zeigt, das ich gewesen sein muss.

Wie wird der Greis aussehen?, sagte Lili Fichte, und ich antwortete (und in meinem Kopf antworte ich noch einmal so): vielleicht genau wie damals im Kinderbett, aber sicherlich sieht mich keiner mehr in Schwarzweiß, ich meide avantgardistische Fotografen, die retro arbeiten. Aber während ich mit Lili Fichte diese Konversation betrieb, dachte ich: Frag den Thanatopraktiker, junge Frau, wie ich aussehen werde. So viel Hoffnung habe ich in Gedanken, dass ich erst als Greis Gegenstand der Leichenkosmetik werde. Was willst du mir sagen, fragte Lili, nachdem ich das Kriegsähnliche, eine für mich unabgeschlossene Geschichte, referiert hatte. Verstehst du mich nicht? Nein, positiv nicht. Es ist doch klar. Ich will doch sagen, dass es ein Hubschrauber sein muss – nenn ihn Helikopter, mir egal, aber es muss ein Hubschrauber sein, von dem aus die Bilder unseres Schauplatzes aufgenommen werden – von hoch oben, verstehst du –, die Übersicht und das Geräusch der Rotoren.

Der Hubschrauber mit der Kamera – er steigt im Morgengrauen auf, es beginnt früh, obwohl der Film »Ein Sommerabend« heißt (Arbeitstitel?, warf Lili Fichte, die Frau meiner einstweiligen Wahl, schon wieder nicht ohne Ironie ein). Es kommt alles drauf an, dass das Areal genau gesehen, ja, inspiziert wird, das Areal, in dem die Handlung sich abspielt. Geographisch liegt es zwischen Wieselkluft und Lipps, nennen wir den Ort Bodenblick, was doch in der Sicht vom Hubschrauber aus seine Logik hat: Bodenblick!

Bodenblick ist ein kleiner Ort, der es nicht einmal zum eigenständigen Dorf gebracht hat. Ein Ort aber, der – mit einem Wort, das der berühmte Opern-und Geschmackskritiker Pálffy so gerne benützt hatte – in sich differenziert ist. Pálffy achtete immer darauf, ob eine Aufführung in sich differenziert ist, denn dass sie nach außen hin eine Differenz bildet, versteht sich von selbst, aber im Inneren hält so etwas Künstliches nur zusammen, wenn es in sich differenziert ist. Es ist wie in der Politik, erklärte Pálffy, der Unbestechliche, mir gerne: Eine Partei, die in sich keine Unterschiede hat, zum Beispiel keinen linken oder rechten Flügel, fällt in sich zusammen, denn das, was den Gegensatz ausmacht, hält zugleich die einander entgegengesetzten Strebungen zusammen. Sagte Pálffy, der heute auch nicht mehr lebt. Ich war dabei, als man Pálffy damals, ich möchte sagen, seinerzeit, als Kulturchef des Fernsehens inthronisiert hat und er eine Konferenz möglicher Mitarbeiter einberief. Frau Großinger, eine berühmte Redakteurin, hat mir damals den Weg geebnet, der allerdings – so wie Bodenblick niemals ein selbständiges Dorf war – auch kein Weg war, sondern eine Sackgasse.

Jahre später, als ich schon wieder vor einer Fernsehkamera saß, um gratis Auskunft geben zu dürfen, diesmal über den Gemeindebau, denn ich bin in einem Gemeindebau aufgewachsen, daher bin ich ein Experte, erzählte ich einer Kulturredakteurin, die's bis hinauf, also bis auf den Bildschirm geschafft hat, die Story: Ich war dabei, bei Pálffys erster Konferenz, die er zur Rekrutierung möglicher Mitarbeiter einberief. Pálffy kam, wie alles, was in Österreich zu Bedeutung gelangt, aus dem Sumpf des Zeitungsboulevards (ein Biotop, das alles, aber auch wirklich alles zum Blühen und Gedeihen bringt), und der Kulturkritiker Pálffy hatte sich vor allem beliebt gemacht durch seine hervorstechende Liebe zu Herbert von Karajan, eine echte Leidenschaft.

Aber Pálffy am Küniglberg (wo das Fernsehdorf der Stadt, das ORF-Zentrum, liegt), da war er der richtige Mann zur richtigen Zeit, erklärte ich der Redakteurin, die es anders als ich ins Bezahlfernsehen geschafft hat, also die dafür bezahlt wird, auch dafür, wenn ich im Fernsehen etwas sage, weil sie mich interviewt. Pálffy, sagte ich, war nämlich stets pseudoobjektiv und pseudoironisch, während Kinsky, der damals Intendant und Leiter einiger Kultursendungen war, immer pseudosubjektiv und pseudopathetisch war. Das passte. Ja, seinerzeit hatten wir eine in sich differenzierte Kultur im Fernsehen, oben am Küniglberg, an dessen Fuß ich wohnte, nämlich unten in der Fasangartengasse, wo der Straßenverkehr durch mein Leben flutete und die Benzindämpfe meine Lungen von Morgens bis Abends angriffen.

Die Redakteurin stellte mir eine Frage, die auf der Hand lag, bevor sie mich über den Gemeindebau ausfragte (und während der Kameramann einen Scheinwerfer aufstellte). Sie fragte, ob ich denn, wie das hirnlose, nur scheinbar harmlose Wort lautet, Kulturbeiträge für Pálffy hätte machen wollen. Ich schwöre, ich wusste es nicht, ich hatte keine Antwort, aber die Frage verursachte eine Störung in meinem Gehirn. Als ich dann beim Gemeindebau anlangte, dozierte ich, der Gemeindebau sei die Relativierung des Eigentumsgedankens, und ich verfing mich mit meinem S-Fehler (der mich in meiner Jugend die Aufnahme ins Max Reinhardt Seminar gekostet hatte) in die beiden s und versuchte es dann mit einem s weniger: Eigentumgedankens, während mein Gehirn an einem ganz anderen Satz herumdokterte, nämlich an dem, der besagt, dass die Kunst des Schauspielers eben nicht in der Verstellung, sondern in der Enthüllung bestünde.

Ich habe nichts zu enthüllen, aber verstellen muss ich dauernd irgendetwas und warum dann nicht auch mich? Da muss man die richtige Einstellung haben. Dennoch gebe ich zu, dass die seinerzeit von Pálffy einberufene Konferenz möglicher Mitarbeiter, eine erlesene Schar aus Herbert-von-Karajan-Liebenden, etwas von einem Aufbruch hatte, und zwar den Anschein eines Aufbruchs, es war der perfekte Pseudoaufbruch, der also ohne weiteres den Bach runtergegangen ist. Auch er ist Geschichte, wie die Leute sagen, die stets übertreiben. Ich habe Pálffy in meinem Gedächtnis, nicht wegen seiner glänzenden, von den größten Könnern gelobten, beißenden Kritiken, die auch die von ihm schwerst Beleidigten in Entzücken versetzten ob der Liebe für das Gute, die nicht zuletzt aus seinen Verwerfungen sprach.

Pálffy und ich, wir gingen in dieselbe Schule, ungefähr alle vier Jahre, und dann später, weil die Legislaturperioden verlängert wurden, alle fünf Jahre. Wir gingen zur Wahl, gaben im selben Schulgebäude unsere Stimme ab, oblagen der staatsbürgerlichen Pflicht, und es war ein sich wiederholender Zufall, dass ich dabei jedes Mal auf Pálffy traf: Ging ich später zur Wahl, ging auch er später, war ich früher in der Renngasse wählen, wählte auch er früher. Die letzten beiden Male, die ich ihn in der Wirklichkeit sah (Pálffy war schon lange Fernsehpensonist gewesen), sah ich, dass er sehr krank war, aber auch, dass er nicht bereit war, der schweren Krankheit nachzugeben: Er wählte, als ob er noch eine Wahl hätte, er gab sich und den Staat nicht auf, er behielt Haltung, Demokratie oder Tod!, und ich anerkannte, als ich meine Stimme wieder einmal in der Schule abgab, dass mir Pálffy überlegen war: menschlich überlegen, wie man sagt. Ich an seiner Stelle hätte gegreint, mich hätte die Angst vernichtet, ich hätte das Bett nicht mehr verlassen, ich wäre nie wieder wählen gegangen, selbst wenn die gesamte Sozialistische Jugend Österreichs mich im Rollstuhl zur Renngasse geleitet hätte.

Ich bin nur ein Mensch, der auf die Gelegenheit wartet, meine Haltung zu verlieren, um loszuheulen und endlich aufzugeben. Aber Pálffy hielt es bis zum letzten Augenblick aus, und ich sah es, ich schwöre, ich war Augenzeuge eines mir nicht zugänglichen Lebensmutes, während ich den so oft vom Fernsehen in mein Zimmer projizierten Pálffy, den Kulturchef, ganz vergessen hatte. Nichts – als hätte mein Gedächtnis gesagt: Pálffy, gehen Sie mir aus den Augen, damit ich den Mann sehen kann, der, hart zu sich selbst, seine Stimme abgab.

Du siehst, Lili, ich drehe meinen eigenen Film, und jetzt sehe ich Bodenblick vor mir, den Ort, an dem ich damals, wenn es Sommer war, an meiner Dissertation schrieb. Ich drehe meinen eigenen Film, Lili wusste es natürlich, auch wenn es mir im Ernst darum ging, ihr zu imponieren. Wer kann sozusagen aus dem Nichts ein Drehbuch hervorzaubern, und kann ich es denn?

Angespannt versuchte ich, mich über die Runden eines Drehbuchs zu bringen. Einerseits wollte ich Lili imponieren, sie zum Gegenstand meiner Geltungssucht machen, und andererseits musste ich Lili zur Muse nehmen, sie also instrumentalisieren, um an ihr Einfallskraft zu tanken, und bei beiden Anliegen kooperierte Lili kaum.

Wie funktioniert eine Muse eigentlich?

Die Frage ist nicht von mir, ich habe sie beim Über- und beim Querlesen gefunden, in einer Zeitschrift für internationales Denken, und ich habe nichts davon gelesen, aber die Frage hinschreiben kann ich, muss ich doch.

Also wie funktioniert das?

Es hat mit dem Bejahen zu tun. Man bejaht den ganzen Tag irgendetwas, eine Frage oder das Wetter. Dann hat man so Formeln wie: Ja, aber. Ja, aber das alles geht an einem Menschen vorüber, als hätte man wie nichts ja gesagt. Denke ich jedoch an Lili Fichte, und man wird doch an sie noch denken dürfen, fällt mir sofort auf, dass ich sie bejahe. Auch der Lektor, dieser lupus in fabula, hat es gefühlt, als er herablassend meinte, meine Prosa bekäme mit dem Auftauchen von Lili Fichte etwas mehr Schwung.

In einem unveröffentlichten Werk definierte ich die Liebe als Bejahen der Art und Weise, in der ein anderer Mensch am Leben ist. Verzeihen Sie bitte, dass ich mich selbst zitiere, aber da das Werk, weil unveröffentlicht, nicht zu haben ist, in keiner Buchhandlung aufliegt, ist das Zitat sozusagen wie neu, nämlich wie gar kein Zitat. Das Bejahen der Art und Weise, in der ein anderer Mensch am Leben ist, zeigt sich auch am Unterleib oder wie Dorothea Zeemann zu sagen pflegte, die einzige Art von Respekt, die ich von einem Mann erwarte, ist die Erektion (ohne dass ich der totalitären Einseitigkeit ihrer Aussage beipflichten kann). Es darf auf keinen Fall bei einer ernsthaften Bejahung, bei einer Bejahung im eigentlichen Sinn, das Kreatürliche fehlen, es sei denn, das Alter setzt einer Kreatur gewisse Grenzen. Solange man diese Grenzen zu überschreiten in der Lage ist, ist man dem Leben ohne viele Worte näher. Auch die Worte müssen her, die stundenlangen Gespräche, die ich mit Lili führte – führte, weil sie fast nichts sagte und ich fast allein redete, beschwingt wie ein Narziss, solange ihm der Spiegel noch Glauben zu schenken scheint. Aber ich will nicht hyperkritisch wirken, denn es war auch einfach: Ich bejahte ganz einfach die Art und Weise, in der Lili Fichte am Leben war, und so war ich, ein Parasit, auch dem Leben näher. Wenn man das einige Zeit ist, gerät man in eine Hochstimmung, und der bejahte Mensch verwandelt sich zusätzlich in eine Muse, der man – durch sie inspiriert – imponieren möchte.

Das Leben – vor allem wenn man es nicht richtig bejaht, nicht richtig bejahen kann – höhlt einen jederzeit auch aus, und deshalb sind Erinnerungen so wichtig wie meine an Bodenblick, wo ich noch nicht so ausgehöhlt war, man kann auch sagen: noch nicht so leer war, wie es heute zumindest jeder zweite meines Alters ist. Ich hatte in Bodenblick einen Tisch auf dem Kieselsteinweg vor der alten Holzvilla aufgestellt, in die, vor allem in der Nacht, die Nässe durch alle Ritzen drang. An heißen Sommertagen trocknete das Haus wenigstens bis zu einem gewissen Grad, und wenn man aus der nassen Kälte der Nacht hinauskonnte in den Sonnenschein, war man ein glücklicher Mensch. Hinzu kam in meinem Fall die Arbeit: die Dissertation; sie schien unabschließbar, eine unendliche Aufgabe, mit der man nicht fertig werden kann, aber für mich hatte das seltsamerweise etwas Beruhigendes, als würde mit meiner Unfähigkeit, ein Ende zu erreichen, auch die Zeit stillstehen müssen.

Was die Zeit betraf, hatte ich von der Villa auch einen befremdlichen, exotischen Zeitgeschmack, und zwar nicht weil die Villa in den zwanziger Jahren erbaut worden war, sondern weil die Gräfin von Altmannstetten, der das Anwesen gehörte, eine gute Bekannte von Dorothea Zeemann war, die in der Nachkriegszeit zusammen mit der Gräfin eine große Wohnung bewohnte, wo die beiden jungen Frauen ein großes Haus führten und es auch, wie ich es verstand, hoch herging. Es schmeckte also nach den fünfziger Jahren, die sich in meinen Nervenzellen ebenfalls eingenistet haben. Sie waren die Zeiten meiner Kleinkindheit und später dann meiner Einschulungszeit in die sogenannte Volksschule. Diese Augen von mir auf dem Kleinkinderfoto: große Augen, ängstlich und zugleich neugierig und ganz und gar unentscheidbar, ob die Neugier oder die Angst mich eines Tages beherrschen würde.

Zum Tisch auf den Kieselsteinen hatte ich meine Bücher geschleppt, die ich, um sie leichter tragen zu können, in einen alten Postsack steckte. Zweifelsfrei machte ich mich vor der Villa breit, als ob mir hier irgendetwas gehörte. Ich war aber nur paying guest, doch für die Gräfin von Altmannstetten waren meine paar Groschen gut zu gebrauchen. Sie gehörte nämlich zum verarmten Zweig ihrer Familie, und als einmal die Vertreter des reichen Zweigs zu Gast waren, bekam ich, ich höchstpersönlich, auch etwas zu hören, nämlich die Frage, über mich gestellt von einem älteren Herrn im Tweed-Sakko: Wer ist denn dieser Mensch?

Der Fragende war, wie ich später ermittelte, Bimbo von Altmannstetten, der mich mit der Gattung Mensch identifizierte, was hieß, dass ich nichts Besonderes war und wenn doch, dann sicher im negativen Sinn. Ich trug es Bimbo nicht nach, auch weil ich unsicher war, ob mich der alte Trottel, der sich ein wenig im Klassenhass übte, amüsierte oder ängstigte. Aber das hat schon was, wenn eine Traube von Menschen in ungefähr siebzig Meter Entfernung dich ins Auge fasst und über dich was murmelt. Der Dunst der Missgunst stinkt zu dir herüber, und du musst dir überlegen, sollst du so tun, als ob nichts wäre, oder sollst du dich aufpudeln: He, ihr alten Knacker, ihr in Lederhosen verpackter Aristokraten-Ausschuss, ihr Real-Kitsch, den das Leben längst überholt hat ...

Nein, das hätte ich nie gesagt, auch wenn ich es gedacht haben sollte. Aber solche Gedanken wären ungerecht gewesen, denn, wie gesagt, die Gräfin von Altmannstetten behandelte mich wie einen Menschen. Auch Poldo von Altmannstetten, ihr Gatte, ließ sich mir gegenüber nichts zuschulden kommen. Er war ein großer, feingliediger Mann, mit einem Schnurrbart, und, ich weiß nicht, obwohl er nie jagen ging, schien er mir wie zur Jagd geboren. Aber diesen Anschein bezog ich aus dem Film »Der Förster vom Silberwald«, den Poldo von Altmannstetten ohne weiteres hätte spielen können. Er wäre – als Förster – gewesen, was man im Wortsinn ein Naturtalent hätte nennen müssen. Die Gräfin und der Graf waren Eltern zweier wunderschöner Kinder, damals ungefähr 15 oder 16 Jahre: Die eine Tochter war blond, sehr kühl, sie schien mir höchst rational, keineswegs unfreundlich, sondern einfach praktisch orientiert, kurz angebunden. Unfreundlichkeit wäre in der Villa von Bodenblick, wo alle ziemlich eng nebeneinander lebten, die paying guests neben den Grafen, auf die Dauer sehr unpraktisch gewesen, und ich weiß, dass das kluge, kühle Mädchen von einst Jahre später einen kanadischen Wirtschaftstreibenden geheiratet hat, nicht etwa aus Berechnung, da bin ich mir sicher, sondern aus der Logik heraus, dass wirkliche Liebe nur dort hinfällt, wo es sich zugleich rechnet.

Die andere Tochter war dunkelhaarig und auch sonst wie das bestellte Gegenteil ihrer Schwester: Sie war ein sehr feiner, zur Schwermut neigender Mensch, und sie hatte Fragen, an denen sie hing, während ihre Schwester die Antworten sammelte und sich auf sie verließ. Manchmal am späten Abend, seltener bei Tag, sprach ich mit diesem dunkelhaarigen Mädchen über Lebensfragen, zum Beispiel darüber, dass man sowohl vertrauen als auch zweifeln können muss, um aus der eigenen Biographie machen zu können, was aus ihr zu machen ist.

Ach, es ist lange her, aber als ich mich damals unter der Laube vor dem Haus der Grafen von Altmannstetten in der Dialektik übte, war mein Herz so rein wie schon oft davor, aber wie niemals danach. Es war nicht das geringste Begehren in meiner Zuneigung für das Mädchen, es ging ausschließlich um das, wovon gesprochen wurde, und darum, wie man nach dem suchen kann, was man in der Zukunft finden wollte. Ich war platonischer als Plato, auf jeden Fall, und ich wäre gut beraten, hier nicht hinzuzufügen, dass ich auch päpstlicher als der Papst war. Aber ohne Zweifel dozierte ich, glücklich darüber, dass es auf der Welt etwas zu dozieren gab. Es hätte einem ja auch die Sprache verschlagen können, und so wie die einen jedes Wort, das ihnen als eines zu viel erscheint, mit dem Schimpf »Geschwätz« verfolgen, so gehen mir die Wortkargen auf den Geist.

Ich hab's in der *Neuen Zürcher Zeitung* gelesen, in der Literatur-und-Kunst-Beilage, es war die Abschiedsvorlesung eines Philosophieprofessors, und ich sammle Abschiedsvorlesungen von Philosophieprofessoren, weil nach ihrem Abschied können sie nicht mehr viel anrichten. So las ich in der Literatur-und-Kunst-Beilage den Bericht von dem Gespräch, das Sokrates im Gefängnis mit seinen Schülern führte, kurz bevor er den Giftbecher trank. Die haben damals irgendwie geistig herumgemurkst, um die Unsterblichkeit der Seele zu beweisen, und sie scheiterten am Beweis (während Lukrez, behaupte ich, mit der gegenteiligen Behauptung durchaus nicht gescheitert ist).

Sokrates und seine Leute waren tief erschüttert, dass im Innerzeitlichen kein Beweis fürs überzeitliche Leben vorlag, und um zu retten, was zu retten war, entwickelte Sokrates in seiner Ratlosigkeit kein neues Argument mehr über Unsterblichkeit, sondern er tat, was man in so einem Fall immer tut, wenn man nicht à la carte, also beliebig verstummen will: Er setzte sich mit den Voraussetzungen der Wahrheitssuche auseinander. Sokrates, am Ende seiner Weisheit, begann mit der Weisheit von vorn. Neuerdings steht auf der Friss-oder-stirb-Speisekarte der Werkskantine unserer Philosophen (was für eine Metapher, despektierlich und doch inferior) der Satz: Wovon man nicht sprechen kann, darüber muss man schweigen.

Mir auch recht – aber mit dem antiken Genie nicht zu machen. Die größte Gefahr, meinte nämlich Sokrates, so der Professor zum Abschied, liege in der Skepsis gegenüber der Kraft und Wahrheitsfähigkeit des Redens. Nachdrücklich ermahnte Sokrates seine Schüler zum Weiterführen des Dialogs, ungeachtet aller Enttäuschungen und

Irrtümer, denen sie in der Wahrheitssuche ausgesetzt würden. Das Vertrauen in den logos, in das Wort, und in das dialegesthai, das Sich-mit-anderen-Unterreden, ist, wie es in der *Neuen Zürcher Zeitung* mit Recht steht, die nicht hintergehbare Voraussetzung nicht allein des Philosophierens, ja des menschlichen Lebens überhaupt. Nicht vom Gespräch ablassen, Sorge für das Weiterleben des logos tragen, das Gespräch der Menschheit nicht abbrechen lassen – aber unterbrechen wird man schon noch dürfen, sagte Lili, aber es war schon zu spät. Ich war in Form und hatte ihr, bevor sie noch nachhaltig unterbrechen konnte, schon gesagt, dass ich – nach meiner heutigen Überzeugung – in den abendlichen Unterredungen mit der jungen Gräfin Adele von Altmannstetten nichts anderes tat, als das Gespräch der Menschheit nicht abbrechen zu lassen – ich, zu dieser Zeit ein Doktorand, der in einem schmutzigen Postsack die Primär- und Sekundärliteratur von einer Stelle im Wald und auf der Wiese zu einer anderen trug.

Die Villa lag im Wald, in seinem kultivierten, gartenarchitektonisch gepflegten Teil. Man konnte aus dem kleinen, der Villa vorgeordneten Park durch einen Hinterausgang direkt in den wilden, märchenhaften Wald gelangen, der auch seine Abgründe hatte: Man konnte durch den Wald hinunterlaufen zu einem Gewässer, das einmal ein Bach, ein anderes Mal ein Fluss war, je nach den Regenfällen, die nicht selten waren. Es war die Ergatz, die in den Ergatzsee mündete, ein kaltes Gewässer, das ich oft mit ängstlichem Staunen betrachtete, weil ich wusste, dass die Ergatz viele Menschen das Leben gekostet hatte. Ja, es waren nicht wenige, die in der Sommerhitze ins Wasser sprangen und sich mit der Abkühlung den Tod holten. Ihr Herz blieb stehen.

Aber ich darf auch nicht aussparen, dass es ebenso Menschen gab, Einheimische und Fremde, die für ihren Freitod die Ergatz wählten. So war das fließende Wasser hier unten ein Grab, aber es war auch, wenn man die Kälte erlebt hat, eine Quelle der Erfrischung.

Am Ufer der Ergatz, auf der Seite, auf der die Villa lag, gab es große Bäume. Diese Bäume hatten phantasievoll verschlungene Wurzeln von riesenhaften Ausmaßen. Schon in der Dämmerung wirkte dieses Ufer der Ergatz als wäre es nicht von dieser Welt, und weil ich schon die Geschichte von meiner Halbnacktheit als Soldat erzählt habe, erzähle ich dir, Lili, auch die Geschichte von einer anderen Nacktheit, die mir, aber nicht mir allein, am Ufer der Ergatz passiert ist. Hin und wieder kam Besuch nach Bodenblick, und so kam einmal (ein einziges Mal und dann nie wieder) auch Traude Weingast zu Besuch, eine Kollegin der Philosophie, mit der ich im sogenannten Privatissimum, im Doktorandenseminar, saß. Es war ein sehr heißer Tag, aber unten bei der Ergatz war die Hitze erträglich, zumal es dort auch höhlenartige Unterkünfte gab, in denen man gegen den Regen, aber auch gegen die Sonne Schutz fand. Als es noch heiß war, entledigten wir uns der Kleider, und ich erinnere mich genau, wie ich der Kollegin einen Vortrag darüber hielt, dass das Schreiben einer Dissertation eine paradoxe Aufgabe sei: Man beginnt zu schreiben, ohne es zu können, und man kann es erst danach, nachdem man es schon geschrieben hat, also zu spät.

Man beginnt daher, wenn man mit einer Arbeit fertig ist, weil man den Schlusssatz geschrieben hat, obwohl sie doch unfertig geblieben ist, eine andere Arbeit zu schreiben, denn jetzt, denkt man, kann man es ja. Aber jede Arbeit verlangt etwas Spezifisches, das man erst dann kann, wenn man mit ihr fertig ist, also immer zu spät, und da wundert man sich, wenn Schriften auf Schriften getürmt werden, wenn also eine Inflation des Schriftlichen aus unserem Fleiß und unserer Leidenschaft herauskommt. Meine Fähigkeiten jedenfalls stehen immer im Konjunktiv, sie könnten, wenn überhaupt, sich immer erst hinterher bewähren, aber, um es mit einer Pferdemetapher zu sagen, das hält uns andererseits auch auf Trab, wir wollen die Leistung auch im Indikativ zusammenbringen, und die, die das glauben, dass sie es, zum Beispiel durch ein Lebenswerk, geschafft haben, die können auch aufhören und das Aufhören als Teil ihres Werks betrachten, ja, beachten und achten. Das ist die ganze Kunst des Aufhörens, sagte ich enthusiastisch, mehr zur Ergatz, zum fließenden Wasser, als zur Traude.

Mittlerweile war es aber auf unserer Seite des Flusses kühl geworden, uns fröstelte, die Sonne war verschwunden, brannte aber am anderen Ufer weiter herunter, und, mein Gott, war ich damals körperlich gut beisammen, sodass ich ohne weiteres mit meiner Kollegin, die körperlich noch besser beisammen war, hinüberschwamm. Wir waren nackt und hatten nicht ein Handtuch mit, fanden aber gleich in der sonnenbeschienenen Wiese einen Platz, an dem wir uns, ohne Schaden zu erleiden, niederlegen konnten. In diesen Minuten verkörperten wir, allerdings ganz nackt, all das, was die sogenannten Sommerfrischler früher einmal waren. Mit meinem Vater war ich oft auf Sommerfrische gewesen – zu einer Zeit, als ich ihn noch nicht gehasst habe. Das Hassen begann erst mit meinem zwölften oder dreizehnten Lebensjahr, als ich nicht mehr ausschließlich seinen Befehlen gehorchen wollte, sondern als ich an mir selbst erstaunt Spuren eines Eigenwillen entdecken musste. Woher kam der eigentlich?

Eigenwillen meinerseits konnte der Vater überhaupt nicht mit seiner Befehlsgewalt in Übereinstimmung bringen, und so kam jeder Brief, jeder Satz an den Vater mit dem Vermerk Empfänger unbekannt an mich zurück. Eine Return-to-Sender-Angelegenheit. Zuerst war es vor allem Angst, aber allmählich entwickelte sich der Hass auf den Vater, eines dieser großen Gefühle, die auch über einen Tod hinaus weiterwirken. In der frühen Kindheit aber waren mein Vater und ich eins, auch als nicht unglückliche Sommerfrischler. Übernachtet wurde in engen Zimmern mit klapprigen, durchgelegenen Betten. Bei meinem heutigen Rücken wäre das der Beginn einer alles beherrschenden Schmerzlaufbahn gewesen. Fließendes Wasser gab es damals in den Unterkünften auf dem Lande nicht, aber wenn man in diesen ärmlichen Urlaubsquartieren die Fenster öffnete, kamen zwar die Fliegen zu Besuch, die ordnungsgemäß Stubenfliegen genannt wurden, es kam aber auch Frischluft herein, wie sie Bewohnern von städtischen Gemeindebauten nur in den Ausnahmesituationen ihrer Landaufenthalte bekannt war. Vater und ich wanderten durch die nicht spektakulären Gegenden zum Beispiel der Buckligen Welt oder des Wald- und Weinviertels, und in mir entstand für mein weiteres Leben ein unvergessliches Gefühl aus der frugalen Härte und dem totalen Komfortmangel, aufgemischt von der herrlichen, das Atmen beflügelnden Luft.

Zur Luft kam bei meiner Kollegin Traude Weingast (heute Frau Doktor Weingast) und mir noch eine andere Frische: die Frische des Wassers, die sich – wenn man, wie schon ausdrücklich gesagt, die Kälte der Ergatz nicht mit dem Leben bezahlt – auf die Haut und den ganzen Körper überträgt. Allerdings tauschten wir – was unserem Doktorandenstatus doch angemessen gewesen wäre – keine Freiluftgedanken aus, jene Gedanken, die als Luftzug einem die muffig gewordenen Denkgewohnheiten austreiben. Wir hatten (einander) nichts zu bieten als »lazing on a sunny afternoon«, um wiederum einen Schlager, einen Hit von The Kinks, zu beschwören. Trotz meiner Schönheit, die ich nachträglich in meine Biographie einführen muss, weil sie an Ort und Stelle des gelebten Lebens von mir nicht bemerkt, geschweige denn verwertet wurde, also trotz dieser an mir vorübergegangenen eigenen Schönheit empfand Traude offenkundig keinerlei erotische Neigungen mir gegenüber. Ich ertrug's, einfach, indem ich ihr gegenüber auch keine erotischen Neigungen empfand, und sie war erst ein schöner Mensch!

So eine Konstellation schafft keine vitalen Interessen, ermöglicht aber eine Art von gelassener Freundschaft, in der man sich miteinander unterhalten kann, einander gut versteht, auch schweigend in der Sommerhitze. Immer wieder schlief unser Gespräch ein, und wir waren so gelassen, das heißt so schläfrig, dass wir, als es Zeit war, zurückzuschwimmen, sehen mussten, wie sich, wohl wegen Regens im Oberlauf, die Ergatz in einen reißenden Fluss verwandelt hatte. Zwei nackte Menschen standen am Ufer und überlegten. Ich zählte im Kopf die Toten, von denen ich wusste, erzählte der Kollegin von den Kältetoten im Wasser und von ihren Körpern in den reißenden Wogen. Die Möglichkeit, dass wir vor dem kühlen Grab standen, bewog mich dazu, die Alternative vorzuschlagen. Wir gingen ohne Kleider am anderen Ufer die ganze Strecke bis zu einer Brücke zurück, überquerten auf der Brücke die wahnsinnig gewordene Ergatz, und wanderten nicht besonders beunruhigt auf der Bundesstraße nach Bodenblick. Es war nicht damit zu rechnen, dass der Des-Kaisers-neue-Kleider-Effekt uns schützen würde. An uns würde man keine Kleidung sehen, wir waren offensichtlich nackt. So etwas wie des Kaisers neue Kleider funktioniert ja immer nur metaphorisch, zum Beispiel bei der modernen Kunst, durch die die Leute angeblich dermaßen indoktriniert sind, dass sie auch dort etwas Bedeutendes, ein Kleid sehen, wo überhaupt nichts, also auch nichts Bedeutendes ist.

Aber zwei Nackte, zwei wirklich entblößte Menschen auf der Bundesstraße nach Bodenblick sieht ein jeder. Mein Schamgefühl, das manchmal leider, manchmal Gott sei Dank sehr ausgeprägt ist, ließ sich zähmen, einerseits weil ich ja nicht allein war (obwohl man doch eine Nacktheit zu zweit als doppelt so schlimm hätte empfinden können), aber andererseits, weil mir die feste Überzeugung half, keine andere Möglichkeit zu haben, als sich in aller Nacktheit durchzukämpfen. Die Kollegin Weingast, die heute zu Recht Frau Doktor Weingast ist und die in der Großstadt dem nobelsten Antiquariat vorsteht, zitierte unterwegs zu ihrer und zu meiner Beruhigung Montaigne. »Hätte ich«, hatte Montaigne gesagt, »unter jenen Völkern mein Dasein verbracht, von denen man sagt, dass sie noch in der süßen Freiheit der ersten Naturgesetze leben, würde ich mich«, und hier fügte Montaigne für seinen Leser die bekräftigende Bemerkung hinzu, »das versichere ich dir«, und weiter geht es im Text, »am liebsten rundum unverhüllt abgebildet haben, rundum nackt.«

Allein, liebe Kollegin, wir sind keine Abbilder, sondern wir sind rundum nackt auf der Bundesstraße nach Bodenblick unterwegs. Dass das unmöglich ist, niemals hätte sein dürfen, kann man mit Montaigne ja denken, der sich auch nur dann rundum nackt gezeigt hätte, wäre er unter den Völkern aufgewachsen, von denen (vielleicht bloß nur) gesagt wird, dass sie jemals in der süßen Freiheit der ersten Naturgesetze gelebt haben, und die ersten Naturgesetze sind wohl die untersten, sie regieren die unterste Stufe des Daseins. Da sind wir schon eine Weile drüber, und außerdem muss ich jetzt sofort auf die Metaebene hinauf (in die Tiefe der Jahre hinunter, auf die Metaebene hinauf). Ich will mir keinen Realismusstreit einhandeln, also nichts von dem, was ich selber so mag: Ich mag es so, wenn zum Beispiel im Seeräuberfilm die antiken Sklaven, die unter Deck rudern, sich für diesen einen Moment verraten, da man auf der linken Hand eines versklavten Ruderers die Armbanduhr erblickt – eine alte Omega, armer Hund so ein Statist, keine Rolex und nichts –, ja, auch dieser Text enthält Produktplatzierungen.

Oder dass Leute in den Balkankriegen zum Handy greifen, um das Hauptquartier zu verständigen, und ausgerechnet zur Zeit des spezifisch gemeinten Krieges auf dem Balkan gab es noch kein Handy. Es ist natürlich etwas ganz anderes, wenn Christoph Ransmayr in der »Letzten Welt« Zeitebenen der Antike und der Gegenwart mit Absicht vermischt. In der »Letzten Welt« führt der zwergwüchsige Cyparis Filme vor, und Ovid schickt seiner Frau Cyane ein Foto der Stadt Tomi, und ich habe das Gefühl, diese Vorverlegung der Medialisierung unserer Welt hat die allergrößte Wahrhaftigkeit, ohne dass sie auch nur im Geringsten der historischen Wahrheit entspräche. Ich hab's oben ja auch mit Ovid und mit Sokrates versucht. Aber ich will doch eine solche Komplexität gar nicht, keine Zeitverschränkung, deren Rationalität die schlichte Wahrheit endlich berücksichtigt, dass die Vergangenheit nur als Rückschau zugänglich ist und dass beim Zurückschauen heutzutage immer das Kino mitspielt und mitschaut. Ich will nur, dass man mir nichts nachweisen kann, und wenn nun meine Arbeitsferien wie meine Militärzeit in den sechziger Jahren stattgefunden haben wollen, dann darf die Kollegin Weingast, mit der zusammen ich das Menschheitsgespräch nicht abbrechen ließ, ja nicht gesagt haben: »Hätte ich unter jenen Völkern mein Dasein verbracht, von denen man sagt, dass sie noch in der süßen Freiheit der ersten Naturgesetze leben, würde ich mich, das versichere ich dir, am liebsten rundum unverhüllt abgebildet haben, rundum nackt.«

Hat sie auch nicht gesagt, denn was sie wirklich sagte, als wir nackt durch die Bucklige Welt nach Bodenblick stolperten, lautete: »Que si j'eusse été entre ces nations qu'on dit vivre encore sous la douce liberté des premières lois de nature, je t'assure que je m'y fusse très volontiers peint tout entier, et tout nu.« Ja, was ich der Kollegin Weingast post festum in den Mund gelegt habe, war eine Nachbearbeitung, also eine Benützung der Übersetzung von Hans Stilett, gegen die außer dem Original Montaignes nichts besser sein könnte, und ich zitiere hier nur das Beste. Stiletts Übersetzung gab es aber in den sechziger Jahren noch nicht, wenngleich der Geist der Buchstaben auch damals derselbe hatte sein müssen wie der, der uns in der viel später angefertigten Übersetzung entgegentritt. Einmal schrieb ich statt Buchstaben Bruchstaben, und ich fand die Verschreibung passend, fand sie genauer, als es Buchstaben je sein können. An manchem Buch hebt man sich ja auch einen Bruch. Schopenhauer kann sehr schwer sein, wenn man alles von ihm in einem Band hat.

Ich will auch nicht leugnen, dass mein leider nie zur Veröffentlichung gelangtes Werk »Geschmack und Geheimnis«, eine Sammlung einander glänzend konkurrierender Kurzgenschichten, seinen Titel von einer Verlesung hat – in der Zeitung stand: »Geschmack und Genmais«, wo doch ein jeder zugeben muss, dass Geheimnis ein viel schöneres Wort ist als Genmais. Ich will von der Peinlichkeit nicht ablenken, aber den Kalauer will ich mir doch herausnehmen, dass wir beim Militär oft einen Nachtmarsch hatten, und dass der Weg nach Bodenblick, auf den ich mich mit Traude Weingast machen musste, ein Nacktmarsch war. So ein Kalauer spricht nicht von gutem Geschmack, aber Dorothea Zeemann, meine Schriftstellerkollegin (»Jungfrau und Reptil«, dazu Weniges später), die ungefähr zehn Jahre (also immerhin) zu den wichtigsten Menschen meines Lebens gehörte, ja, die der wichtigste Mensch meines Lebens war, und der ich, ein armer Hund aus der Stadt, meinen Aufenthalt in Bodenblick verdankte – sie hat doch immer gesagt: Guter Geschmack ist tödlich, nur das Vulgäre lebt.

Aber meine Kalauer sind ja nicht vulgär, wie überhaupt die Beschwörung des Vulgären als Rettung aus der Leblosigkeit der Dekadenz mir unglaubwürdig vorkommt. Ich kannte ja das Vulgäre von meiner Herkunft her, aus der ich versucht habe, ein Ticket durch die Gesellschaft (von unten nach oben) zu schaffen, bis mir auch das langweilig wurde. Das Vulgäre, abgeleitet von vulgus, das Volk oder der große Haufen, hat noch keinen Menschen, ich schwöre, zum Leben erweckt oder auch nur munter gemacht – sind ja auch alles Gegebenheiten, in denen man versinkt und in die ich bis heute versunken bin: Mein Leben im Gemeindebau war, wie man so sagt, eine schöne Zeit, es gehört ganz und gar zu mir, aber es ist so unwesentlich geworden, dass ich vergessen konnte, ob es ein glückliches Leben war oder ein unglückliches.

Ich glaube, dass die Menschen Wesen sind, die – sieht man vom Tod ab – in nichts endgültig aufgehen können, weil ihr Wesen die Existenz ist, und Existenz heißt nicht nur Leben, Dasein, Vorhandensein. Existenz kommt von neulateinisch existentia und hat das Zeitwort exsistere (heraustreten, hervorkommen) hinter sich, will sagen, ein jeder Mensch lebt davon, dass er zugleich aus allem, was er so treibt, heraustritt und hervorragt, und sei es als die niedrigste Gestalt, die gerade noch menschenmöglich ist. Zum widerwärtigsten Gedankenschwemmgut habe ich immer gezählt, wenn es hieß, der Mensch müsse in der Natur aufgehen, müsse selbst Natur werden. Dann hätte er endlich die Chance, diese ganze Scheiße der Künstlichkeit loszuwerden, die aus herrlichen Naturwesen uns herumdrucksende oder großmäulige Kleingeister gemacht hat.

Die Wiese, der Fluss, der Baum. Wunderbar, wenn einer auf der Wiese am Fluss sich aus den Bäumen eine Hütte gebaut hat und wenn er dem Hasen oder dem Reh fürs Mittagessen auf der Spur ist. Mit so einem Aufgehen in der Natur kann man den künstlichen Lebensgewohnheiten eine höhnische Fratze ziehen. Da sieht jeder sofort, wie radikal das ist, während man nicht sieht, dass die ganze Kunst darin bestünde, bei aller Künstlichkeit die Natur und bei aller Natürlichkeit die Künstlichkeit auszuhalten. Ertragen!

So einer Balance aber fehlt die Spitze, anders als der Propaganda für die Einseitigkeit, mit der vor allem rhetorisch, mit dem Mundwerk eine Erlösung, eine Errettung anvisiert wird. Dass die Natur ja eine Projektion der Künstlichkeit ist und die Sehnsucht nach ihr ebenfalls aus der Künstlichkeit stammt, ein künstlicher Wunsch ist, unterschlägt man, weil man glauben möchte, die Natur ist das ganz Andere, der Ort, wo alle, um zu gesunden, die Fesseln der Künstlichkeit abstreifen können: das gespreizte Benehmen, die idiotische Geltungssucht, die Urteilskrankheit und die Logorrhoe, die Intrige und auch die Angst vor ihr. Das verbohrte, das verbissene Schweigen ist ebenfalls so ein schlechtes Zeichen und gar kein Beweis dafür, dass man in sich ruht. Man dreht sich mit der Naturpropaganda im Kreis, während man glaubt, der Ausweg sei gefunden. Am Ende war der Ausweg in die Natur nichts anderes als das pädagogische Bekenntnis der Väter, dass frische Luft und harte Arbeit allen Söhnen der Welt die Flausen schon austreiben würden.

Darüber hätte ich mit Traude Weingast, der Doktorandin an meiner Seite, unterwegs sprechen können. Wir waren ja beide nackt, also so natürlich, wie wir damals nur sein konnte. Ich will einmal – bloß für einen Augenblick der Erinnerung – von der ganzen Nacktheit absehen und mich auf die nackten Füße beschränken. Dass die Erde uns trägt, ist schon allerhand, und das Schuhwerk schützt zwar die empfindlichen Füße, es verursacht aber einen geistigen Verlust. Geistig ist die unmittelbare Berührung der Erde, die Berührung der Erde mit nackten Sohlen – und hier unterbrach mich Lili Fichte, die erfolgreich so tat, als ob sie mir aufmerksam zuhören würde, wobei ich ihre Aufmerksamkeitsimitationen so aufwendig fand, dass sie mir gleich lieb waren wie echte Aufmerksamkeiten. Lili sagte, das heißt, sie streute in meine Anstrengungen, die ich ja nur ihretwegen auf mich nahm, die Floskel: Mit beiden Beinen im Leben stehen, mit nackten Füßen auf der Erde, sagte ich weiter.

Ich weiß nicht, ob mir die Kollegin Weingast, als wir barfuß und ohne Kleider unterwegs waren, diese eine medizinische Geschichte erzählt hat, die mich – wie überhaupt medizinische Geschichten – beschäftigen. Jedenfalls rückblickend und vielleicht sogar rückwirkend stelle ich mir ein Stück eigener Vergangenheit, nämlich den Rückweg nach Bodenblick, so vor: Wir, die Weingast und ich, gingen, wie Gott uns schuf oder wie die Natur uns schuf (hier gehen die Klischees auseinander), auf der Landstraße, und plötzlich, so will ich es erinnert haben, lachte die Weingast laut heraus und erzählte mir unter einem allmählich aufhörenden Lachanfall, dass sie vor Jahren mit dem Nachtzug nach Frankfurt gefahren war. Ja, Frankfurt, seufzte ich, als ob ich noch einen Koffer in Frankfurt stehen hätte. Ach, Frankfurt, sagte sie, nein, Nachtzug ist das Thema, Nachtzug. Jedenfalls, wiederum zuhause angekommen, spüre ich, erzählte die Weingast, einen Juckreiz auf meinen Oberschenkeln, und dabei strich sie wegwerfend über ihren rechten Oberschenkel, den linken verschonte sie mit der diskriminierenden Geste. Mein Hausarzt (und sie wiederholte das Wort Hausarzt, das ich hasse), mein Hausarzt hat das angesehen und mehr als die roten Flecken auf meinen Schenkeln, die ja unübersehbar waren, hat auch der Hausarzt nicht erkannt.

Ich sagte nichts zur Weingast, aber Hausarzt erinnert mich einerseits an Haushund und andererseits daran, dass diejenigen, die ein Haus haben wollen, auch einen Arzt haben wollen, als eine Art Wertgegenstand, wie man sie in Tresoren versperrt, damit niemand sonst an sie rankommt, nur die Leute vom Haus. Aber wir von der Mehrheit haben ja gar kein Haus, was sollten wir mit einem Hausarzt, wir könnten ihn ja nur im Nirgendwo unterbringen. Ich murmelte unqualifiziert, Hausärzte erkennen eben nichts, und die Kollegin Weingast fuhr in ihrer Geschichte fort, dass die Hausärzte einen Menschen aber überweisen können, sie wurde damals an einen Hautarzt überwiesen.

Da saß ich, erzählte die Weingast, beim Hautarzt, geschickt vom Hausarzt, in der Hautklinik des Allgemeinen Krankenhauses. Ich saß auf einer Bank, meinen Rock hatte ich über die Knie heruntergezogen und auch meine Strumpfhose. Der Blick, erzählte mir die Kollegin, war frei auf die roten Punkte, und als der Blick des Oberarztes auf meine Oberschenkel fiel, war der entzückt. Das ist ja ganz typisch, rief er, da muss ich ..., und er organisierte sofort meine Einkreisung durch einen Haufen Turnusärzte. Der langen Rede kurzer Sinn, sagte die Weingast und referierte die Pointe: Es waren Wanzenbisse, und die Anamnese (das Wort stammt aus dem Griechischen, wo es ursprünglich Erinnerung heißt), also, sagte die Weingast, das Wort übersetzend und durch einen monotonen Rhythmus betonend, wie in einem Trauermarsch: Die im Gespräch ermittelte Vorgeschichte eines Patienten in Bezug auf seine aktuelle Erkrankung, die Anamnese, ergab die Reise nach Frankfurt als typische Erkrankungsursache: Wanzen werden über die Grenzen hinweg transportiert und tun, was Wanzen so tun, und wenn ich, kommentierte Traude Weingast auf der Landstraße, sagte: der langen Rede kurzer Sinn, so meinte ich, dass mit der Pointe, der Entdeckung der Ursache, die ganze Geschichte, wie man sagt, vom Tisch ist. Jetzt, wo man's weiß, es waren Wanzen, hat die Pointe die ganze Vorrede verschluckt.

So gingen wir auf der Landstraße zurück zu unserem Sommerfrischenquartier. Ich dachte, die Weingast hat mir doch eine ganz andere Geschichte erzählt als irgendeine, die von der Pointe geschluckt werden kann. Es war die Geschichte vom partiell nackten Menschen, von Frau Weingast, die, um die richtige Diagnose und eine notwendige Therapie zu erhalten, die Oberschenkel auf einer Bank des Allgemeinen Krankenhauses dem klinischen Blick hinhalten musste. Sie hatte sich eine Blöße geben müssen, ihre Blöße war aber in eine allgemein anerkannte Praktik eingesponnen: in die Untersuchung einer Patientin. Man hätte ihr Schamgefühl hinterwäldlerisch nennen können, eben nicht auf der eisigen Höhe der Medizin. Die Euphorie, in die ihre Ärzte geraten sind, weil sie etwas wiedererkannten, kommt mir vor wie anno 1955, ungefähr um dieses Jahr herum, als wir Kinder glücklich auflachten, wenn wir etwas wiedererkannten, im Sonntagsvormittagsfilm eine komische Figur zum Beispiel, die ein- und denselben Sturz andauernd wiederholte, um das Jahr 1955 herum, seinerzeit im Universumkino, in dem ein heute auch schon wieder heruntergekommener Supermarkt untergebracht wurde.

Auch von dieser Kinderei blieb mir etwas. Lili, sagte ich (jetzt wandte ich mich wieder Lili zu), Lili, im Tone der Verkündigung, Lili, hab ich's dir erzählt, dass ich viele Jahre jeweils am letzten Tag im Jahr, die Augen sperrangelweit offen, immer wieder auf dieselbe Einlage im Fernsehen geschaut habe, auf die bekannte englische Geschichte, auf den Sketch von dem Diener und seiner Herrin, die zusammen vereinsamt sind. Der Diener, britisch: der Butler, kostet stellvertretend für die eingeladenen Gäste vom Wein. So berauscht er sich, und sturzbetrunken gerät er, seiner Pflicht obliegend, ins Stolpern. Immer wieder im Film und jedes Jahr am Jahresende im Fernsehprogramm. Der Diener begleitet seine Mühe, sich einerseits korrekt zu verhalten und dabei andererseits dem Alkohol zuzusprechen, mit der bangen, der Antwort stets gewissen Frage: »Same procedure as every year?«

Glücklich lachte ich immer wieder auf, wenn die Nachfrage kam: »Same procedure as every year?« Aber eines Jahres, nein, eines Silvestertages ging mir die Wiederholerei auf die Nerven. Diese Genies vom Fernsehen, die Programmdirektoren, wiederholen den Sketch, der von einer Wiederholung handelt, zu dem festgelegten Zeitpunkt immer wieder. Der Sketch und seine Sendung sind das geschlossene System einer Wiederholung. Auch der festgelegte Zeitpunkt wiederholt sich an prominenter Stelle des Jahres: Nächstes Jahr kehrt ebenfalls ein Silvester wieder – wenngleich nicht für alle, die den diesjährigen noch erleben, ein Jahr ist lang, da kann viel passieren!

In der Sache sitzt der Tod, rief ich, in einer Podiumsveranstaltung der Bundesakademie für Kulturelle Bildung Wolfenbüttel. Ja, was sollen wir denn?, rief ich vom Podium hinunter, sollen wir die Zeit bis zum Tode durch allerhand Wiederholbares verkürzen, hin und wieder auf einen unverwechselbaren Moment stoßend, auf den Moment des Sturzes – das scheint, fügte ich kulturkritisch hinzu, in unseren Breiten derzeit alles, was bleibt. Damals in Wolfenbüttel behauptete ich, die vielen Wiederholungen auf dem Programm seien von der Panik diktiert, dass irgend etwas anders werden könnte. Der Sketch, der die Diskrepanzen von Herrschaft und Knechtschaft ironisiert, spielt beinahe aufklärerisch vor, dass alles, während es sich längst schon geändert hat, gleich geblieben ist. So nämlich will der Zuschauer die Welt sehen, am Ende jedes seiner Jahre, durch die er gerade noch durchgekommen ist, dienen will er, auch einer halluzinierenden Herrschaft, die Hauptsache, er kriegt einen Rausch dabei …

Und weißt du, Lili, was dann geschah? Einer dieser maßlos überschätzten, mir allerdings in Wolfenbüttel ebenso maßlos überlegenen deutschen Denker schob für einen Augenblick den großen Notizblock hin und her, den in der Bundesakademie für Kulturelle Bildung Wolfenbüttel ein jeder bekommt, der an irgendwas teilnimmt. Dann sprach er: »Ihre sich wiederholenden Invektiven gegen die Wiederholung sind kein Beitrag zur kulturellen Bildung.« Der Denker begründete seine Invektive gegen mich wie folgt: »Sehen Sie mal die Kinder – die Kinder im Kino. Was für eine Freude sie haben, wenn ein Komiker wieder und wieder stürzt, und, Herr Schuh, um diese Freude geht es gerade in der kulturellen Bildung auch.« Und ich dachte, wenn er jetzt noch das Wort Spontaneität fallen lässt, dann werde ich ihm spontan eine knallen.

»Die Spontaneität«, fuhr er fort … und ich haute ihm meinen Notizblock sofort um die Ohren. Was will denn der Mensch, dachte ich, will er mich mit meinen eigenen Erfahrungen, die aus der Tiefe meiner Jahre kommen, aus dem Spielfeld drängen? Spricht er mit meinen eigenen Worten gegen mich? Vergeblich versuchte ich diesen Menschen zum Leidtragenden zu machen. Die Büttel haben mich geholt und mich in eine Art Jugendherbergszimmer gebracht, wo ich allein mit sieben leeren Stockbetten eine kalte Winternacht durchstand. Es war nicht geheizt, und so war ich am Morgen abgekühlt.

Zur Freude des Wiedererkennens kommt, dass man nicht mehr weitersuchen muss, in der Medizin ist so eine Freude ganz besonders groß. Falls die Symptome eindeutig sind, gibt der Primar an das medizinische Personal einen Drink aus, natürlich nur in der Spitalskantine, während er selbst nicht mittrinkt, sondern im Privatkrankenhaus einer nützlichen Tätigkeit nachgeht und den Hippokratischen Eid erfüllt. Unter der Ärzteschaft herrscht ja sowas von Einigkeit, dass man – als ein mit sich selbst entzweiter Mensch – auf geradezu ungesunde Weise vor Neid erblasst. Derartig einig, wie die miteinander sind, will man mit sich selbst sein. Manchmal aber platzt einem von ihnen der Kragen, und es kommt alles heraus. Die alten Primarii mit ihren Grundgehältern und Sondergebühren, sagt so ein angefressener Arzt, mit ihren Praxen und Spezialpatienten aus Dubai – den jungen Kollegen bringen sie möglichst wenig bei, um damit die Konkurrenz klein zu halten. Die jungen Trottel im weißen Kittel, so der angefressene Arzt, halten für die alten Absahner das öffentliche Krankenhaus am Laufen. Nichts von medizinischer Schule, das sind zu Systemerhaltern ausgebildete Systemerhalter, sagt der angefressene Arzt ein klein wenig tautologisch. Genau so ist der Nachwuchs, und während der Nachwuchs sich überarbeitend um seine Zukunft bringt, bringen die alten Herrn ihre Expertise ins Privatspital ein, damit sie Grundgehalt, Sondergebühren und andere Einkünfte aus ihrem therapeutischen Genie ein wenig aufbessern können. Sagt man ihnen das, natürlich mit der gebotenen noblen Zurückhaltung, rufen sie mit elegant unterdrückter Erregung das Wort Populismus aus, berichtet mir der angefressene Arzt.

In medizinischen Fragen muss ich mich allerdings zurückhalten, hat doch ein erfolgreicher Schriftsteller und ebenso erfolgreicher Arzt nach einer Darbietung von mir geurteilt, er wisse nun, wofür ich mich literarisch wirklich eignete und was ich aufgrund dieser Eignung unbedingt zu schreiben hätte: Ärzteromane. Ich habe über den Rat nachgedacht und schließlich zwanghaft entschieden, ihn für ironisch zu halten. Es ist schwierig für mich, weil der Schriftsteller, der mich an den Ärzteroman verwies, als erfolgreicher Arzt vom Fach Kinderpsychiater ist und ich nicht weiß, ob die Kinderpsychiatrie auch auf mich anwendbar blieb. Ich hatte jedenfalls eine Kindheit und kann es beweisen, ich wiederhole hier nur die Reminiszenz an das Schwarzweißfoto, auf dem ich als Kleinkind mir selbst, wie ich heute bin, bereits ähnlich war: dieser auf nix neugierige, aber doch erstaunte Blick, die großen Augen, die ich machte, und wie sie leicht beleidigt in die unnötig weite Welt hinausguckten. Verstehen Sie, dass man mit so einem Passfoto aus der Kindheit die Kinderpsychiatrie fürchten muss?

Ja, ja, ich komme schon wieder zurück auf den Spaziergang, zu den Kleidern hin, der zunächst unbekleidet absolviert werden musste, jetzt habe ich etwas anderes zu tun, ich will nämlich eine seltsame Schriftstellerkrankheit erwähnen: die Nagelbettentzündung. Die Schriftstellerin und der Schriftsteller hämmern auf die Tasten ein, es entsteht ein minimaler Riss im Nagel, durch den die Bakterien eindringen. Der Finger rötet und verdickt sich. Ich vermute, ich habe es bei Lichtenberg gelesen, aber ich weiß, dass bloße Vermutungen über die Herkunft von Zitierbarem immer falsch sind, ebenso falsch wie die Zitate selbst, die man gefunden zu haben glaubt, ohne den geringsten Nachweis dafür geben zu können.

Aber meine Vermutung erfüllt einen guten Zweck, nämlich den Hinweis auf die (Un-)Verhältnismäßigkeit der Schmerzen. Lichtenberg, wenn es denn wahr ist, hat gesagt, ein Lungenkrebs am Anfang tut viel weniger weh als ein entzündetes Nagelbett, das höllisch schmerzt. Niemand wird den Lungenkrebs unterschätzen, aber einer Nagelbettentzündung glaubt man den höllischen Schmerz nicht. Als ich meine letzte hatte, erfuhr ich in der Ambulanz des Krankenhauses Schärding, was für einen Namen Ärzte dafür haben: Panaritium, ein liturgisches Wort in meinen Ohren. Im Panaritium halte ich meine Andacht, sage ich vor mich hin, um die liturgische Tragfähigkeit des Wortes auszuprobieren.

Schärding liegt am Inn, hin und wieder fällt in Schärding oder in Ried am Innkreis oder in Braunau ein Innviertler beim Faschingsumzug vom Leiterwagen. Aber das tut nichts zur Sache, bedeutsamer ist, dass am anderen, am deutschen Ufer ein Mensch, wenn man das so sagen darf, das Licht der Welt erblickte, der im Laufe seines Lebens endlich Papst wurde und der nach Coelestin V. der erste Papst war, der zurücktrat. Ich weiß es nicht, aber in der Geschichte hatte die katholische Kirche schon mehr als zwei, drei Päpste auf einmal – und von denen wollte kein Einziger zurücktreten. Warum? In meiner Wohnung habe ich irgendwo einen Artikel verlegt, der ein für alle Mal nachweist, warum dieser Rücktritt passieren musste. Der Artikel ist nicht aufzufinden, so wie hundert andere Artikel, die Gott sei Dank nicht mehr aufzufinden sind, aber Lili, stell dir vor, ich war in Schärding im Spital im fünften Stock oben, aufgrund meines Panaritiums.

Sie haben mich in ein Vierbettzimmer hineingeschoben, ich war das fünfte Rad am Wagen, der ganz und gar stillstand. Die Männer hatten große Schmerzen, und sie litten an Ungewissheit, vor allem einer, der gerade feststellen musste, dass der Stuhlgang wiederum die schon bekannten Symptomen gebracht hatte. Am mobilen Bett eines sich krümmenden Menschen, der am nächsten beim Fenster lag, beugte sich ein Arzt zum Ohr des Kranken hinunter, und ich, ganz eng daneben liegend, hörte den Arzt laut sagen: Ich bring die Farbe aus Ihnen nicht heraus, ich bring die Farbe aus Ihnen nicht heraus. Den Arzt im Bick – ich versuchte ihn zu verehren: Der kümmert sich, der leidet mit und arbeitet mit am Körper des Leidenden.

Arzt ist immer noch einer der beliebtesten Berufe in diesem Land (und die Männer wollen vor allem Krankenschwestern heiraten), und dieser Liebe wollte ich mich hier im fünften Stock nicht entziehen. Aber was für ein Arzt saß da am Krankenbett, und was hieß, er brachte aus dem Kranken die Farbe nicht heraus? Im Kampf mit meinem Fingerschmerz, mit dem Panaritium, war ich bei der Identifikation, bei der Wiedererkennung noch schlau genug, um mich an den lehrreichen Klischees zu orientieren. Schlampige, erlesen unmodische Blue Jeans, Schlapfen, weißer Arbeitsmantel: Arzt. Aber Arzt, Flanellhemd (um den Bauch aus der Hose hängend), rundes, freundliches schweißbedecktes Gesicht, ein Arbeiter, ein Schwerstarbeiter, einer, der von seiner Hände Arbeit leben kann, einer, der weiß, wie man's macht: Das ist ein Chirurg.

Eine Schwester, eine Krankenschwester, die ich, nun selbst bettlägrig, also operationsberechtigt, nach demselben Verfahren wie den Arzt erkannte, kam ins Krankenzimmer. Die Schwester hatte die mir durch Mark und Bein gehende Formel auch gehört: »Ich bring die Farbe aus Ihnen nicht heraus, ich bring die Farbe aus Ihnen nicht heraus.« Sie fragte den Chirurgen, was denn für eine Farbe. Der Chirurg richtete sich auf und zeigte seinem Patienten den Rücken. Das ist ein Jammer, sagte er und schniefte – nicht weil er verkühlt war –, sein Schniefen war ein Tick so wie bei manchen Menschen das Zwinkern der Augen, ja, so wie manchmal überhaupt ein Grimassieren über das ganze Gesicht nur ein Tick ist. Das ist ein Arbeiter, sagte der Chirurg, und zeigte mit Fingern auf den in seinen Verbänden gekrümmten Menschen. So hat er heute gearbeitet – mit einer Farbspritzpistole, und sie ist ihm in der Hand explodiert, und ich, ich bin sein Operateur, male ihm die Farbe aus dem Gewebe heraus, aber die Farbspritzer lassen sich nicht ganz entfernen, der Mann hat eine Riesenwunde, die blau ist wie auf einem Höllengemälde, ein undurchdringliches Stahlblau, oder, der Arzt lachte bitter, blau wie eine Kugel in dem »Garten-der-Lüste«-Gemälde von Hieronymus Bosch, dieser satirischen Parodie auf das paradisum voluptatis.

Du lieber Gott! Von dem Diskurs am Krankenbett war ich ausgeschlossen, und meine Schmerzen reichten angesichts des Übels in diesem Zimmer kaum zur Operationsberechtigung. Ich war, aus der Perspektive des Verwundetseins, das schwächste Glied in der Gruppe (niemand, selbst ein von Redewendungen ganz und gar abhängiger Mensch, hätte hier Kette sagen können, das schwächste Glied in der

Kette, hier war der Zerfall Routine), denn ich war nur aus einem Alibi-Grund da. Sie werden mich im Ernst operieren, Panaritium, ich sagte es ja, aber um operieren zu dürfen, muss der Patient eingeliefert werden (sie sagen: aufgenommen). So lag ich drei Stunden Schwerstkranken im Weg, und ich hatte vom trostlosen fünften Stock den Ausblick über Stadt, Land und Fluss.

Ich hatte den Überblick, ich konnte über uns Elende hinwegsehen, hin auf das Areal, in dem sich das Leben danach abspielen würde. Die Sterilität des Milieus, die bakteriologisch angeblich ein Segen ist, macht dich seelisch sicher kaputt. Alles, gewiss auch aus Kostengründen, ist exklusiv nach den Bedürfnissen der Heilkunde eingerichtet, ach nein, es ist zusammengezimmert für medizinisch mehr oder weniger gerechtfertigte Verrichtungen. Hier will man nicht aufwachen, nicht liegenbleiben, nicht schlafen gehen, hier herrscht das Aufwachenmüssen, das Liegenbleibenmüssen, das Schlafengehenmüssen. So ein Spital ist ein einziges Muss, und es bleibt nur der Blick durch das Fenster, im fünften Stock ist er frei, Lili, wie vom Hubschrauber aus.

Ich hatte ein schönes Gespräch mit dem Anästhesisten, ich sage betont, ein schönes Gespräch. »Ein Panaritium haben Sie«, sagte er. Ich beeilte mich, ihm nicht zu widersprechen. Ein Panaritium habe ich, sagte ich. Wir plauderten über Krankheit und Gesundheit, genauer: über das Wesen von Krankheit und Gesundheit, die Zeit verging, aber schließlich wurde es ernst mit der Anästhesie. Ich lag auf der Bahre, auf einer Trageeinrichtung zum Transport Toter oder generell nicht gehfähiger Personen. Der Anästhesist machte, den Eindruck hatte ich, ein Trial-and-error-Experiment mit mir. In den Finger kann man nämlich nicht einfach hineinschneiden, man kann einen Finger auch nicht einfach örtlich betäuben, man muss da schon aufs Ganze gehen, auch die ganze Hand allein würde nicht genügen, betäuben muss man den ganzen Arm. Ein automatischer, wie eine Pumpe funktionierender Blutdruckmesser stöhnte und ächzte mit kleinen Pausen vor sich hin, während der Anästhesist mir, ich glaube unter die linke Achselhöhle, den Betäubungsstoff spritzte, mich unentwegt nach den Wirkungen fragend und so allmählich das Stadium einleitete, in dem ich den linken Arm gar nicht mehr spürte.

Partiell gefühllos war ich, als ich auf meiner Bahre im Operationsaal anlangte, wo etwas für mich Seltsames passierte. Sie ließen die rechte Hälfte meines Körpers links liegen, separierten sie – durch eine Art Pappendeckelwand – vom linken Arm, der in den nächsten Minuten die Hauptrolle innehaben würde. Die Trennung von links und rechts wurde durch diese Zwischenwand bewerkstelligt, durch die ich meinen Arm schob und die es auch ermöglichte, dass ich überhaupt nichts von dem sehen konnte, was meinem Finger geschah. Sonst war ich hellwach, etwas amüsiert durch eine euphorisierende Beruhigungstablette, und ich hörte das medizinische Personal hereinkommen. Ich verstand jedes Wort dieser Menschen, die – was für ein Klischee, denkt man, wenn sich so etwas tatsächlich ereignet – vom Urlaub redeten. Dass sie währenddessen an meinem Finger herumdokterten, merkte ich überhaupt nicht. Ich fühlte mich wie in meinem Stammcafé, über dem auch so ein verdammter Plauderton liegt.

Au, wenn die Anästhesie nachlässt, kommt der Schmerz wieder, um schließlich, wenn's gut geht, im Heilungsprozess zu verschwinden. Der Schmerz hat Zeit, aber ich hatte es nach der Operation ein paar Stunden lang mit meinem linken Arm auch noch lustig: Der Arm war sein eigenes Gewicht und sonst nichts. Er ließ sich nichts anschaffen, man konnte ihn in die Luft werfen, wie einen beliebigen Gegenstand, er widerstand jeder Kontrolle durch einen Willen. Auch die Finger fielen unter diese Regel, sie ließen sich nicht sagen, wonach sie greifen sollten. Natürlich hing der Arm an mir dran und flog nicht davon. Aber er hing als Fremdkörper an mir. Es hätte gut in das schöne Gespräch mit dem Anästhesisten gepasst: Ist dieser Arm jetzt von der Seele getrennt, führt er ein entschiedenes, aber nutzloses Eigenleben?

Die paar Stunden, die ich noch durchstehen musste, bis der Arm sich erfing, flüchtete ich, auch um den Schwerkranken nicht im Wege zu liegen, in einen Raum, über dessen Eingang der Titel stand: Aufenthaltsraum. Niemand hielt sich darin auf, der Fernsehapparat, der zu jedem Aufenthaltsraum gehört, war nicht gerade funktionstüchtig, und so starrte ich auf Land, Stadt und Fluss hinunter, vom fünften Stock aus. Der Überblick stellte sich wieder ein, aber plötzlich sprach mich eine Dame an, die hektisch hereingeeilt war. Es war Dr. Schneider, Frau Dr. Schneider, die mein Panaritium aufgeschnitten hatte. Auch wir hatten ein schönes Gespräch, ebenfalls über das Wesen von Krankheit und Gesundheit, allerdings neigte sich unser Gespräch mehr in Richtung Smalltalk. Ich fand es richtig, dass jemand, der an mir persönlich herumschneidet, ja, der mich behandelt, bei der ersten Gelegenheit ein ziviles Gespräch mit mir aufnimmt. Zum Abschied gab Frau Dr. Schneider mir die Hand. Ich nahm sie mit meiner Rechten entgegen, die wie üblich meinem Willen folgte. Frisch operiert verließ ich das Krankenhaus Schärding so schnell, wie es nur ging, und ich sage jetzt nichts über die Nachbehandlungen, wie ich auch nichts über die Vorbehandlungen gesagt habe.

In dem Augenblick, in dem ich das niederschreibe, also gerade jetzt, werfe ich meinen linken Arm hoch in die schlechte Zimmerluft, um zu sehen, ob ich ihn leicht wieder abfangen kann. Alles in Ordnung, nur die Finger brennen. Kommt ein neues Panaritium, ist eines schon unterwegs oder werden es mehrere sein? Computer raus, beim Fenster raus, hat mir ein anerkanntes Computergenie, ein dreifacher Doktor, im Befehlston gesagt und daran den Zusatz geknüpft: Schreibmaschine genügt! Ist mir zu wenig virtuell, entgegnete ich. Schreiben ist ohnedies auch körperliche Arbeit, das wird immer vergessen, es macht den Rücken krumm und hält die Finger beweglich. Den Computer beim Fenster rauswerfen – das wäre eine gute körperliche Übung. Für ein Training zu wenig, aber die Absicht weist in die richtige Richtung.

Versteht man mich, dass es auch eine Verlegenheitspause war, eingelegt, um nicht schnell zum Weg zurückfinden zu müssen, auf dem ich die Geschichte von den Wanzenbissen hörte, eine Reiseanekdote, erzählt, um eine peinliche Detailnacktheit, die Mediziner verordneten, gegen die ganze Nacktheit, die uns passiert war, auszuspielen. Ich habe grundsätzlich eine Scheu, Wege weiterzugehen, bloß weil ich auf sie geraten bin. Aber in dem Fall war es, neben der Daseinsnostalgie, meine zweite kulturell erworbene Grundeigenschaft: ein automatisch-melancholisches Mitleid mit anderen Menschen, das mich sofort übermannt, wenn Zeichen ausgesendet werden, wie zum Beispiel von einem Menschen, der die Hose runtergezogen hat und den andere Menschen, zum Beispiel Ärzte, in seiner Lage gar nicht bemerken, weil sie ganz und gar mit den roten Flecken zufrieden sind, die man auf dem zerbissenen Oberschenkel gar nicht übersehen kann.

Daseinsnostalgie – das ist eine Perversion des historischen Sinns, eine leicht feierliche Trauer über abgelebtes und schon aufgebrauchtes Leben, ein sich selbst genießendes Gefühl dafür, dass man seinerzeit schon dagewesen ist, dass man Insasse in der Tiefe der Jahre war (um die Wendung von Heimito von Doderer zu gebrauchen), und Abschied nehmen musste von einer Zeit, in der man geborgen schien. Die Geborgenheit in der Zeit kommt einem nur so vor, ausgerechnet deshalb, weil die Zeit vorüber ist, denn weil sie vorüber ist, kann sie einem wenigstens unmittelbar nichts mehr anhaben, indirekt vielleicht, wenn man sich zum Beispiel in der Daseinsnostalgie verliert. Das melancholische Mitleid verdanke ich einer anderen Leidenschaft: Die Endlichkeit des Lebens reißt mich hin, der Tod, mit dem hier alles begonnen hat, auf dem Floß, das (wie die Zeitungsleute sagen) der Aufmacher war.

Ein jeder rast durch die Daseinsmiseren und kommt schwer beschädigt dort an, wo eh nichts ist als sein Ende. Und ich, ich sehe manchmal einen Menschen in seiner ganzen Gutartigkeit vor mir, er hat vielleicht versucht, seiner Frisur einen Schnitt zu geben, der etwas von Eleganz und Weltläufigkeit verrät, dieses Zurückbleiben hinter den Wünschen, auf dem unerwünschten Posten sein und bleiben. Und manchmal ist es nur eine Bewegung, nur die Art, wie jemand aufsteht, sich vom Sessel erhebt und dabei, bei dieser leicht zu übersehenden Routine, eine unnachahmliche und unheimliche Ungeschicklichkeit an den Tag legt (sie war in den seelischen Finsternissen verborgen, plötzlich ist sie, wenn auch nur für einen Augenblick, an der Oberfläche angekommen und dem Licht ausgesetzt).

Oder ich sehe einen Gesichtsausdruck, keinen dramatisch verzerrten, denn ein dramatischer Ausdruck ist lästig, wie ich aus dem Theater weiß. Ich bin nur für diese Gesichter, die nichts ausdrücken wollen, denen Traurigkeit und die Hoffnung, sie zu überwinden, eingeprägt sind, die in meinen Augen etwas haben wie Unschuld, zumindest an den Umständen, unter denen sie leiden, eine Unschuld, von der ich zu wissen glaube, dass sie mit ihr nichts gewinnen können. Bekomme ich solche Menschen zu Gesicht, erfasst mich das melancholische Mitleid mit unserer Endlichkeit, und ich spüre, das ist eine lähmende Sentimentalität, sie ruft mich nicht zur guten Tat auf, sondern nur zur Feier einer andauernden Vergeblichkeit. Da gibt es viel zu feiern, denn Endlichkeit, jeder weiß es, heißt nicht nur, dass es einmal aus wird sein, es heißt ja auch, dass wir in unseren Möglichkeiten eingeschränkt sind, dass wir Grenzen haben, und so manche Grenze ist der eine Mensch für den anderen. Warum sekkieren die Leute einander so, als ob es nicht ohnedies schwer genug wäre? Weil Sekkieren Spaß macht, sagte Lili, und sie meinte mit Spaß tatsächlich: Lebensfreude.

Na gut, ich bilde mir also ein, dass es der Tod ist, der uns in Atem hält. Uns, ich will sagen, wir, das sind nicht zuletzt die Institutionen von allgemeiner Bedeutung, also die Wissenschaft, die Kunst, aber auch so etwas Eingebürgertes und Eingefleischtes wie die Liebe. Die Liebe ist ein Wert, hat Lili gesagt. Darauf ich: Aber was ist denn ein Wert? Ein

Wert, sagt Lili, ist etwas, für das ich etwas tun möchte. Beschämt, weil sie auf alles eine Antwort geben konnte, versuchte ich ihr anders zu kommen: Immer ich, beklagte ich mich, immer nur dieses Ich. Die Liebe ist kein Wert, widersprach ich diesem Ich, die Liebe ist eine Leidenschaft. Nicht dass man nichts für sie tun könnte, man kann für sie die Illusionsmaschine anwerfen, aber vor allem wird man, was immer man für sie macht, von der Liebe beherrscht. Ich wusste, wovon ich redete, sie nicht. Wir – das sind die Institutionen von allgemeiner Bedeutung, wiederholte ich mich, weil wir als Einzelne uns in diesen Institutionen spiegeln und so tun, als würden wir uns in ihnen wiedererkennen: die Wissenschaftler, die Künstler, so was sind die Leute mit Leidenschaft, oder sie wollen was mit Medien machen, oder sie wollen nur durchkommen, an den Hindernissen vorbei, die ihnen die Institutionen in den Weg legen. Da herrscht ein Leben, man glaubt es nicht.

Ich glaube es eh nicht, ich glaube, die treibende Kraft ist der Tod. Es ist die einzige Garantie im Dasein, dass jegliches Dasein vom Nicht-Sein begleitet wird, bitte, solange eben keine technische Lösung gefunden wurde, zum Beispiel die Prothesen zum ewigen Leben, wofür ein Körperteil nach dem anderen ersetzt werden kann und danach, nachdem kein Körperteil im Original mehr existiert, eine Prothese, falls sie schadhaft geworden ist, nach der anderen. Aber die andauernde zweite Gegenwart, also der Tod, ist in dem Zusammenhang kein Drama (das er ja wahrhaftig in anderen Zusammenhängen sein kann). Er ist mehr eine unterschwellig vorgeschriebene, nebensächliche Ökonomie, bis die Schwelle erreicht ist und die Nebensache nicht nur Hauptsache, sondern einfach alles wird, was Sache ist. So habe ich mich ausgedrückt, in dem leider unveröffentlichten Werk, das den Titel »Geschmack und Geheimnis« trägt, einem Erzählband, der auf ausdrücklichen Wunsch des Lektors nicht erschienen ist.

Aber was will ich denn damit gesagt haben, dass der Tod unsere treibende Kraft ist? Ich glaube, wir, die wir den Tod anerkennen, ohne mit ihm einverstanden zu sein, wir tun und lassen, wir sind tätig, wir errichten Gebäude und richten uns selbst auf, wir richten uns ein, wir hören schließlich auf, wir brechen ab, wir versuchen es noch einmal – und das alles nur, damit der Tod, solange wir leben, nicht das letzte Wort hat. Unter Tod muss man gar nicht das Event am Lebensende verstehen, gar nicht den eventuell dramatischen Abgang. Es genügt, das Nichtmehrsein zu fixieren, das – hat man einmal damit begonnen – lange währt. Die Leute haben Federn, wie man in Wien sagt (Federn haben heißt in Wien Angst haben), Angst davor, dass man sich mit dem Tod zu viel beschäftigt, er kommt ohnedies, was soll man ihn vorwegnehmen? Da kriegen sie ein Pathos in der Stimme, wenn sie erklären: Der Tod, nein – das Leben ist unsere Sache, und wer sich zu viel mit dem Tod befasst, sagen sie, verliert sich an ihn. Die Leute haben damit Recht, per definitionem, denn zu viel ist immer zu viel. Was denn sonst? Aber ihr Rechthaben gilt gegen sie: So wie sie leben, scheinen sie nichts anderes zu wollen, als angestrengt ihr zukünftiges Nichtmehrsein in ein Sein zu tauschen, ununterbrochen, das ist ihre Hektik, und sowas nennen sie Leben, also Leben ist es ja schon, aber sicher kein Leben im Gegensatz zum Tod. Man kooperiert ahnungslos mit dem Tod, und manchmal laufen wir – unter der Anleitung Einzelner, die sich die Gefahr, die Todesgefahr vom Leib halten – in den Tod hinein, nicht wenige jubelnd, nicht wenige todtraurig. Das ist der Krieg, den wir führen, und mancher Krieg muss tatsächlich geführt werden, welcher, weiß man nicht immer und nicht immer genau genug.

Sonst, also wenn nicht Krieg und der Tod unsere Nächsten sind, rast jeder, ich will es noch einmal sagen, durch die Daseinsmiseren und kommt schwer beschädigt dort an, wo eh nichts ist als sein Ende. Hoppla, das könnte jetzt früher vorbei sein als geplant, sagt man sich, noch strotzend vor Gesundheit. Da wir Angst haben, können wir unserem Schicksal vorgreifen, uns das Ende vornehmen. Bedenke, Mensch, dass du Staub bist und zum Staub zurückkehrst. Aber man braucht nicht zu glauben, so ein staubiger Kreislauf könne alle zufriedenstellen. Ich habe vor Jahren eine Kollegin kennen gelernt, eine Schriftstellerin, die immer guten Mutes war, aber bei einem Wort wurde sie ausfallend. Wenn das Wort fiel, war es wie ein Stichwort, das sie aus der Fassung brachte, nein, nicht brachte, das Stichwort: Lebenskunst warf sie aus der Fassung. Sie spie auf den, der das Wort Lebenskunst verwendete, ich war es nicht, ich sagte in meinem Leben nie Lebenskunst.

Aber ich weiß auch nicht, warum sie eine solche Wut auf das Wort hatte. Ich vermute, es hatte mit einer am eigenen Leib erfahrenen unversöhnlichen Differenz von Leben und Kunst zu tun. Was immer die Kunst ist, sie ist nicht das Leben, und was immer das Leben ist, eine Kunst ist das nicht, an der Kunst gehen ja nur die Künstler zugrunde, und zwar zumeist auch nur solche, die sich höher eingeschätzt haben, als sie sich dann fanden. Utopie-Syndrom. Am Leben können der Möglichkeit nach alle zugrunde gehen, auch die Künstler, die nicht an der Kunst zugrunde gehen.

Lebenskunst, ein Frevelwort. Aber es will doch nur sagen, dass man im Leben, soll es glücken, genauso virtuos wie in der Kunst Ungewissheiten mit Feststehendem, Dynamisches mit Ruhigem verbinden muss (also unvereinbare Widersprüche produktiv aushalten muss) und dass man beim Leben wie in der Kunst höchstens eine Wahrscheinlichkeit, aber ganz gewiss keine Sicherheit haben kann, ob man wirklich zusammenbringt, was man beabsichtigt. Wie es geht, weiß man ja nicht mit Sicherheit, und was man im Rückblick feststellt, ist heute schon nicht mehr anwendbar, geschweige denn erfolgreich. Man muss definitiv mit etwas arbeiten, das sich nicht festhalten lässt. Vielleicht kommt die Wut über das Wort Lebenskunst daher, dass es dem im Daseinsjoch gefangenen Menschen eine Art künstlerischer Freiheit zumutet, und das wäre in der Tat der bloße Hohn. Die Utopie der Lebenskunst ist halt, dass man nicht blind in sein Lebensende hineinläuft, sondern dass man so leben kann, als hätte der Lebenslauf eine Art Gestalt angenommen, die den Lebenssinn (wahrnehmbar in Umrissen wie ein Gespenst) darstellt – eine Humanisierung, eine Vermenschlichung des bloßen Ausgeliefertseins an das, was einem passierte, was einem unterwegs zustieß.

Auf Erden zustieß, sagte Lili, und ich glaube nicht, sagte sie auch, dass unsere Füße mit der Erde eine Verabredung haben, auf dass sie dahingehen, schwer einverstanden mit der Unterlage. Da hat sie recht, diesen Gedankengang stoppt sie ohne weiteres, da hat ihr Einwand Hand und Fuß, zumal unsere Füße, die Füße von Frau Weingast, meiner Kollegin, und meine Füße es damals zu spüren bekamen, als wir – durch Neunaglthal – zurück nach Bodenblick gingen. Ich wollte hier nur unterbringen, dass wir alle Geschöpfe auf der Erde sind, als Kind steckte ich – im Schrebergarten der Eltern – mein Gesicht ins Gras, alles war gut, und ich stieß Rufe des Entzückens aus, als Soldat lag ich knapp unterhalb des Gletschers, nicht ganz korrekt bekleidet, aber Freiluftgedanken fassend.

Der Marsch mit meiner Kollegin Weingast sprach eine härtere Sprache, hier war nicht Beschaulichkeit, sondern Mobilität gefragt. Seltsam, dass wir unterwegs keinen Aufstand unter der Bevölkerung auslösten, wir wanderten, weil uns ja auch nichts anderes übrig blieb, gelassen, so als ob nichts dabei wäre, nackt über Neunaglthal nach Bodenblick. Sicher, die, die den Anblick genossen hatten, würden sich danach das Maul zerfetzen, aber eben erst danach, solange wir unterwegs waren, und darauf kam es erst einmal an, hielten sie still. Die Leute begriffen es vielleicht doch, wir hatten des Kaisers neue Kleider an. Als wir endlich in Bodenblick einmarschierten, war es kalt geworden, ein Gewitter kündigte sich an, ich lief hinunter an die Ergatz, holte unsere Garderobe hinauf, und damit war diese Episode meines Lebens für mich beendet. Aber Lili, für dich nicht, es ist dein Film, den wir drehen werden, du musst den Überblick über Bodenblick haben. Bodenblick ist ja weniger Dorf als Siedlung, und Bodenblick fängt an mit dem Gasthaus Lagler ... Der alte Lagler hat alles aufgebaut, die ganze Gastwirtschaft, im Laufe der Zeit und fast im Alleingang. Die Leute aus der Siedlung essen und trinken beim Lagler, ich rieche mit meiner Gedächtnisnase den Schweiß vom alten Lagler, der riesige Tabletts mit dem Sonntag-Mittag-Schweinsbraten und einer erklecklichen Summe von Biergläsern zu ihren Bestimmungstischen schleppte.

Er gehört dazu, der Lagler, der Mensch genau wie sein

Gasthaus, sie sind absolut eingemeindet, aber Laglers Gasthaus liegt der Siedlung gegenüber, nämlich auf der anderen Seite der Bundesstraße, das Gasthaus ist kein Teil der Siedlung, man muss die Bundesstraße überqueren, wenn man vom Lagler in die Siedlung will, und auf der Straße war gewiss oft der Tod zu Gast, geradezu eingeladen, wenn einer aus der Siedlung, sagen wir in der Dämmerung, seinen Rausch schon unterwegs, also quasi schlafwandlerisch ausschlief und so in eines der rasenden Fahrzeuge hineinstolperte, ein Unfall, der den Rauschigen auch nicht mehr weckte, sondern der ein für alle Mal die bewusstlose Bekanntschaft mit Schlafes Bruder stiftete. Hat nicht Elias Canetti geschrieben, wer etwas Geistreiches über den Tod sagt, der hat ihn verdient?

Für eine Bundesstraße auf dem österreichischen Land, das weiß ein jeder, sind Unfälle mit tödlichem Ausgang charakteristisch, und zwar nicht allein verkehrstechnisch, sondern auch von den mental cards der Ureinwohner her, denn was sollten sie tun außer rasen in der höllischen Langeweile und Einsamkeit ihrer Dörfer? Manchmal war es auch umgekehrt, und es fuhren betrunkene Fahrzeuglenker in Laglers torkelnde Gäste hinein. Der alte Lagler war sich durchaus bewusst, dass seine Gaststube für nicht wenige Menschen der letzte Ort in der Zivilisation war, den sie noch zu sehen bekamen. Auf der Straße war ja die Barbarei los, Bodenblick war der fruchtbare Boden für den Befreiungsakt von Geknechteten, wenn man den Berufsverkehr ausnimmt, dessen Teilnehmer ihre Knechtschaft auch auf die Straße ausdehnten, indem sie sich krampfhaft an die Verkehrsordnung hielten.

In Laglers zivilisierter Gaststube, das fällt mir von wegen

zivilisiert jetzt ein, lagen hunderte Hefte des *Egatzboten*, einer regionalen Zeitschrift für den Nationalsozialismus, und ich fragte den schwitzenden Lagler, der ja zu uns gehörte, sagen Sie, Lagler, sind Sie ein Nazi, und Lagler antwortete, mit ausgestrecktem Daumen der rechten Hand, über seine linke Schulter nach hinten zeigend, nein, ich nicht, aber meine Mutter, und hinter ihm saß in einer Ecke, wie immer in ihren letzten Lebenstagen, die schon ganz alte Lagler, deren Wunsch, eine Nazifrau zu sein, ich stets verteidigt habe, denn wenn Winifred Wagner Nazifrau geblieben ist, dann soll auch die Lagler, die im Krieg ein paar Söhne verloren hat, ihrerseits weiter eine Nazifrau sein, damit sie sich einbilden kann, das Sterben ihrer Kinder war nicht umsonst, und die Gesinnung hört wenigstens in ihrem Kopf nicht auf, man liest es ja immer wieder, mit den schwachen, in den *Egatzboten* versenkten Augen. Ihren gebeugten Rücken sah ich lieber als die grinsende Altklugheit unversehrt überlebt habender Nazifrauen, die Hitler danach, kurz nach seinen Massenmorden, USA nannten, also Unseren Seligen Adolf, und die seinerzeit dem Massenmörder dermaßen nahe waren, dass sie ihn in eigener Sache mit irgendwas Erotischem verbinden konnten.

Der Wirt Lagler war, anders als seine Brüder, ein Überbleibsel aus dem großen Schlachten, das seine Mutter hochhielt, und die Siedlung, Lili, sie war auch ein Überbleibsel aus einem großen Schlachten, und zwar aus dem davor: Im Ersten Weltkrieg nämlich hatte man auf dem Areal der heutigen Siedlung Kriegsgefangene untergebracht, also niedergehalten, festgehalten, und als dieser Krieg vorbei war und man die Gefangenen hatte gehen lassen müssen, weil sie auf einmal zu den Siegern gehörten, schenkte man dem Vater der Gräfin, einem Architekten, das Land, mit der Auflage, darauf Häuser zu bauen. Die Verdienste, die das Geschenk begründeten, möchte ich lieber nicht kennen. Der Architekt jedenfalls baute auf seinem Grund und Boden in den zwanziger Jahren Villen, die er nach und nach verkaufte, und die schönste Villa, in deren nasser Kälte oder im umgebenden Park, also im Freien, ich meine philosophische Dissertation schrieb, über Hegel und die Logik der Praxis, behielt er für sich und seine Familie. So hat auch jeder Krieg etwas Gutes, wenn er wieder vorbei ist, und immer wieder, auch nach dem nächsten Krieg, wird so manches gut gemacht werden. Ist das vielleicht die List der Vernunft, von der Hegel etwas wusste, Hegel, dem ich mich nach Fichte zuwandte, dessen einmalige Vorstellung vom Bewusstsein, das sich sozusagen an sich selbst entzündet, ich für mich gepachtet habe, genauso wie die besten Figuren und Abenteuer bei Karl May?

Die Siedlung, sie hat noch einen anderen, von den zwanziger Jahren unabhängigen Teil, einen sogenannten modernen Teil, den man in den sechziger Jahren zu bauen anfing: nüchtern funktionalistische Gebäude, bewohnt von Bundesheergenerälen, Bankdirektoren und Rechtsanwälten, die sich – vor allem an den Wochenenden – von sich selbst erholen mussten und ihre Familien immer mit dabei hatten, also Frau und Kinder, gewiss auch um sie beobachten und kontrollieren zu können, denn in der Stadt machen die doch, was sie wollen. In der alten Siedlung dagegen wohnten zum größten Teil Einheimische, Hilfsarbeiter, Volkschullehrer, Maler und Anstreicher, alles gute Leute, die mit ihren aufkreischenden Mopeds am frühen Morgen zur Arbeit fuhren.

Das, Lili, ergibt doch – soziologisch gesehen – allein schon eine unschlagbare Dramaturgie, aber man muss noch die topographische Dramaturgie sehen. Der Hubschrauber umkreist im Morgengrauen die Siedlung, und die Kamera nimmt von oben alles im Wesentlichen Sichtbare auf: Das Gasthaus Lagler, die Bundesstraße, die wie ein Satzzeichen die Landschaft teilt, die alte Siedlung, ihre Häuser mit den ornamentalen Giebeln, die neue Siedlung mit ihrer schmucklosen Scheinbescheidenheit – was für eine visuelle Spannung, und dann eben die Natur, der Wald und der Weg durch den Wald und dann das abschüssige Gelände hinunter zum Fluss, die Ergatz und ihr anderes Ufer …

Und vom Morgengrauen an, das sich durch Menschenleere auszeichnet, hält unser Film Rückschau. Es ist auf einmal der Abend davor, die Menschen kommen zu einem Sommerfest zusammen, gnädig ausgerichtet von den Grafen, das Zentrum des Festes ist die gräfliche Villa im Wald. Vom Kind bis zum Greis nehmen alle teil, auch ein Dissertant und sein großer Postsack, in dem die Primär-und Sekundärliteratur für seine Dissertation steckt. Dorothea Zeemann nimmt auch teil, ich werde es nie vergessen (und es wird mit mir vergessen sein, eine einzigartige Erinnerung), wie ich mit Dorothea Zeemann spazieren ging, mit der berühmten Schriftstellerin, die Heimito von Doderers Geliebte in seinen letzten Jahren war und die daraus, aus der Liebe zum Dichter, kein Hehl, sondern das Buch mit dem Titel »Jungfrau und Reptil« gemacht hatte. Na, Dora, sagte ich, wenn das mit der Jungfrau genauso wahr sein soll wie mit dem Reptil, dann kann es mit dem Dichter-Reptil nicht so weit her sein. Wir gingen auf dem Waldweg, unter uns floss die Ergatz, und Dora ging damals nicht mehr ganz so gut, sicherlich besser als ich heute, aber nicht mehr ganz so gut, nämlich so, als hätte sie Probleme mit dem Gleichgewicht, und da fiel sie plötzlich an meiner Seite hin. Ja, sagte Lili, an deiner Seite fällt man leicht hin, man findet keinen Halt an deiner Seite. Aber ich hab dir auch keinen versprochen, sagte ich entmutigt.

Ich hatte übrigens beim Hinschreiben, jetzt in diesem veritablen gerade vergangenen Augenblick, statt richtig an meiner Seite falsch »an meiner Sätze« geschrieben. An meiner Sätze, Dora, du hast es damals keineswegs versucht, keineswegs hast du versucht, den Sturz abzufangen, mit beiden Händen hast du die Perücke am Kopf festgehalten, darauf waren deine Reflexe eingestellt, das war dir automatisch lieber und kostete es auch einen Beinbruch, in deinem Alter damals hätte es der finale Beinbruch sein können. Nichts ist passiert, und ich habe anhand deiner Artistik gelernt, was für eine Macht die Eitelkeit ist. Ich war nie gegen die Eitelkeit, sondern immer gegen die Gegner der Eitelkeit. Wenn einen keiner liebt, soll man sich wenigstens selbst lieben können, und falls man eine glückliche Natur ist, reicht einem das sowieso. Dankbarkeit ist auch sowas, eitel soll man nicht sein, dankbar soll man sein, am Morgen für die Sonne, wenn sie aufgeht, aber auch wenn es finster bleibt und es regnet. Immer dankbar. Niemals eitel.

Aber, behaupte ich, mich am Schreibtisch umsehend, das ist doch eine Gesellschaft von Konkurrenten, sie sticheln und quälen einander, sie kränken einander in ihrer Eitelkeit. Dauerhaft. In so einer Gesellschaft, die du nur kraft deiner Selbstliebe überlebst, ist die Propaganda gegen die Eitelkeit ein Teil des Vernichtungsfeldzuges, dem du von Geburt an ausgeliefert bist. Diese Gesellschaft ist nicht blöd, auch wenn manche glauben, sie müssten nur blöd sagen und dann wäre die ganze Wahrheit über die Gesellschaft gesagt. Dieses missgünstige Gemurmel über die Prominenten, die nur fürs Prominentsein prominent sind – ja, das sind die Leute, die diese Gesellschaft herausragen lässt, und zwar mit Recht, denn diese Leute lieben sich selbst ohne Grund, ganz ohne Grund. Das muss man erst einmal können, sich ohne Grund leidenschaftlich lieben, dann überlebt man, vielleicht. Die Prominenten mit ihrer grundlosen Selbstliebe sind die Leuchttürme für alle Individuen, für jeden Einzelnen, der auch keinen Grund hat, sich selbst zu lieben, dem aber nichts anderes übrig bleibt, als sich selbst zu lieben – er will ja durchkommen. Also bin ich den Prominenten, die für nichts als für ihr Prominentsein prominent sind, dankbar, dass sie unter uns sind und uns die Richtung weisen.

Ich bin Dora dankbar, auch wenn ich weiß, ich habe ihr gar nicht zu danken, sie hat mir mein damals junges Blut ausgesaugt, solche Vampirmaßnahmen waren mir zu dieser Zeit noch unbekannt, ich wusste nichts davon und habe dem Vampir vertraut. Aber ich bereue nichts, ich bin dankbar, im Wissen, dass es zwischen Dora und mir wie zwischen mir und allen anderen Menschen in nächster Nähe war, es war ein Missverständnis. Aber wäre kein Missverständnis gewesen, wäre gar nichts gewesen, eine Selbstbespiegelung ohne Spiegel, dann kann man den Spiegel wenigstens zerbrechen und das macht noch Lärm, der vertraut und manchmal sogar beglückend klingt. Lili, hörst du, so müssen in diesem Film der Sommernacht die Relationen der Menschen zueinander sein, widersprüchlich und äußerst angespannt. Es muss etwas Nervöses in der nur äußerlich idyllischen Szene herrschen. Der Bankdirektor zum Beispiel aus dem Erholungsdorf – er ist schwer krank, sagen wir eine Herzmuskelentzündung, prompt geholt bei einer Grippe, die er wegen dringender Bankgeschäfte niemals auskuriert hat. Er bleibt gewöhnlich zuhause, aber an diesem Abend will er sich an früher erinnern lassen, als er noch herzhaft aß und trank. Er wird die Sommernacht vielleicht noch überleben, aber sicher nicht den Sommer. Ein junger Schauspieler ist auch da, nur zu Besuch, denn er kommt aus der nächsten größeren Stadt, wo sein Vater das größte Autohaus der Region besitzt. Er hat die Eigenart, fast ununterbrochen die Lage zu kommentieren, indem er sagt: Ach, wir unterhalten uns so gut … Ist das heute Abend eine gute Unterhaltung, die wir haben … Mein Gott, ist das ein schöner Platz, an dem wir das Privileg genießen, uns so gut zu unterhalten …

Dieser junge Schauspieler, der schon im Burgtheater aufgetreten war, im »Sommernachtstraum«, kommt gar nicht zur Unterhaltung, die er beschwört, weil er im Kommentar mit der einzigen Aussage, dass die Unterhaltung so gut ist, feststeckt; er verkörpert die Theoretisierung der Unmittelbarkeit, er betet die Unmittelbarkeit an und macht deshalb aus ihr eine große Sache, durch die er die angebetete Unmittelbarkeit verliert. Ein berühmter Advokat, den alle aus dem Fernsehen kennen, weil er jeden reichen Korrupten der Nation vor Gericht verteidigt, er hat ein Abonnement auf die reichen Korrupten, sodass er sich deren chronischen Unschuldsblick angewöhnt hat. Er wird vom Hausarbeiter des Kranzlburger Spitals, wo die meisten auf der Bundesstraße angefahrenen oder überfahrenen Straßenüberquerer tot oder noch lebendig landen, gefragt: »Was denn, Herr

Doktor, würden Sie denn gern sein wollen, wenn Sie wiedergeboren werden?«

Doktor Krautgartner, der aus Film, Funk und Fernsehen bekannte Advokat, auch vor Gericht kennt man ihn wie das schlechthin unvermeidliche Übel, der Prominente antwortete zuerst mit einer Frage: »Können Sie mir einen Rückfahrschein, die Retourfahrkarte aus dem Jenseits, organisieren? Wenn Sie's können, komme ich wieder und werde Bauer. Dann habe ich eine einfache und naive Familie, und alle Angehörigen wissen, dass sie gemeinsam anfangen und dass sie nicht allein enden. Das wäre schön«, sagt Doktor Krautgartner, und eine nicht identifizierbare Stimme wird im festlichen Getriebe dagegen hörbar. Es hört sich an wie Hunde, wollt ihr ewig leben, der alte Ausbildnerspruch aus einer anderen Zeit, den ich aber aus meiner Militärzeit noch frisch in Erinnerung habe. Die Vergangenheit vergeht eben nicht, sie will nicht vergehen.

Ja, am Tisch von Dorothea Zeemann spricht der Doktorand ebenfalls vom Leben – und Lili, sich jetzt in Pose werfend, unterbrach meine Filmerzählung, deren Genialität man nur daran messen kann, dass ich sie mehr oder weniger aus dem Ärmel schüttelte. Lili Fichte rief: Was ist das – das Leben? Wenn Sie (sie sagte Sie zu mir), Sie noch nicht Promovierter, Sie mit ihrem Sekundär- und Primärliteratur-Postsack umherwandernder Noch-Student, wenn Sie, ruheloser Geist, über das Leben reden, erhebt es sich vor mir wie ein formloses Ungeheuer, riesig, das ewig nach Opfern verlangt, nach Menschenopfern! Es frisst täglich das Gehirn und die Muskeln des Menschen, trinkt gierig sein Blut … Statt beleidigt zu sein, ich bin ja ein Profi, wollte ich die Deklamation sofort aufschreiben, um sie für den Film zu bewahren, aber Lili diktierte: Lass es, das steht zum größten Teil schon anderswo, und ich unterließ es. Aber, sagte ich, mir ist doch wichtig, was der Doktorand sagt, es ist doch seltsam … Seltsam, fuhr Lili in derselben Pose wie vorhin dazwischen, seltsam, wie wir leben. Wir reden und reden – und das war's schon! Wir verfügen über viele Meinungen, die akzeptieren oder ändern wir mit einer verdächtigen Geschwindigkeit … Aber Wünsche, klare, starke Wünsche, die haben wir nicht … nein!

Ich wollte wieder losschreiben, aber Lilis Blick klärte mich darüber auf, dass das Referat über die Entkernung des Lebens durchs andauernde, aber schnelle Meinen schon anderswo steht. Mir wurscht, auf keinen Fall verzichte ich jedoch darauf, was der Doktorand in der Sommernachtsszene sagt: Seltsam, sagt er, ein schöner Mensch, mit klaren, aber nicht harten Augen, seltsam, dass die Leute in ihren Lebensansichten, sofern sie überhaupt welche haben, in einem Pendel drinhängen: Das Pendel schlägt einmal in eine Richtung aus, da stoßen sie sich direkt am Widerstand der Dinge an, da haben sie Hunger oder sie machen in der Revolution den als solchen nicht akzeptierten Mitmenschen um einen Kopf kürzer, immer nahe daran, selbst um einen Kopf kürzer gemacht zu werden. Oder das Pendel schlägt in die andere Richtung aus und den Leuten wird im Schlaraffenland unbehaglich zumute. Sie fragen, wo ist denn die Wirklichkeit, wo ist denn das Klare und Starke, das unabweisbare Wünschen, und mit der Einbildung von letzter Kraft versuchen sie, aus ihrer Selbstverachtung ein bisschen Lebensfreude herauszuholen, statt dass sie sich freuen, endlich die Wirklichkeit vom Hals zu haben.

Na gut, aber wo ist hier der Film? Es ist doch gar nichts

los im Wald, sagte Lili. Was, erwiderte ich ihr aufgebracht, nichts los? Das ist eine Brutstätte. Lästerei, Intrige, Geschichte und Gegenwart, Worte, denen Taten gewiss folgen werden, Sterben und der Aufbruch der Jugend (in Form des Doktoranden), eine Nacht der Enthüllungen und des Verbergens, in der Dunkelheit kommt die Wahrheit ans Licht: Liebe, erwidert und unerwidert, ausgesprochen und unausgesprochen, verbotene Liebe, die Frau des sterbenskranken Bankdirektors hat sich umgesehen, und im Dilemma von Moral und Lust hält sie sich (noch) bedeckt, ein Liebesakt am Fluss unter den tief verwurzelten Bäumen, kein Liebesakt, wo einer zitternd herbeigewünscht wurde. Nichts los? Sämtliche Leidenschaften sind los …

Lili sprang aus dem Bett, ohne Kleider, und sie machte einen Tanz. Sämtliche Leidenschaften!, rief sie, sämtliche Leidenschaften!, und zum Rhythmus dieser Ausrufe tanzte sie sich müde. Sie orchestrierte ihren Tanz zusätzlich mit einer Geschichte voller Leidenschaft, die sie – sic! – ad hoc erfunden, also aus dem Ärmel geschüttelt hatte: Mein Lebensgefährte / den ich nicht eine Sekunde meines Lebens geliebt hatte / Gott sei Dank nicht eine einzige Sekunde / was für eine Verschwendung wäre das gewesen / dieser alte Sack / nein, ich habe ihn nicht geliebt / sondern nur rational, jenseits jeder Mystik / ausgenützt, benützt, wie man einen Klobesen benützt, einerseits / um die Restscheiße wegzurubbeln / oder ich habe ihn, meinen Lebensgefährten, benützt wie eine Klobrille / man setzt sich halt drauf / aber andererseits hatte ich Verwendung für ihn / so wie man für eine Brieftasche Verwendung hat / aus der das lebensnotwendige, das Leben wertvoll und immer wertvoller machende Geld quillt / ohne Pause / Ach, mein Lebensgefährte, der alte Sack / war Jahrzehnte älter als ich / und schwer krank / ohne mit der Wimper zu zucken pflegte ich ihn / das Auge verstohlen auf die Brieftasche gerichtet / Ach, wenn er in der Nacht gewartet hat / und ich von einem Liebhaber gekommen bin / bereitete ich ihm schnell noch einen Kamillentee / und erzählte ihm Details aus der allmählich an meinem Körper verblassenden, vergehenden, vergangenen Liebesnacht / nur um über Worte meiner Orgasmen eingedenk zu sein / meine Orgasmen konserviert in der Erzählung für einen Kranken / zu nachtschlafender Zeit / und in so einer Situation, in der ich sprach, was Sache ist / hat der alte, der herzkranke Mann einen Herzanfall bekommen / er starb in meinen Armen / Seither habe ich mich total zurückgezogen / und ich gehe seit Jahren jeder Liebesmühe aus dem Weg / während meine Schuldgefühle immer größer, immer größer und werden …

Ad hoc sagte ich zu Lili: Si tacuisses, und fügte dann professionell, Lilis Schauspielkunst relativierend, hinzu, etwas lakonischer hättest du das schon anlegen können. Ja, sagte Lili, und dein Drehbuch ist abgelehnt. – Ja, warum denn? – Weil wir keinen Hubschrauber auf der Filmhochschule haben. Auf den Helikopterblick hätte ich aber auf keinen Fall verzichtet. So war das einzige Großprojekt, das Lili und ich gemeinsam hätten haben können, zu Fall gebracht.

Ich weiß nicht, was herrscht. Was herrscht denn? Es herrscht Unruhe, eine unzackige, unmilitärische Unkonzentriertheit, in der alle angelernt sind, das Beliebige, wie's beliebt, für Freiheit zu halten, für ihre persönliche Freiheit, und dabei zählt das Persönliche gar nicht, es wird mit einigen

Schaumschlägen gesellschaftlich hofiert und fällt am Ende nicht ins Gewicht. Das Wissen ist durch die Ritzen gesickert und liegt tröpfchenweise auf allen Geheimratswinkeln dieser Erde. Jeder scheint zu wissen, dass das derzeit hier Herrschende besser ist, immer noch besser ist als das Böse, das Gemeine, das Tödliche, das gewesen sein soll (einst) und das hier hinter uns liegt, das uns nicht mehr einholen wird, um plötzlich vor uns die Avantgarde zu spielen, so wie eine Kompanie, die immer wieder, weil sie auf dem Marsch nie schnell genug war, von neuem antreten muss, um marsch, marsch zu marschieren, bis sie endlich schnell genug ist, eine Kompanie, die bei abnehmenden Kräften schneller werden muss, um erschöpft das zu erreichen, was ihr ausgeruht immer wieder misslingt ... Es herrscht die Erschöpfung bei aller Unruhe. Aber diese Unruhe, das pfeifende gerade einander noch Ausweichen der Unruheherde und der Unruheherden ... die Luft ist vom Sirren der Drohungen angespannt, die Lage von der Wellness eingeseift, und als Zaungast schaut dann doch die Sehnsucht nach alten Grausamkeiten herein. Mit dieser Sehnsucht im Bauch sieht man die Geschwächten, diese Weichlinge, auf ihrer ewigen Glückssuche. Sie rufen den Süchtlern am Zaun zu: Ihr werdet im Jammern die ersten sein, wenn es wieder hart wird, und keiner von beiden, ob diesseits oder jenseits des Zauns, weiß, ob er eingezäunt ist oder ob er im Freien steht. Natürlich herrscht wie eh und je der Blödsinn, er ist das große Meer, das den Ernst trägt, mit dem wir schließlich gestraft sind, der Ozean, der den Ernst, mit dem wir uns zu schaffen machen, erträglich macht, aber nie auf Punkt und Komma, sondern immer nur irgendwie oder bloß fast.

Ich simuliere solche Gespräche mit Lili, in der Simulation

bleibt mir nur der Monolog, nie hätte ich ihr etwas Einschlägiges offen gesagt, die junge Frau wirkt auf mich wie die Zensur: also sehr anregend, aber immer mit abschlägigem Bescheid. Du, Lili, bist der beste Grund, der beste Befund dafür zu schweigen, wie ein Schutzmantel umgibst du meine Rhetorik, von der nichts nach außen dringt. Die hohe Schule des Autismus, in der Zuneigung zu dir lernt man die Selbstbezogenheit, den artistischen Autismus. Verstehst du mich, Lili? Über den unausweichlichen Zwang aller idealistischen Systeme, entweder offen oder verkappt sich selbst zu widerlegen, sage ich eh nichts. Vielleicht kommt mir diesbezüglich ein Na, und? über die Lippen. Für mich ist ja die Hauptsache, dass sich nicht alles widerlegt, und wenn schon alles, dann nicht alles auf einmal. Damit man Zeit hat, auszuspannen. Oder wenn wenigstens das Gegenteil stimmt, dann ist man doch schon weit gekommen. In meinem zweibändigen Werk »Mouches volantes«, das nicht erschienen ist, weil eine Lektorin und ein Lektor gesagt haben, sie würden den Verlag sofort verlassen, würde ein Buch unter dem Titel einer Augenkrankheit erscheinen, habe ich ausführlich eine Selbstwiderlegung eingeräumt. Ich habe in meinem erschienenen Werk »Der Krückenkaktus«, den ich ums Lektorat herumgeschmuggelt und in die Öffentlichkeit eingeschmuggelt hatte, die Krücke ausschließlich als Stütze erwähnt und bin dabei soweit gegangen, meine Texte selbst als Krücken zu bezeichnen, mit denen ich durchs Leben gehe. In »Mouches volantes«, der zweibändigen Essaysammlung, nahm ich im Selbstzitat den Gedanken der Krücke als Lebenshilfe im Text wieder auf. Den Spott der Lektoren – er schreibt, weil er eine Gehhilfe braucht –, was die Gehhilfe betreffend wirklich stimmt (den Zustand meiner beiden Knie hatte ich literarisch im »Krückenkaktus« zum Einsatz gebracht), parierte ich in den »Mouches volantes« mit einem Wortspiel: Wenn man, sagte ich in meiner Parade, in meiner Gegenwehr, aus Geh-Hilfen das eine h streicht, dann treten die Gehilfen hervor – und die Gehilfen sind in der Literatur und im Leben seltsam eigenständige, nicht selten unheimliche Gestalten. Sie sind nicht immer zu Diensten, und die Dienste, die sie leisten, liegen oft anderswo als beim dringend Bestellten. Als der Präsident der Arbeiterkammer, wovon ich im »Krückenkaktus« berichtete, zu mir gesagt hatte: »Schreiben Sie über Ihre Knie!«, klang das in meinen Ohren wie: Auf die Knie, Schriftsteller, aber es hatte dennoch einen guten Klang, denn der Präsident und die Gehilfen und die Gehhilfen, daraus sind in meiner Jugendzeit, also in den sechziger an der Grenze zu den fünfziger Jahren, Theaterstücke gemacht gewesen, die sich bis heute, wie man sagt, gehalten haben.

Als hätte ich es schon beim »Krückenkaktus« gewusst: Krücken sind eben nicht nur eine Stütze, und ich kam dahinter, weil in Krems an der Donau ein Mann aus Rumänien auftauchte, der auf Krücken stehend und gehend bettelte, der aber sofort, wenn ihm etwas nicht passte, mit den Krücken auf die menschlichen oder anderen Störfaktoren einschlug. Er hatte die Stütze zur Waffe umfunktioniert, eine Lebensmöglichkeit, die ich im »Krückenkaktus« nicht bedacht hatte, die mir aber einleuchtete, zumal in einer Zeit, da eine ganze Nation angetreten war, in erster Linie die Bettler zu bekämpfen, vor allem in Salzburg, der barocken Stadt, wo ein Bürger in einem Leserbrief an die *Salzburger Nachrichten* ausführte, dass er in Berlin nicht einen einzigen Bettler, keinen einzigen Bettler gesehen habe, weshalb nun der Bürgermeister von Salzburg den von Berlin anrufen solle, um durch dessen Expertise das Wissen sicherzustellen, durch das auch Salzburg keine Bettler mehr haben müsse. Sicherstellen war in jener Zeit das Haupthobby aller zerstörerischen Kräfte, die sich als aufbauend verkauften und gegen die der Mann aus Krems an der Donau mit seiner umfunktionierten Krücke ein Nichts an Zerstörung war. Sein Weg durchs Land mit der Krücke war ein einziger Waffengang, wie ich in »Mouches volantes« schilderte, um mich selbst in meiner Einseitigkeit der Auffassung von Krücken zu widerlegen.

Nichts ist ohne sein Gegenteil wahr, und auch davon ist das Gegenteil wahr, sagt Martin Walser, der solche Dinge halt noch sagt. Man könnte auch über den unausweichlichen Zwang idealistischer Systeme sprechen, sich selbst zu widerlegen, und ein Na, und? anfügen. Aber lieber nicht, die Taten sprechen für sich: Mit der Krücke kann man gut hinhauen. Hat das nicht einen tieferen idealistischen Sinn, dass eine Stütze, eine Hilfe zur Waffe werden kann? Das habe ich in »Mouches volantes« ausgeführt, und ich bleibe dabei, dass »Mouches volantes« (also fliegende Mücken, mit denen die Augenmedizin vorüberfliegende Erscheinungen im Gesichtsfeld charakterisiert, denen keine materielle Wirklichkeit in der Außenwelt entspricht, die also ganz und gar idealistisch sind und die allein im Auge des Betrachters liegen), ein genialer Titel ist, vor allem für eine Sammlung von Essays, und dass der Spott der Lektoren, ich solle nicht schon wieder versuchen, aus einer Mücke einen Elefanten zu machen, mich zwar verletzt, aber dass dieser Spott dennoch ins Leere geht.

Ich bin in genug sprechende Taten verwickelt. Eines Tages hatte ich ein Taxi bestellt – Werdertorgasse, Ecke Gonzagagasse –, und siehe da, es stand, wie telefonisch vereinbart, an der Ecke. Plötzlich kam ein anderes Taxi an der gleichen Ecke zum Stehen. Der Fahrer sprang heraus, riss an der Türe meines Taxis und bezichtigte mich, Herr Kren zu sein. Er sei von einem Herrn Kren bestellt worden, und zwar an die Ecke Werdertorgasse Gonzagagasse. Ich äußerte mich dahingehend, während ich im Fond saß, dass er verschwinden solle. Er riss an der versperrten Türe, während mein Chauffeur ihm inzwischen die Bestätigung meiner Bestellung zeigen konnte: Sie machte sich gut auf dem Display über dem Fahrersitz. Mein Chauffeur teilte seinem vor Wut zitternden Kollegen zusätzlich mit, dass er anonym, jedenfalls von keinem Kren an die Ecke Werdertorgasse Gonzagagasse bestellt worden sei, und in aller Anonymität sei niemand anderer als ich zugestiegen. Ich fügte in aller Ruhe aus dem Fond heraus hinzu: Hauen Sie ab, damit wir fahren können. Wer bist denn du?, fragte der Mann bemüht zynisch. Da kann ich keinen Kren dazu geben, erwiderte ich nicht minder bemüht. Ich bin der, der zum Kren den Senf dazugibt, setzte ich fort, und mit handkantenartiger Geschwindigkeit öffnete ich die Türe und schloss sie sofort. Die Türe hatte ich heftig in seine Knie gestoßen, er sagte in unermesslichem Zorn: Du Fettsack!, und ich trieb meinen Fahrer an: Los jetzt! Und der Fahrer fuhr los, nachdem er offensichtlich überlegt hatte, ob er mich fahren lassen sollte, um seinem Kollegen Hilfe zu leisten.

Für lumpige zehn Euro lassen sie Ihren Kollegen im Staub liegen, stichelte ich charakterlos. Dann verkündete ich: Na ja, es wird ein Herr Kren kommen und ihm aufhelfen. Ich hatte die heilige Handlung des Türenschlagens nicht wütend begangen, ich hatte sie symbolisch gegen die Taxifahrer der Stadt gerichtet. Sie kennen sich grundsätzlich nicht aus, sie wissen nicht, wo sie sind und wo sie hin sollen. Das Navigationsgerät hilft ihnen ebenfalls nicht, weil sie die Straßennamen, die sie eingeben sollen, noch niemals gehört haben und weil sie den größten writer's block bekommen, wenn sie so einen Namen zum ersten Mal hören. Dafür reagieren sie auf die geringsten Schwierigkeiten mit dem Fahrgast, indem sie ihm ein Maul anhängen, eine Goschen, dass er sich an der untersten Sprosse der Lebewesen wiederfindet. Nein, Lili habe ich darüber nie ein Wort gesagt, ich ahmte nur höhnisch für mich nach, was sie sicher gesagt hätte: Beschwerden gegen das Personal werden nicht entgegengenommen. Aber was soll ich tun, ich soll mich nicht über das Taxiwesen, sondern über die Sozialversicherung, SVA, beschweren, bei der ich zu meinem Ruin versichert bin und der ein Wirtschaftskammerpräsident vorsitzt, den man nicht zur Rede stellen kann, weil er bei mir nicht erscheint, sondern nur Briefe schickt, durch die er mit dem kalten Zauberspruch »fällig bis« von Quartal zu Quartal mein Schicksal besiegelt?

Ich weiß, sich beschweren heißt sich belasten, obwohl man das Gegenteil beabsichtigt. Ich will nur, dass auf diesem Wege die SVA in die Literatur eingeht: die Sozialversichersuchungsanstalt der gewerblichen Wirtschaft. Man stelle sich vor, ich, dieses Monument des Prekariats, ein stadtbekannter Nichtsverdiener, zahle in einen Versorgungstopf der Wirtschaft ein und auch noch der gewerblichen. Für fast jeden Job, für den mich wer anheuert, bin ich sowieso extra versichert, und dann noch extra bei der SVA, ich bin das sicherste Terrain der Statistik, überversichert und doch ruiniert. Der Kabarettist Bestenlehner hatte auf der Bühne gesagt, in der Zeitschrift *Sozialversicherung aktuell* sei der Präsident der Wirtschaftskammer so oft abgebildet wie seinerzeit Breschnew in der *Prawda*. Das war kurz vor Bestenlehners Steuerprüfung. Das hat er auch gesagt, der Bestenlehner, mit dem ich die Kostenfalle teile. Vielleicht hätte ich auswandern sollen nach Dresden und, wie gesagt, im Restaurant Blindgänger arbeiten, was man wörtlich nehmen muss und nicht glauben darf, mit Blindgänger wären Versager gemeint. Nein, ich bin im Taxi in die Singerstraße gefahren, denn mit meinem kaputten Knie kann ich die Taxirechnungen bei der Steuer einreichen, und als das Taxi stehen bleibt, sehe ich an einer Plakatwand das Antlitz eines großen Künstlers und darunter die Schrift: Sinne und Sein. Im Restaurant Blindgänger findet man nicht mehr Verlierer als sonst überall, aber der Gesichtssinn ist lahmgelegt, hat keine Beschäftigung: Essen und Trinken gibt's nur in undurchdringlicher Dunkelheit, in der Finsternis, und ein Kellner wie ich ist mit untrüglichem Tastsinn ausgestattet. Sinne und Sein wäre meine Devise gewesen, hätte ich nicht so eine Angst vor der Dunkelheit. Aber in Dresden hatte ich eine glückliche Zeit, an die ich wieder anknüpfen wollte: Warum ist denn die Elbe / in Dresden so gelbe? Weiß ich auch nicht. Könnte sein, weil gleich hinter Meißen, / Pfui Spinne, kommt Preißen! Ich war bei den Preußen in Berlin gewesen, ich war einer der trommelnden Affen in der Affentruppe von Peter Fox: Man kann mich auf dem Video genau erkennen, ich bin der erste Affe, den man schon sieht, wenn die Szene noch still ist, mein Affenschädel – ja, ja, alles Kostüm – rastet auf meiner linken Schulter, Peter Fox erwacht und beginnt »Alles neu« zu singen: Ich verbrenn mein Studio ... Die Affen kommen angesichts einer solchen Ankündigung in Schwung und rühren die Trommel, es geht sehr militärisch zu in der Kunst des großen Fox: Ich jag meine Bude hoch, alles was ich hab, lass ich los (uh!), und am Wochenende saß ich im Affenkostüm zur Entspannung im Schillergarten in Dresden und blickte auf die Elbe (uh!). Schöne Zeiten damals, der Kunst gewidmet.

Es ist aber nicht nur dieser Aktionismus. Das mit den Affen kommt auch daher, ich gestehe es zusätzlich, dass ich das Wort KUNSTAFFIN gelesen habe, und als ich das Wort KUNSTAFFIN gelesen hatte, war ich davon überzeugt, dass der Affe in die Kunst gehört, und ich habe ja Kunstansprüche. Außerdem bin ich so einer, der sofort, wenn er ein Wort hört oder liest, eine Empfindung, und zwar die passende dazu hat. Fahre ich durch den Ort Weh, tut mir sofort etwas weh, oder fahre ich durch den Ort Grund, habe ich mitten im Waldviertel (oder ist es das Weinviertel) sofort einen Grund. Es ist immer gut, einen Grund zu haben, am besten ist es, man hat einen guten Grund. Manche haben zum Grund noch zusätzlich einen Boden. Das sind die Leute, die Grund und Boden haben, den sie sich nicht wegnehmen lassen wollen.

Wenigstens mit den Affen muss es aufhören, aber oh, here come the apes. Wie konnten die Affen nicht nur in der Kunst, sondern überhaupt zur dominanten Spezies auf der Erde werden? Das ist kein Kalauer, sondern die Grundfrage des Films »Planet der Affen«. Wie? Kunstaffin, das Wort warf mich zurück in die Kindheit, an die Grenze zur beginnenden Jugend. Ich war elf Jahre alt, stand, von meinem

Vater begleitet, im Sekretariat des Theaters in der Josefstadt, mit dessen Direktor der Vater gut bekannt war. Vom Direktor waren wir gerade entlassen worden, ich hatte ihm ein Taschenbuch gezeigt, das mir der Deutschprofessor Dr. Viktor Böhm geschenkt hatte, um sich bei mir für meine guten Leistungen in seinem Fach zu bedanken. Jetzt war der feierliche Besuch zu Ende, wir mussten nur noch durchs Sekretariat, wo mein Vater gewöhnlich mit der Direktionsassistentin flirtete. Ihr war gerade ein Akt, gewiss ein Theaterakt von höchster Wichtigkeit, wahrscheinlich ein geheimes Detail der Buchhaltung, aus der Hand gefallen, und sie, sich selbst kommentierend, rief aus: Mein Gott, bin ich ein Aff!, und ich, da ich unbedingt an der Geistesproduktion im Josefstädter Theater mitwirken wollte, quittierte den Ruf der Dame, mit der mein Vater zu flirten pflegte, etwas affig, durch den Sager: Sie sind kein Aff, Sie sind höchstens eine Äffin!

Dieser peinliche Kalauer kam beim Publikum, also beim Vater, nicht gut an. Er stellte mich auch nicht zur Rede, sondern hieb zur Sicherheit gleich auf mich ein, prügelte mich anschließend auf dem kürzesten Weg die Wendeltreppe hinunter, über die damals zweitklassige (aber vielleicht auch erstklassige) Gäste in das Allerheiligste des Theaters, in die Direktion gelangten. Auf der Josefstädter Straße hielt der Vater sich zurück, er wollte niemandem einen Einblick ins Familiäre gewähren. Ich will das auch nicht, sagte ich zu Lili, während wir in einem alten Volkswagen einer Filmfirma nach Kärnten fuhren. Für unterwegs hatte ich mir eine kleine Rede vorbereitet, die Schlusspassage zum Affentheater: Bei aller Hochachtung, wollte ich sagen, für unsere Cousins, die Schimpansen, die vieles können, was wir können – kognitiv können sie uns doch nicht das Wasser reichen, nicht einen Schluck vom Wasser. Ja, wollte ich sagen, über das ganze Genom hinweg, da sind die Differenzen zwischen Schimpansen und Menschen marginal, aber, wollte ich sagen, wenn man das Metabolom untersucht, dann schaut's gleich anders aus: Das Metabolom (was zur Hölle ist das?) gibt Auskunft darüber, was und wie rasch etwas im Stoffwechsel der Zellen umgesetzt wird. Da kommt so ein Affe nicht mit, wenn auch der Schimpanse mehr Kraft in den Armen und Beinen hat als jeder durchtrainierte Sportler. Unsere Metabolome schlagen die Affen wie nichts aus dem Feld: Wachstum des Gehirns, Verkürzung des Darms, keine Gleichheit unter den Menschen, dafür auch keine Gleichheit mit den Affen. Naja, es ist wichtig, dass man auf Reisen etwas zu reden mitnimmt, auch wenn es dann eh nicht zu gebrauchen ist.

Lili hatte mich gefragt: Fährst du mit mir nach Kärnten? Am besten, sagte ich, kann ich in Kärnten das Leben bejahen. Sterben ist ja keine Kunst, das muss schließlich jeder Trottel, aber Leben ermöglichen, wie Kärnten mir das Leben ermöglicht, mit seinem warmen, sommers leicht dumpfigem Klima und mit meinen Erinnerungen, die aus einst in Kärnten ganz und gar gegenwärtig Erlebtem resultieren. Damals, am Ossiacher See … Aber, sagte Lili, wir fahren nicht an den Ossiacher See, wir fahren nach Velden. Im Casino, so Lili, tritt Hector Paradiso auf, einst eine Schlagergröße, und ich bin fürs Obst zuständig.

Ich fragte nicht nach, sondern benützte die Gelegenheit meinerseits, monologisch vor mich hinzureden. Ich hatte hinten im Volkswagenbus einen GF-Quad-Dolly gesehen, einen Konkurrenten vom Panther-Dolly, auf dem der

Kameramann sitzt, und wenn ich schon dabei bin, rücke ich auch damit heraus, dass ich damals beim Film über den Tod auf dem Dolly durch die Gräberreihen gezogen wurde. Das sieht im Film aus, als würde ich zwischen den Grabsteinen schweben. Dafür musste ich auf den Dolly, wurde von zwei Trotteln gezogen, während der Kameramann freischwebend arbeitete, also ohne seinen festen Sitz auf dem Dolly. Den beiden Trotteln, die mich zogen, hatte der Regisseur gesagt, ihr müsst den Dolly mit dem Schuh stoppen, und er hatte gemeint, sie müssten das Gefährt zum Stillstand kommen lassen, indem sie meine Schulter, die Schulter des fahrenden Gesellen, also mich, Franz Schuh, festhielten. Die zwei Trottel aber stoppten das Gefährt mit dem Schuh, also mit ihren Schuhen, sodass ich, vom Stopp in Schwung geraten, in weitem Bogen auf die Friedhofserde flog und in den kalten Novemberhimmel starrte, mich eine Zeitlang nicht rührte, um schließlich »Blanket On The Ground« zu singen.

So kommt alles schön langsam heraus. Unterwegs nach Velden erzählte ich Lili vom Krieg. In meinem Werk »Das phantasierte Exil«, das immerhin erschienen ist (der Lektor war gerade in Frühpension gegangen), hatte ich das MG42, ein Maschinengewehr aus dem Dritten Reich, als meine Waffe genannt: Ich war, erklärte ich Lili, MG-Schütze. Hörst du, in der Republik ohne Würde, aber mit vielen Würdenträgern, trug ich ein Maschinengewehr, in das das Hakenkreuz eingraviert war. Dafür hatte ich einen Stahlhelm aus den USA – wir waren nicht uniformiert, wir waren uninformiert, wir waren kostümiert, und zwar als die Clowns der Geschichte. Zum Glück hatte niemand von uns so etwas wie historisches Bewusstsein, wir absolvierten einfach das uns vom Staat auferlegte Übel. Der Zweck des simulierten Soldaten ist im Ernst das Abrüsten. Aber so einfach wollte ich aus der Maria-Theresien-Kaserne nicht hinausgehen. Mein Abschied sollte Kunst sein, Kunst im öffentlichen Raum, und ich sammelte in den letzten Wochen des militärischen Engagements meine Künstler ein. Meine Künstler, rekrutiert aus dem Soldatenmaterial, bildeten einen Zug aus vier Gruppen zu jeweils zehn Mann, militärische Ordnung, männliche Ordnung, und die Männer probten in den riesigen Kasernentoiletten Text und Aufmarschplan. Wir haben jetzt, rief die erste Gruppe, sich vom Zug lösend, das Land nicht allein durchreist und jeden Teil davon sorgfältig in Augenschein genommen, worauf die dritte Gruppe mit den Worten dazu Stellung nahm, sondern wir haben das Land auch durchmessen, und (jetzt die zweite Gruppe) jedem Dinge auf demselben seine Stelle bestimmt.

Weiter die zweite Gruppe (während die erste sich wieder in den Zug eingefügt hatte): Dieses Land aber ist eine Insel (der gesamte Zug wiederholte): Dieses Land aber ist eine Insel. Gruppe drei: und durch die Natur selbst in unveränderliche Grenzen eingeschlossen. Es ist das Land, Gruppe zwei, der Wahrheit (und der ganze Zug ruft: ein reizender Name, ein reizender Name), erste Gruppe: umgeben von einem weiten und stürmischen Ozeane, der gesamte Zug: dem eigentlichen Sitze des Scheins, alle wiederholen: dem eigentlichen Sitze des Scheins, und darauf die erste Gruppe, eine Seefahrermetapher benützend, wo manche Nebelbank, und die zweite Gruppe: bald wegschmelzendes Eis (wir rüsteten am Ende des Winters ab), und manches bald wegschmelzende Eis neue Länder lügt, der ganze Zug: lügt, lügt, lügt, und, die Seefahrermetapher ausweitend, indem es den auf Entdeckungen herumschwärmenden Seefahrer (und nun wieder alle): unaufhörlich mit leeren Hoffnungen täuscht, die erste Gruppe: täuscht, täuscht, täuscht, ihn in Abenteuer verflicht, und wiederum alle: von denen er niemals ablassen, und jetzt Gruppe eins: und die er doch auch niemals zu Ende bringen kann. Der Succus der ganzen Übung: nicht ablassen und doch nicht zu Ende bringen können. In der Choreographie bildeten wir Sterne wie für ein Wasserballett, wir liefen durcheinander und fanden wieder zusammen, und wenn wir auch nur sagten: Leckt's uns am Arsch, gewannen wir doch durch die künstlerische Darstellung einiges vom Areal der Zivilisation wieder, die man uns durch militärische Ausbildung streitig machen wollte.

Als Lili und ich in Klagenfurt einfuhren, war ich in meinem Element, aber in Velden schon nicht mehr. Vor dem Casino standen Hunderte Menschen, die in einer Art Skinnerscher Versuchsanordnung, nämlich in genau parzellierten Laufgängen, Eingang ins Casino begehrten. Wir arbeiteten fürs Fernsehen, wurden also ohne weiteres vorgezogen und durchgelassen. Mit Lili schleppte ich eine große Kiste einen kleinen Hügel hinauf, wo ein Tisch stand und wo der große Sänger Hector Paradiso wartete. Der Tisch stand in der allmählich verschwindenden Morgensonne, und als ich die Kiste auspacken durfte, verstand ich, warum Lili gesagt hatte, sie sei fürs Obst zuständig: Äpfel, Birnen, Bananen von einem in der Natur noch nie erblickten Glanz legte ich auf den Tisch. Ein Kellner aus dem Casino brachte Frühstücksgeschirr, das war echt, das Obst allerdings war es nicht, es war aus Holz. Hector Paradiso musste fürs Fernsehen Frühstücken spielen. Er war weiß Gott kein guter Schauspieler, er war kein Kirchner oder Voss. Das hatte er in

Hunderten Filmen vor Augen geführt, er spielte gewöhnlich auf dem Niveau von Thomas Gottschalk, einem für nichts begabten Menschen, was ja in Zeiten, in denen ein jeder irgendetwas kann, auch eine Begabung ist. Paradiso war ein zwiespältiger Mensch, der Sinn (oder wie man das nennt) stand ihm sein Leben lang nach Blues und Rock, aber das Schicksal und Paradisos Manager votierten für den deutschen Schlager, und an diesem Sommermorgen wird er im Rückblick schon schlechtere Zeiten gesehen haben. Sie hatten ihn verlacht, den Schlagertrottel, und er hatte beschlossen, sich für die Darstellung seiner eigenen Lächerlichkeit zur Verfügung zu stellen. So trat er, ebenso wenig virtuos wie im Ernst, als Karikatur seiner selbst auf. Dann aber kam der Erfolg wieder, niemand weiß, warum, und Frühstücken spielte er genauso wie seine anderen Rollen: mit einem übermenschlich breiten Lächeln im Gesicht, das die Mimik total ruinierte, das aber perfekt die Fremdbestimmtheit des Mannes offerierte. Der Mann war im Angebot, und bei diesem Frühstück wurde er von Lisbeth Bischoff interviewt, die viele Jahre später als sogenannte Adelsexpertin von mir leidenschaftlich verehrt werden sollte. Damals, nach dem Interview, führte man Paradiso ab, sein Manager hatte jemanden, einen Leibwächter, geschickt, und mit einem Mal wurden die Schleusen der Laufgänge geöffnet, hinter denen die Massen eingesperrt waren. Die Massen schlugen sich wie ein Peitschenschlag durch und überfüllten das Casino, in dem riesige Gulaschkanonen aufgestellt waren. Aber es dauerte kaum ein paar Minuten –, da war alles Essen weg, verschwunden in den Bäuchen der Gratisesser. Die Gratisesser waren eine gut selektierte Masse, hier im Casino durfte nur fressen, wer von einer bestimmten Margarinemarke zumindest 150 Stück des Einwickelpapiers vorweisen konnte.

Das ergaben meine Recherchen, und ich war dieser Tatsache gewachsen. Nicht fertig wurde ich mit dem Auftritt Paradisos und seiner Band, sie spielten gegen die vollen Bäuche an, aber gegen die blitzartige Völlerei hatten sie keine Chance. Sie wollten auch keine haben. Irgendwann zwischen Frühstückspielen und Musikspielen hatte Hektor Paradiso dem Alkohol zugesprochen, er schwankte auf der Bühne wie ein Rohr im Wind, sein Gesang schien von fernen und leeren Gestirnen her zu kommen, und er spulte das Programm ab, als ob er momentan selbst in dieser Leere anwesend wäre. Die Kälte der ganzen Performance wurde so übermächtig, dass die Gulaschkanonen keine Wärme mehr behalten konnten. Da begriff ich, dass auch Kärnten, das südlichste Bundesland, nicht mehr ist, was es einmal war.

Nicht träumen. Gibt es irgendetwas über den Traum zu wissen, das irgendeine Wissenschaft vom Traum nicht besser wüsste? Gibt es irgendetwas über den Traum zu deuten, das sich in der Kunst nicht längst besser gedeutet fände? Es gibt nichts, aber es bleibt ein Wunsch, dass man – als Individuum, als unteilbarer Einzelner, unteilbar, aber mitteilsam, geprägt, aber doch auf sich verwiesen, selbstbezüglich, aber doch auf andere bezogen in sich reflexiv –, dass man etwas hätte in diesem Wirrwarr, auch vom Traum etwas hätte, das Eigene (das man, wie immer auch irrend, das Eigentliche nennen möchte), und die unvermeidliche Reaktion auf die Enteignung durch die so beliebten Institutionen Kunst und Wissenschaft ist immer: der hilflose unausbleibliche Protest.

Dieser Wunsch, gegen die Enteignung durch die Institution etwas Eigenes zu sagen, kommt von der Eitelkeit des Individuums, unteilbar und mitteilsam, des Individuums, das sich nicht fügen will den Segnungen der organisierten Erkenntnis oder den Segnungen der anerkannten Künste.

Aber es ist nicht bloße Eitelkeit, es ist auch ein Aufbegehren in Gedanken gegen die niedergetrampelte Sache, gegen den abertausendmal durch und durch interpretierten Traum, gegen den abertausendmal dargestellten Traum, von dem alles klar ist und höchstens routiniert wiederholbar. Die Gesellschaft ist reflexiv-quantitativ, ist sich selbst zum massenhaft eingesetzten Spiegel geworden. Hinter jedem Baum, an jeder Ecke steht ein Forscher und ergründet. Ein Forscher für dieses und jenes, eine Forscherin für dieses und jenes, ein Künstler hinter jedem Baum, hinter jeder Ecke, der sich zu schaffen macht; ein Forscher, der erforscht, wie man Bäume fällt, Bäume, hinter denen ein Forscher, eine Forscherin in Tarnfarbe steht, ein Künstler, eine Künstlerin teilnehmend beobachtet, verguckt in das, was es zu künsteln gibt, und ich frage mich vor dem Einschlafen, in aller Ruhe, und es fragt sich, wann, wann denn die Menschheit das tut, was sie erforscht oder zur Kunst erhebt. Der Schlaf der Vernunft gebiert die Gebärde, das Ungeheuer schläft. Was sich ein Ungeheuer im Wachen ausdenkt, ist auch schon abgelaufen, die Alpträume, bestellt und abgeholt, Hitler und Stalin und was da noch kommen wird, da denkt man nicht im Traum daran, und außerdem soll man nicht personalisieren oder polemisieren, wenn man nicht weiß, was denn da kommen wird. So kurz vor dem Einschlafen weiß ich es nicht mehr. Stell dir vor, so ein Ungeheuer schläft, und die Vernunft hat auch einmal eine

Niederkunft, aber ohne Zweifel, es gibt nichts Besseres als: »Der Schlaf der Vernunft gebiert Ungeheuer.« Das ist mal ein Zitat, ein Wort zur Sonntagnacht.

Aber das mit dem Schlaf der Vernunft gibt es schon, sonst könnte es kein Zitat sein, und es macht nix, es ist ja nur eine verbale Maxime, es ist ganz wörtlich, nichts als ein Wort, ein Spruch, aber eben kein Machtspruch. So eine Sprache hat die Macht draußen an der Garderobe abgegeben. Was man mit dem zitierten Ungeheuer meinen, nein beschwören könnte, ist in der Tiefe der Zeiten platziert, aber genauso findet es an der Oberfläche statt, nämlich jetzt, hier und jetzt, und zwar dort um die Ecke, egal was ich meine, ich sage es einfach: Wenn das Falsche oder das Richtige – je nachdem, wer was wie sieht –, wenn das Falsche oder das Richtige im Schlaf liegt, eingeschläfert ist, besteht die Chance im Aufwachen. Diese Wechselwirkung, die das Gehirn dirigiert und die im Dirigenten Spuren hinterlässt.

Ich hätte am liebsten einen objektiven Traum, bitte um einen objektiven Traum, einen ohne die Lächerlichkeit des Privaten, das so erfüllend sein kann, ohne das Operative, mit dem man im Traum Zugestoßenes integriert oder abstößt. Ja, ich bin dafür, ich gestehe es ein, ich bin dafür, jeden Menschen hassenswert zu finden, nur weil er mir im Traum erschienen ist und dort nicht gut zu mir war. Glaubt so einer denn, er kann sich aus meinem Traum herausschleichen und in den fettigen oder ausgetrockneten Falten der sozialen Realität sich ausruhen? Ausgeschlafen muss man sein, sagen die Manager, die es verstehen, die Nachfrage nach Managern zu schüren. Beim Fertigwerden hole ich die aufsässigen Traumgestalten aus ihren sozialen und realen Löchern heraus, und träume ohne sie weiter.

In meinem objektiven Traum träumt sich das Gehirn selbst, weit entfernt von jener Anlage, von jeder Disposition, in der das Gehirn ausgerechnet mein Gehirn ist. Es träumt die Gattung in meinem Gehirn, und in der Nacht fällt mir die ganze Evolution auf den Kopf, und morgens habe ich auch diesen Traum verloren. Traumverloren ist ein schönes Wort, auch weil verloren immer wahr ist. Das Wahre ist also da, das Schöne auch, jedoch das Gute ist auf Mission in der Ferne. Auf dem letzten Platz in der Kirchenbank ganz weit hinten wärmt sich ein Wissenschaftler am Wahrheitsbegriff und zündelt ein wenig unter Beifallsrascheln von Papier. Wahrheit in der Wissenschaft, sagt er, gibt es nicht, dazu müsse man sich an die Pfaffen und Politiker halten. Wie wahr.

Ich träume aber nun von den Erforschern der Träume, hinter jedem Baum, hinter jeder Ecke und hinter vorgehaltener Hand träume ich einen Traumforscher, ebenso träume ich von den Künstlern, die sich aus dem Traum etwas machen, hinter jedem Traum, hinter jeder Ecke ein Künstler, ein Forscher. Sagt der Vater, ein Anhänger der Grundlagenforschung, zum Sohn: Ich richte dir ein Schlaflabor ein, und du kannst der Retter sein von den übel Schnarchenden, die sich nächstens nächtens selbst vom Leben abkrageln durch etwas verheerend Unregelmäßiges in ihrem Atem. Du wirst der Retter sein, mein Sohn, nach dem Maßstab gemessener REM-Phasen, die Schlaflosigkeit geht in deinem Labor flöten, in deinem Leben flöten, und der Vater hat's dir eingerichtet. Der Vater hat's dir gerichtet. Sollte es nicht immer so sein, dass der Sohn es besser hat als der Vater und dass der Vater es nur gut genug hat, um die Besserung für sein Kind in die Wege zu leiten? Lieber Vater, sagt der undankbare Sohn, und statt dass er gesagt hätte, Vater, ich lege meinen Geist in deine Hände, sagt dieser Sohn, lieber verschwinde ich in der Wüste Negev und suche dort das vierblättrige Kleeblatt für mein Glück. Vater, lass mich mit dem Schlaflabor in Ruhe, ich werde Internist im Wilhelminenspital, und meine Kranken sprechen im Schlaf, und zwar zu mir, deutlich und nicht unkonzentriert. Da ich hören kann, kann ich auch zuhören, und ich höre alles aus meinen Patienten heraus, aus den eingelieferten ebenso wie aus denen, die sich freiwillig stellten. Die Eingelieferten hätten es nicht ändern können, sie waren Notfälle, das heißt, sie sind es geblieben, so wie sie über Nacht geblieben sind (ich schrieb hier bei der Niederschrift nicht statt Nacht). Die Freiwilligen können nicht mehr gehen (hier gehört nicht her), oft wörtlich, buchstäblich, sie können nicht mehr die Stiegen hinuntergehen. Aber sie bereuen, dass sie freiwillig da sind, und wirst nicht du, mein Vater, 34 Stunden vor deinem Tode am Gang nach unten eine Krankenschwester niederschlagen, weil sie dich an der Flucht aus dem Spital hindern wollte?

Mein Kurhaus schickt mir Post zur Ermunterung, dass ich wieder eine Kur antreten soll. Der Brief beginnt kursiv zitierend: *Unmöglich, sagte die Tatsache. Versuch es! flüsterte der Traum (Autor unbekannt).* Der Autor steht nicht nur in Klammern, er ist auch unbekannt. Das ist das Fürchterlichste in seiner Branche. Im Kurpark durfte ich eine Rose einpflanzen –, zum Dank für mein häufiges Kuren. Ich stütze mich für ein Foto auf die Schaufel, die Augen lächeln, durch die Tränen sind sie blitzblank, und ich wünsche der Blume alles Gute. Bevor der Holunder blüht, sind seine Blätter schon da. Wäre Lili auch noch da, würde ich sie belehren: Steuerreform, Gehaltsreform, Pensionsreform, Technologiereform, eine ganze Litanei herunterzubetender Reformen. Aber was ist mit der Gemütsreform?

Die Pflanzen rund um uns geben mehr als guten Grund dazu. Der Holunderstrauch – seine Äste tragen im April bereits die ersten Blätter, durch die sich das Sonnenlicht in Lebensenergie verwandeln lässt. Ich begebe mich gern in Gefahr, Lili, als Träumer oder Spinner betrachtet zu werden, und wenn man auch die lebens- und gesundheitsfördernden Stoffe des Holunders schwerlich auf einem Kontoauszug ablesen kann, sage ich doch: Was für ein Reichtum – gerade für Schriftsteller, von denen es heißt, dass sie sich die Finger wundschreiben. Die Natur hilft gegen die Wunden: Zwei bis drei frisch gewaschene Holunderblätter am Abend mit ein wenig Wasser so lange kochen, bis ein dicker Brei daraus entsteht. Ein paar Tropfen Olivenöl dazugeben und auf einem Leinenfleckerl erträglich warm um den Finger wickeln. Acht bis zwölf Stunden lang auf den Finger einwirken lassen und am Morgen abwaschen und mit Arnikatinktur nachbehandeln. Das hilft dem Schriftsteller gegen seine Nagelbettgeschwüre.

Die Sprache ist voll von Träumen, diesen alten Metaphern, die sich eingeschrieben haben, der Traum, das Wrack unserer sinnlichen Erfahrungen: Was gestern war, ist ein Alptraum gewesen, Träume erfüllen sich, er steht zu seinen Träumen, er steht über seinen Träumen, man soll seine Träume nicht aufgeben, traumhaft – ein Traum: Er befindet sich seit Wochen in Traumhaft. Er besteigt das Traumschiff, um auf hoher See eine Bagatelle zu empfinden, die er schon zuhause auf Lager hatte. Mein Sohn, es ist mein Traum, dass du Orthopäde wirst, Internist auf keinen Fall. Du operierst hundert Menschen in der Woche mit traumwandlerischer Sicherheit und zählst in der Spitalskantine die Unsummen des Heils, nämlich dein Geld, ablesbar vom Kontostand, unser Geld, denn ich, dein Vater, habe dir ja die Ausbildung bezahlt. Nein, sagt der undankbare Sohn und zeigt dem Vater das vierblättrige Kleeblatt aus der Wüste Negev.

Im Traum wird das venöse Ekzem über dem Knöchel immer größer und schluckt die Welt im Ganzen. Ein Phallus übersteigt alles bisher Dagewesene. Er steht mir bis zum Plafond, sagt der Träumer. Etwas anderes, irgendein Gegenstand, bedeutet Phallus im Traum. Andere Geschlechtsteile flottieren frei oder unfrei im Traum herum. Züchtig träume ich von der Hölle: Die Hölle ist ein Unternehmen, ein komplexes, ein vernetztes, sie ist ein Unterfangen von Zusammenspielern. Die Hölle ist wie der Markt, der dir seine schwarze Hand aufs Herz legt oder an die Gurgel, um zuzudrücken. Die Hölle machen sich die Leute nicht zuletzt selber, road to hell, die Leute mit ihren Karren und Schiffen, mit ihren Absichten und Sichtweisen.

Währenddessen ist der Teufel in Pension und gibt meine Steuergelder, die er von der Pensionsversicherungsanstalt pünktlich erhält, mit vollen Händen aus. Wenn man ihn danach fragt, zwinkert er mit stechenden Augen über den schwarz geschminkten, in Wahrheit aber blutunterlaufenen Tränensäcken und memoriert den Satz eines berühmten Theatermannes, den er sich längst geholt hat: »Der Intendant ist derjenige, der entscheidet, aus welchen Fenstern das Geld rausgeschmissen wird.« Einmal im Jahr fährt der Teufel mit mir zur Kur, zu den Barmherzigen Brüdern nach Schärding im Innviertel. Es ist die Hölle, der Teufel, der sich von sich selbst erholt, ein paar Kilometer von dort entfernt, wo der zweite Papst, der aufgegeben hat, das Licht der Welt erblickte; aber auch der Teufel ist aus der Hölle ausgezogen, selbst wenn er hin und wieder reinschaut (und ein bisschen das Feuer schürt), so wie ein alter Bezirksinspektor im Ruhestand, der die Kollegen am Kommissariat besucht, um leicht beleidigt einzusehen, dass alles ohne ihn auch funktioniert.

Es ist ja nicht nur so, dass die Hölle ein Spiel wäre. Anders als der vertrottelte Himmel mit seinem Dauerfrohlocken ist die Hölle immerhin so etwas wie eine Zivilisation. Aber die Höllenqualen sind real. Der Mensch ist geschaffen für die Höllenqualen, denn er hat einen Körper, der unendlich wehtun kann, und damit der Mensch seinen Körper nicht sofort wegwirft, hat er in seinem Leben ein bissl Lust mit ihm und das Versprechen der Lust, nämlich die Begierde, durch die ein jeder Mensch mit einem Fuß schon in der Hölle steht. Mit dem anderen im Himmel. Es war am Vortag des Eishockey-Weltmeisterschaftsspiels Schweden gegen die ČSSR, also war es damals, als die Körper nach verletzbaren Spielregeln aufeinanderprallten, oder auch an irgendeinem anderen Tag, als der Puck schon wieder ruhte. Ich tue alles, mein Sohn, nicht nur damit du ins Himmelreich kommst, sondern dass du schon auf Erden das Himmelreich vorfindest. Es ist die Hölle, sagt die Mutter nicht im Traum. Aber man sieht es ihren Augen an, die Störung, die Große Störung. Ich muss zur Kenntnis nehmen, dass man die Große Störung derzeit oft spielt, sie scheint großen Schauspielern auf den Leib geschrieben, und sie hat Zukunft. Nie habe ich das ontologische Defizit der Schauspielkunst mehr beklagt als beim um die Wette Alzheimer-

Schauspielen. Ontologisches Defizit heißt, nicht sein, was man spielt. Ein Mangel an Sein und anderseits ein Überfluss, weil man ohne weiteres so vieles spielen kann. Das ist die Bewirtschaftung des Irrealen, des Ausgedachten, des Fiktiven, und nur Barbaren bekämpfen es, am liebsten mit dem Authentischen, das ihnen widerfahren ist.

Ich kann auch nicht anders, denn ich war dabei, als die Mutter zum ersten Mal meine Leibspeise nicht machen konnte. Sie drehte und wendete das faschierte Fleisch ziellos im Eidotter. Das um seinen Zweck gebrachte Verfahren nahm kein Ende, und es bedurfte eines starken Vaters, von der Art, wie es sie heute nicht mehr gibt, um den Zustand der Mutter wenigstens so lange zu verleugnen, bis es ein für alle Mal unmöglich war, die Große Störung aus unserem Leben wegzudenken. Wenn ich einen Menschen sehe, der die Große Störung mimt, dann kotze ich all die von meiner Mutter zubereiteten faschierten Laibchen aus, die ich im Laufe meines Lebens als Lieblingsspeise zu mir genommen habe und die heute Hamburger heißen.

Da war ein anderer Mann, den sie zur gleichen Zeit wie mich in die Notaufnahme hineinschoben. Die Notaufnahme – da wird die Not aufgenommen. Aber während ich von außen kam, aus der Außenwelt, von der man sagen möchte, sie ist die wirkliche Welt, schoben sie meinen Leidensgenossen aus einem der Bäuche heraus, von irgendwo in den weitläufigen Zimmerfluchten, in denen ein Großstadtspital seine Patienten verdaut. Die unverdaulichen werden ausgespuckt, manche werden von neuem – zur Besichtigung – in die Notaufnahme gebracht. Ich wand mich selbst in Schmerzen, und das Bild, das der andere in seiner Not aufgenommene Mensch bot (Bilder im Angebot), lenkte mich ein wenig, nur ein wenig, von meiner Not ab. Ich versuchte es mit dem klinischen Blick, beileibe nicht auf mich selbst, sondern nur auf den anderen. Ich blickte, während der Schmerz mich zu Matsch machte, kühl und verobjektivierend hinüber. Du lieber Gott, der Notaufnahme war eine Grippe vorangegangen, aber mich hatte schließlich der Hunger hinausgetrieben aus meinem Krankenbett. Der schwerste grippale Infekt stillt den Hunger nicht, auch die willkommene Appetitlosigkeit ist vergänglich. Ich musste essen, und meine Vorstellungskraft servierte mir ein Steak aus dem Steakhaus vis-à-vis von der Staatsoper. Es dauerte nicht lange und ich saß auch schon dort. Das Filetsteak – und ich dachte nichts Böses dabei – war flachsig, und es hatte Farbe, einen leichten Grauschimmer. Aber wenn ich schon einmal da war …

Drei Stunden nach dem Mahl saß ich in meiner Sozial-Eremitage, keine Sozialwohnung, sondern ein vierzig Quadratmeter großes Spekulationsobjekt einer urbanen Privatbank, also bei mir zuhause, und betrachtete die beredten Höhlenbilder aus dem Alltag der Geldgesellschaft, diese Bilder, die uns einsamen Menschen zur Verfügung gestellt werden, damit unsere Sinne beschäftigt und unsere Gedanken gelenkt sind. Wir lernen zu diskutieren, damit wir einlenken können, es ist alles eine Talkshow, eine Talkshow mit Vera Russwurm, der Domina der Belanglosigkeit. Plötzlich, beim Zuschauen, fuhr das Fieber wie ein Blitzschlag in mich. Ich dachte, jetzt, nach diesem Schlag, habe auch ich eine weiße Stirnlocke, wie einer meiner Lateinlehrer einst eine hatte, nämlich Professor Pospisil, der seine Locke in die Stirn kämmte, so auffällig und eitel, dass ich ihn danach – ich war 15 – beim Namen nannte: John Locke.

Das war das Letzte, das ich noch im Ernst dachte, aber dann war jede Distanz zum Ereignis meiner Lebensmittelvergiftung erledigt. Schweißausbrüche, Scheißausbrüche. Ich sah Bilder von Hieronymus Bosch und war selbst auf einem Bild von ihm drauf. Quälgeister zuhauf (ich einer von ihnen), die in meinem Darm herumstocherten. Ja, der Mensch ist Atmen, aber er ist auch Darm, Verdauen. Die Gesundheit sitzt im Darm, sagen sie in einer Fernsehreklame für das Gesundheitsministerium. Aber wenn der Darm selbst nicht sitzt, ist auch die Gesundheit von ihrem Hochsitz gefallen. Mein Darm stülpte sich gerade um und zitterte mit jeder seiner Fasern. Das war die Revolution von innen, die Darmspülung – nicht als Therapie, ein langer Gang noch zur Darmspiegelung. Im Fiebertraum sah ich den Kellner, der mir die angegraute Flachse gebracht hatte. Alles Unkaubare im Fleisch heißt Flachse, repetierte ich im Delirium. Der Kellner im Steakhouse hatte sich zu mir hinuntergebeugt, und aus seiner von mir herbeigefieberten Fratze kamen die Worte: »Passt alles?« Das war in der Halbzeit der Mahlzeit gewesen, in deren Nachwirkung ich auf einmal, ohne es auch nur im Geringsten denken zu müssen, aus tiefstem Herzen der Auffassung war, dass der Mensch ein Tier ist. Mit einem Bakterium schleudert es jeden Menschen hinaus aus den Museen, aus den Gemäldegalerien und aus allen anderen Gebäuden, in denen er seine Kunststücke zeigt. Diese furchtbare Wahrheit ist obendrein noch nichts als eine Banalität.

Aber der Mensch ist dann natürlich auch wiederum kein Tier, denn vieles, das bei Tieren gut läuft, läuft beim Menschen, der sowieso kein Gott ist, höchstens schlecht und recht. Menschen sind Zwischenwesen, aber sie haben ihre Kontakte und Fähigkeiten: Menschen können sich die Hölle vorstellen, sie können die Hölle darstellen, sie können einander die Hölle bereiten, sie können die Hölle erleiden. Kein Wunder, dass die Forscher solche Träume erforschen, sie können ja auch wahr werden, das Leben ein Traum, der Traum ein Leben inklusive der Nachbeben, die die vom Realitätssinn und seiner Primitivität abweichenden Stimmungen erzeugen. Und dann muss man die Darmgeschichten mit einer Theorie traktieren, mit einem Traktat über den Darmtrakt. Der Arzt kann nicht so einfach an den Darm ran, er muss wissen, was in einem Darm sich abspielen kann. Kein Wunder, dass die Künstler ihre Fieberträume zur Kunst erheben, man ist im Traum die verdammte Wirklichkeit los, die bloß äußere, und wenn ein Alptraum bloß ein Traum war, ist man beim Erwachen nicht mehr in der Notaufnahme, sondern man ist gerettet, wie im Himmel.

Was hast du gegen das Himmelreich?, stellt der Vater den Sohn zur Rede. Hat ja auch eine soziale Komponente, der Traum des Vaters steht dem des Sohnes entgegen, die Träume tricksen einander aus, und am Ende gibt es zum Beispiel Krieg, also am Ende Traumatisierungen, in der äußeren Wirklichkeit kommen die Träume selten aufeinander zu und bilden die Idylle, die man sich erträumt. Da der Vater genau weiß, was (ihm) der Sohn werden soll, weiß der Sohn von seinem Werden nur Ungenaues, das er dem Vater aber als zukünftige Bestimmung vorhält. Sonst glaubt der Vater, er hat den Freiraum des Bestimmens für sich, und das darf ja wirklich nicht sein. Himmelreich, sagt der Sohn, ist ein Ort bei Salzburg, zwischen dem Flughafen, dem Wolfgang-Amadeus-Mozart-Airport, und der Westautobahn. Himmelreich ist mir zum ersten Mal begegnet, als Paul Hubschmid die wunderschöne, noch sehr, sehr junge Marianne Koch danach fragte. Wenn er zu ihr fahre, musste Paul Hubschmid coram publico erklären, würde er ein Ticket auf »Einmal Himmelreich und zurück« nehmen. Marianne Koch nahm es mit ihrer unfassbaren Jugendkraft hin, und ein Glücksstrahl ging ihr sichtbar durch Körper und Geist. Dieser wunderbare Mensch ist im Lauf der Zeit Ärztin geworden, und sie war's schon, als ich das Glück hatte, nein, nicht mit ihr zu sprechen, sondern mit ihr in der Wirklichkeit, in der sozialen Realität, ein paar Worte zu wechseln.

Herauszugeben hatte ich nichts, als sie auf meinen Enthusiasmus, ihr Sein betreffend, erwiderte, sie sei doch nie eine Schauspielerin gewesen, sondern immer nur eine Darstellerin. Das ist, vermute ich, eine Unterscheidung wie die zwischen Schriftsteller und Dichter, also eine, mit der das Höhere sich vom Niederen absetzt. So hart ist die Welt, dass die niedriger Eingestuften zu Propagandisten der Hierarchie werden, die man gegen sie aufgestellt hat, und dass sie selbst nicht wissen, wie es doch egal sein könnte, wo sie in der beruflichen Hierarchie stünden, weil die absolute Schönheit des Menschen Marianne Koch jedes Berufsbild in den Schatten stellt. Hubschmids Schönheit war dagegen nicht absolut. Statt dass man Gary Grant hätte fraglos existieren lassen, gab die deutsche Traumfabrik auf Grants Schönheit Antworten, deutsche Antworten, und so war Hubschmid, ein Schweizer, sich nicht selbst genug. Aber er war viel, von seinem Sein her war er nicht wenig, er war ein Gentleman, dessen Aura im Spiel aus einer Gelassenheit zu kommen schien, die ihn jedes komische oder tragische Schicksal überstehen ließ, ohne dass er, wie die Menschen in der sozialen Wirklichkeit, bis zur Unkenntlichkeit ramponiert wurde. Ein Nachfolger, aus dessen Imago Gary Grant verschwunden ist, heißt Christian Kohl und, auch ein Schweizer, aber das, Vater, ist schon Fernsehen und nicht mehr deutscher Film, für den ein Hubschmid zu Marianne Koch sagte: Einmal Himmelreich retour, das ist die Fahrt zu dir.

Die Prinzipien, sie sind wie Vater und Sohn. Sie stehen einander im Wege, leiten sich aber voneinander her. Die Akkordierung der Träume im Kollektiv, die Gesellschaft ein Traum, ein Trauma. Die Trauma-Spezialisten laufen öffentlich herum. Auf die fragende Eingabe lautet die Antwort, die Spezialisten haben sich selbst befreit. Sie haben sich selbst zu sich selbst befreit. Davon glaube ich kein Wort. Hat die Gesellschaft einen Traum? Sie rutschen alle höchstpersönlich auf den frisch gebohnerten Planken ihres Traumschiffes aus, manche kommen gar nicht hinauf. Sie gehen von Bord. Das Traumschiff »Karl Eder« liegt in Gmunden vor Anker. Aber wo ist mein Traumschiff, auf RTL II? Die Welt ist, was mich zu Fall bringt, ich habe keine Träume mehr, auch wenn ich schlecht schlafe und Zeitlücken hätte, also Platz für Träume ohne Ende. Aber so wird es nicht gespielt, zum Träumen sollte man schon schlafen. Allein die Tagträume …

Ein Unterschied wie Tag und Nacht. Ich gebe den Kurs vor. Mein Kurs heißt: Bestimmen Sie Ihre Tagträume selbst, befreien Sie Ihre Träume aus selbstverschuldeter Unmündigkeit, lernen Sie bei mir Ihren Grübeltraum in- und auswendig, der Grübeltraum fällt nicht weit vom Grübelbaum, träumen Sie in voller Absicht von der Geliebten, vom Geliebten, die oder der sie verlassen hat. Denn Träume sind Schäume. Versäumen Sie den Gratisschaumwein nicht.

Träumen Sie wiederholte Male, ja ungebrochen und ununterbrochen von den Gesichtern, die von Ihnen nichts mehr sehen wollten und wollen. Graben Sie sich im Tagtraum ein, in Ihr Leid, in Ihr Lied, in ihr Augenlid, was Sie nachts tun, geht mich nichts an. Der Weise singt: Am Tag schützt Sie die Vernunft, in der Nacht die Tugend. Verbeißen Sie sich in Ihren Traum. Unter meiner Leitung. Zu festgesetztem Kursbeitrag.

So etwas muss man erforschen oder wenigstens zur Kunst erheben. Das Schaf der Zukunft rotiert auf Zwergen. Dies ist es, um das uns der Traum voraus ist: Wie die Micky Maus kann der Traum alles. Cathrin Pichler nannte mich Micky. Walter Benjamin, den ich in ihrer Gegenwart oft zitiert habe, weil sie ihrerseits ihn mir oft zitiert hat, sodass wir oft im Duett Walter Benjamin zitiert haben, hat Micky Maus vom Innersten her verstanden: Micky Maus fliegt, taucht, springt, sprüht, glüht, zerbröselt und setzt sich wieder zusammen, läuft, stiehlt, erniedrigt sich, erhöht sich – und kommt immer davon – bis zum nächsten Heft. Das nächste Messer steckt mir bis zum Heft in der Brust. Der Vater weiß, warum ich davon spreche, von dieser Lebenswunde, die mir am Herzen liegt. Unterwegs verliert man vieles, und am Ende der Reise gilt, dass man eh nix mitnehmen kann. Das ist der Rede wert, weil das Herz vor dem Tode an so vielem hängt. Das ist das Leben, man hängt an vielem und zugleich in der Luft. In meinem Leben habe ich gelesen, dass die Menschen einander auch helfen – gegen jede unerbittliche Logik des Stärkeren, des besser Angepassten, des Überlebens auf Kosten anderer. Für manche Menschen entwickelt man Sympathie und will von ihnen Sympathie für einen selber. Man macht zum Beispiel Geschenke. Hilfe. Ich war 15, als ich einem Buben meines Alters, der mir sympathisch war, den ich aber nur schlecht kannte, etwas von allerhöchstem Wert borgte; ich wollte es selbstverständlich zurück – so viel habe ich mein Lebtag nicht besessen, dass ich diese fünf oder sechs gebundenen Bände, lauter Micky-Maus-Hefte, gesammelt seit den fünfziger Jahren, herschenken hätte können.

Ich habe sie nie wiedergesehen. Er hat sie mir niemals zurückgegeben, ich habe ihn nie wiedergesehen. Der Vater bestritt damals allein den Unterhalt der Familie, alle Hefte gingen auf seine Rechnung. Der Vater bezahlte auch den Buchbinder, und ich glaube, es ist der Sprache wegen gewesen, dass ich die Hefte gebunden und bewahrt haben musste. Ich bin einer der vielen, die erst von der Übersetzerin der Micky Maus, von Erika Fuchs, Sprache, die den Namen verdient, gelernt haben. Das Wesentliche gelernt haben: dass man nicht gebunden ist ans Korrekte, während mein Klassenvorstand Johanna Enslein, Professorin für Naturgeschichte, mit jeder Faser ihres umfassenden Leibes und mit jeder Regung ihres gewiss nicht kleinen Geistes die mit den Sprechblasen versehenen Bilder verdammte: Sie seien die Hölle, sie zögen den Kindergeist in die lodernde Tiefe.

Hätte ich meine gebundenen Bände noch heute, würde ich im Schlaf von mir selbst mehr wissen, mehr erinnern, als ich es wach vermag. Dass die Leute einander Verluste beibringen, einander die Quellen ihrer Existenz vernichten, steht täglich in der Zeitung. Es ist Journalismus geworden, papieren oder virtuell. Davor war es in kühlen Sommerkirchen oder in eiskalten Winterkirchen Thema der Gläubigen. Mir bleibt es ein Rätsel, warum unter Menschen mehr Grausamkeit als nötig im Spiel ist. Ich möchte das Schwein, das mir meine Micky-Maus-Hefte nicht zurückgegeben hat, nur killen. Gibt es meine Sammlung noch auf der Welt?

Der Träumer hat den Ausstieg aus dem Alptraum mit nachhause gebracht, der Träumer entkommt am Ende ins Wachen, und wenn der Wachzustand ein Traum ist und wenn das Leben, wie gesagt, ein Traum ist und wenn der Tod ein Schlaf ist, bloß ohne Entkommen – ist dann nicht das Jenseits gedacht als Ort des endgültigen Erwachens? Alle Irrtümer fallen von dir, fallen von mir ab, und jetzt gibt es den Unterschied zwischen Wachen und Schlafen nicht mehr. Im Himmel fragt auch der Dorfidiot nicht, ob dieser Traum das Leben, oder ob dieses Leben ein Traum ist, siehe oben; wenn der Himmel, das Jenseits, wirklich oben ist, dann hat es sich oben erledigt. Unten aber geht es weiter, das Raum- und Wirklichkeitsspiel. Himmelpforte, so heißt das Lokal in der Himmelpfortgasse, in das man japanische Touristen hineinführt, bis sie wieder herauskommen, weil man sie herausführt. Das ist es, darin geht der Traum voran, wie er Heterogenes, assoziiert und montiert, wie er weit Auseinanderliegendes zusammenspannt und auch im Schlaf das richtige Wort findet, mit dem man, weil es fremd bleibt, nicht gemeinsame Sache machen kann, man hat sich mit einem falschen Wort gemein gemacht … die Verfilzung des wachen Menschen mit der Sprache … die Wörter machen keine Schwierigkeiten, leicht sorgt ein jeder für sein Wort, ich gebe Ihnen mein Wort. Was alle anderen auch sagen, sagt ein jeder und sorgt, wofür ein jeder auch besorgt ist. Im Traum kann ein Wort, aber auch eine Zahl ein Rätsel sein, das magisch auf den verrätselten Träumer wirkt.

Das Rätsel klingt im Wachzustand nach. Hellwach will man es lösen – es darf kein ästhetisches Phänomen bleiben, also nur aus Sinnesreizen sein, denen weder ein Sinn noch ein Gegenstand entspricht. Wahr muss es sein, Wahrsagen und Traumdeuten. Traumdeuter sagen, was der Traum wirklich bedeutet, welche Wahrheit er enthüllt. Man kann den Traum auslegen, ausschlachten im Hinblick auf die Politik, auf den Willen zur Macht, auch auf den Willen allein, auf das Subjekt, die Seele, die Psychologie. In Nestroys »Lumpazivagabundus« träumen sie praktischerweise gleich die Lottozahl, die Gewinnzahl, von mir genannt Ungeziffer. Um zu gewinnen, brauchen sie nur noch zu setzen. So ein Traum lässt sich umsetzen wie eine Theorie in die Praxis. Aber was bringt's? Es ist das Reale, um das man den Traum kreisen lässt, der Traum eine fiebrige Fiktion (Infektion), mit deren Hilfe man hinter die Rätsel des Realen kommt (kommen möchte), sogar hinter die Zukunft, die ja so verborgen daherkommt, dass es gleichgültig sein könnte, wie man sie aufklärt, ob mit wissenschaftlichen Theorien (fundierten Thesen) oder mit Fieberträumen.

Irgendetwas Wahres bleibt am Traum immer hängen. Vielleicht auch im Traum. Das Licht, das die Wechselwirkung von Schlafen und Wachen in den Augenblick drängt, das Licht, das die Augen endlich öffnet, wo war ich – im Morgenlicht sammelt sich der Mensch, der gerade noch schlief. Er sammelt sich auf, er sammelt sich ein, gesammelt geht er auf die Straße hinaus, hellwach und zugleich schlaftrunken. Traumwandlerisch. Die Geräusche der Stadt vor dem Fenster, eine Nacht in Istanbul, in der es nie still war, deren Lärm kein Traum unterbrach. Schlaflos. In der Früh aber steigt der Lärmpegel oder Lebenspegel, sodass man es hört: Dies ist das wirkliche Leben in der Stadt, jemand steht im wirklichen Leben vor etwas so Entsetzlichem, dass er später, wenn er es wider Erwarten überlebt hat, sagen wird: Davon hätte ich mir nie träumen lassen. Eine Physiotherapeutin träumt von Körpern, die sie nicht im Traum berühren würde.

Die Traumfabrik. Traumlos präsentiert sie ihre Träume. Verträumt konsumiert die Kundschaft, aber immer gilt dem Aus der Traum. Aus der Traum. Es ist spät nachts, alles ist vorüber, Lili ist schon Jahre weg. Aber das war immer ihre Stärke, ihr Verschwinden. Es ist sehr lange her, und es ist gar nicht so, als ob es gestern gewesen wär. Ihre Stärke war die Anwesenheit ihrer Abwesenheit. Zum Beispiel saß ich damals im koreanischen Restaurant vis-à-vis vom Café Sperl – der Text enthält Produktplatzierungen, hat aber keinerlei Unterstützung durch ein Produkt oder durch eine Platzierung. Wir schrieben einander SMS, hin und her, irgendwie unaufhörlich, ich über das Bulgogi hinweg, und plötzlich brach das einander Reizen ab, bis ich zehn Tage später ins Café Schwarzenberg ging und in der Schwarzenbergstraße mein Mobiltelefon läutete. Ich musste es als Zufall erleben, ob sie da war oder fort, und damit machte sie mir mein Leben nicht schwer, sondern leicht. Ich hegte ihr gegenüber die Utopie des Amoralischen und der vollkommenen Unzuverlässigkeit. Es war ein schönes Nirgendwo, in dem wir zusammen waren, aber jetzt in diesem Augenblick, lange nach all dem mit Lili, war ich aufgewacht. Ich war eingeschlafen gewesen, mitten in der Nachtübung, und blickte einer Radioreporterin aufs Mikrophon. Ich befand mich in der Pilotsendung von »Nightrider«, stellte mich also kostenlos zur Verfügung, als sie beim Radio ein neues Format, das Format »Nightrider«, probten: Im Funkhaus sitzt einer und moderiert die Äußerungen, die aus den Außenstellen kommen. Ich muss im Traum oder im Halbschlaf geredet haben, denn die Reporterin an der Außenstelle sagte zu mir: Himmelreich, Himmelreich. Ich kenne Laura Himmelreich, meine Kollegin vom *Stern*, die den frisch nominierten Spitzenkandidaten der FDP, Rainer Brüderle, porträtiert hatte und die dann schilderte, wie der Mann sie in schlüpfriger Altherrenmanier an einer Hotelbar behandelt hatte. Alltäglicher Sexismus, sagte sie, und ich, überhaupt nicht auf Draht, meinte sagen zu müssen, Brüderlein fein, Brüderlein fein. Was an der Koch ein Wunder sein soll, weiß ich nicht, sagte die Radioreporterin, Brüderlein fein überhörend.

Ich legte sofort los: Wunderbar, ich nannte sie wunderbar, weil das Zusammenfließen, die Mischung verschiedener Umstände, der Mix aus Zufälligkeiten und aus beabsichtigten Disziplinen, durch die ein Mensch schön wird, am besten als Ausnahmeerscheinung, als ein Wunder wahrgenommen und wiedergegeben, also weitererzählt wird. Dass Schönheit für Menschen keine Kategorie ist, ist wahr, aber es ist eine Wahrheit, die mich nicht daran hindert, diesen oder jenen Menschen schön zu finden und daran Freude zu haben. Es hindert mich auch nicht daran, rückschauend Marianne Koch in ihrer Jugendblüte zu bewundern. Ich war zwar selbst schön, in meiner Jugend, aber heute spreche ich von einem Wir: Wir, die wir schon Glück haben, wenn wir durchschnittlich aussehen, sollten uns die Freude nicht nehmen (und nicht nehmen lassen), eine Schönheit zu erkennen (oder besser: die Schönheit in einem Menschen zu erkennen) und sie auf den Knien zu huldigen. Na gut, nicht auf den Knien. Huldigen kann ja in den Versuch münden, die Schönheit zum Stolpern zu bringen, über den, der vor ihr kniet, aber nur im Leben, nicht bei einer beliebig reproduzierbaren Leinwandschönheit, von der man nicht wissen kann, wie sie wirklich aussieht. Sie benützt ja ihr Dasein, zum Beispiel ihren Körper, als Kulisse, die von Scheinwerfern und von vielem anderen zu diesem oder zu jenem Leben erweckt wird. Das alles gilt aus meiner Sicht auch für die männliche Schönheit, fügte ich im Eigeninteresse hinzu, in Erinnerung an die eigene Schönheit und damit in meinen Ausführungen am Schluss nichts Wesentliches fehlt.

Es ist leichter, schön zu sein in einer Handlung, die jeder Trottel versteht, als in den Verwicklungen des Lebens, in denen sich keiner auskennt, die es aber ermöglichen, auch Menschen schön zu finden, die es nach allgemeinen Kriterien gar nicht sind. Sie werden es durch Action, durch die man sie unter Umständen anders zu sehen lernt. Meine Marianne Koch hatte kein ontologisches Defizit, weil sie nichts darstellte, das es auch nur in Ansätzen wirklich gegeben hätte. Ihr Sein war mit dem Schein identisch. Zusammen mit Paul Hubschmid, der der erste Professor Higgins war, den ich sah, stellte Marianne Koch sich zur Verfügung, um als pure Phantasieprodukte, als reinster Kitsch präsent zu sein. Higgins – das ist der Professor aus »My Fair Lady«. My Fair Lady, unterbrach mich die Reporterin an der Außenstelle. Sie wissen aber schon, dass wir nicht auf Sendung sind?

Nicht auf Sendung, ich war der Gesandte, der Selbsternannte, der Nicht-Gesendete. Was für eine Nacht – es war eine der heißen Großstadtsommernächte, in denen jedes Leben vergilbt. Wir saßen zur Sendung bereit im Licht einer Tankstelle, an der kein Mensch tankte und doch ein Betrieb war: Trinker, denen der Sprit ausgegangen war, holten sich in ununterbrochener Folge Nachschub. Ich bildete mir ein, Oplustil gesehen zu haben, und die Einbildung tat mir gut. Lieber ein altes Übel als ein neues, unbekanntes. Das war auch das alte Übel: Hinter dem Stadtbahnbogen, in Richtung Sechshauserstraße, machte sich meine alte Schule breit, und unter dem Stadtbahnbogen standen in meiner Schulzeit Frauen, deren Körper man für eine kurze Zeit kaufen konnte. Mit diesen Frauen und ihren Zuhältern teilten wir in unserer Pubertät ein kleines, verkommenes Kaffeehaus, das aber eine erstklassige, wie eine Harley Davidson aufgemotzte Musicbox hatte. Ich kann jederzeit, und besonders in den heißen Nächten, den Angstschweiß auf meine Stirn zaubern, wenn ich daran denke, was passierte, als ich immer wieder und immer wieder für einen Song die Schillingmünze einwarf, sodass einen ganzen Nachmittag lang im Café nichts anderes zu hören war als ein Gesang, der irgendwie so klang: »I lost my bill on Blueberry Hill, I lost my …«

Da stand ein Herr auf, er hatte einige Frauen hinter sich, ging zu mir herüber und sagte wie zum Reden gebrachte Salzsäure: »Ich bin vom Jugendschutz, und wenn du Arschloch (er sagte: Oaschloch) noch einmal die Scheißplottn spüst, (und jetzt: Hochdeutsch) muss ich dich leider nachhause begleiten. Du kannst momentan noch ohne Begleitung nachhause gehen (und jetzt explizierter Dialekt), du Gschissener.«

Ich ergriff die Flucht, und in der Nacht mit der Radioreporterin, mit dem Warten an der Außenstelle, bis man auf Sendung ist, wäre ich auch gerne geflohen, hätte ich gewusst, wohin. Es war ein Punkt, an dem alles vorüber war:

Kein Café Formanek mehr, Frühstück kocht dort der Neuseeländer, er hat mich ausgebootet, aber es macht nichts. Ich bin jetzt freier Schriftsteller und kann, wenn ich mich vor dem Leben verbeuge, wahrhaftig sagen: Ich bin so frei. Heute Morgen habe ich im Radio gehört, dass die Archäologen in einer ägyptischen Mumie den ältesten Prostatakrebs der Menschheit ausfindig gemacht haben. Was kann mir also passieren? Heute Morgen hat sich etwas überschnitten, nämlich ein Einkommenssteuernachzahlungsbescheid mit einem Umsatzsteuervorauszahlungsbescheid (oder umgekehrt), und außerdem kam von der Sozialversicherungsanstalt ein Beitragsbescheid mit Mahnung. Seltsam, wohin die Zeichen uns führen. Ich habe den für mich zuständigen Abgeordneten gefragt, wieso es denn möglich ist, dass ein Mensch ohne Einkommen dennoch für diese Staatsanleihen herangezogen wird. Der Abgeordnete hat mir ausrichten lassen, die Steuerpflicht sei jetzt endlich absolut gesetzt und nicht mehr von kontingenten Einkünften abhängig. I lost my bill, und jetzt kann ich die Rechnung nicht mehr bezahlen. Mittlerweile hängen sich schon die Reichen bei uns ein und wollen auch von unseren Klagen über die Höhe der Steuern mitprofitieren. Sie sagen, wenn sie weiter so zahlen müssen, verlassen sie das Land. Sie wollen uns also ruinieren, während uns die Steuer ruiniert. So saß ich nicht ungern in dieser Außenstelle, lässig die Sendung erwartend. Aber ich war, von der Sendung abgesehen, auch mit dem Schrecken des Wiedererkennens konfrontiert. Was sollen wir für Sie spielen, fragt die Radioreporterin. Spielen Sie die Zweite von Mahler, die Auferstehungssymphonie, oder, wie heißt das, I lost my bill ..., und schon hörte ich es in den Kopfhörern: »I found my thrill on Blueberry Hill /

On Blueberry Hill when I found you / The moon stood still on Blueberry Hill ... The wind in the willow played love's sweet melody / But all of those vows we made were never to be.« Ja, so ist es: Never to be, und ausgerechnet das Sein soll das Bewusstsein bestimmen?

Warum haben Sie diesen Song ausgesucht? Sicher, sage ich, weil einer meiner Todfeinde kein Englisch kann, aber auch weil ich ein dicker Mann bin, und Sie hörten, meine Damen und Herren, Fats Domino, das ist ein dicker Mann (The Fat Man), und wir Dicken sollten zusammenhalten, einander die welthistorische Präsenz geben, die verantwortungslose Kräfte uns verweigern. Aber hören Sie doch diesen Song: Domino erzählt die Geschichte klar, ohne einen Zusatz von Eitelkeit, in diesem Gesang gibt es nichts von einer Selbstbespiegelung, und das sage ich, der Meister des narzisstischen Schelmenromans. Der Song ist klar wie einer dieser Sommermorgen am Inn, wenn einem der Fluss überdeutlich in die Augen sticht, und man weiß, es gibt dagegen auch diese grauen Tage, an denen kaum etwas zu erkennen ist und sich die Bäume am Ufer ins Ungefähre verzogen haben. Der Song ist aber nicht von der Aufklärung ausgetrocknet, seine Klarheit ist nur ein Instrument, um das Geheimnis des Lebens herauszupräparieren. Das Geheimnis des Lebens heißt Gegenwärtigkeit und Vergänglichkeit und Vergegenwärtigung. An die Zukunft glaube ich als dekadenter Mensch, als alter Europäer nicht: Die Zukunft hat immer schon stattgefunden, sie ist immer schon vorüber.

Blueberry Hill. Die Musik täuscht nicht über das Einfache unserer inneren Bewegtheit hinweg, sie spielt virtuos auf ihr. Die Botschaft ist, es gibt die Trennung und zugleich gibt es sie nie: »Though we're apart you're part of me still / For you were my thrill on Blueberry Hill.« Ich schwöre, dass ich dabei nicht an Lili dachte, keinen Moment, sondern vielmehr an etwas Abstraktes, dass nämlich der Song die belastende Trauer und die Befreiung von der traurigen Last in einem vor Ohren führt. Man muss es lernen, aus dem Ende des Glücks das Glück zu machen, dass man einmal dieses Glück hatte, dessen Verlust einen traurig stimmt. Die Stimme Fats Dominos lebt von der richtigen, der Botschaft angemessenen Stimmlage. Performed by the Great Elton John ist mir das Lied eine Spur zu hoch gesungen, aber ich gebe zu, Louis Armstrong singt das Wort vom Ort, nämlich Blueberry Hill, also nur diese Ortsangabe, am allerbesten, und der Ort ist wichtig: Der Hügel, auf dem die Blaubeeren wachsen oder die blaue Blume, also, wie man sagt, die Sehnsucht blüht, erfüllt uns genauso, wie uns der Alltag erfüllt, die Routine und die allmächtige Sorge. Die Botschaft von »Blueberry Hill« ist einfach, genau wie unsere diesbezüglichen Gemütsbewegungen im Grunde einfach sind, wenn sie sich auch verkomplizieren können, weil sie auf Akzeptanz, Abwehr oder weiß Gott worauf stoßen. Doch die Musik von »Blueberry Hill« hat Schwung, einen Abglanz der menschlichen Vitalität, und auch im Namen der dicken Menschen erwähne ich Fats Domino am Klavier, wenn er im weißen Smoking, aus dem die Fettschwarten herausquellen, das Lied, diese Hymne der Daseinsnostalgie spielt. Weiß gekleidet wie der Papst, aber höchst geeignet für die nächste obszöne Party: Fats Domino spielt Klavier (ja, man müsste Klavierspielen können), und dabei macht er eine rhythmisch schlangenartige Bewegung –, antizyklisch zum Rhythmus des Songs »Blueberry Hill«, gegenläufig-genial.

Was habe ich mir sonst vom Leben gemerkt, das kein Traum war? Diese Träume, in denen ich in Südamerika bin unter einem ganz fremden Himmel und stammle, dass zweierlei zusammenwirkt: der bestirnte Himmel über mir und das moralische Gesetz in mir. Man muss sich das vorstellen, ich habe ein Buch geschrieben, ein ganzes Buch über Güte, über diese zu feiernde menschliche Eigenschaft, und ein zweitklassiger Kritiker, wenigstens in einer erstklassigen Zeitung, hat richtig bemerkt, dass man generell versucht, die »Gutmenschen« und damit die Güte zu denunzieren, weil Leute, die sich auf der richtigen Seite wähnen, ja bloß ihre eigenen dunklen Seiten ausblenden und umso anfälliger für sie sind. In diese Tradition hat mich der Kritiker hineingestellt, mir nix, dir nix in die Tradition der Kritik an der Güte. Auch Franz Schuh, hat der Kritiker geschrieben, gelingt es in seinem Versuch über die Güte nicht, dem Guten wirklich am Zeuge zu flicken. In meiner Ritterlichkeit habe ich dem Guten wirklich eine Lanze gebrochen, und da schreibt einer, ich wollte »am Zeuge« flicken. Ich wollte aber nicht am Zeuge flicken, sondern ich habe ein paar hundert Seiten verfasst, um die Güte mit aller Macht zu feiern. Am nächsten Tag, nachdem die Kritik in der erstklassigen Zeitung erschienen war, hat ein erfolgreicher Schriftsteller, der seit einigen Jahren die Wohnung über mir bewohnt, mir im Aufzug sarkastisch zugeflüstert: Du Opfer!

So unklar drücke ich mich aus, und das in meinem Beruf. Der Lektor fand sich durch die Kritik glänzend bestätigt. Als ich in der Nacht vor dem Tage, da ich Lili kennen lernte, heimkehrte, sah ich, dass der Mann, der die riesige Kiste im Aufzug unterbringen wollte, ganze Arbeit geleistet hatte. Die Aufzuganlage musste total demontiert werden, um die Kiste, um den Kasten wieder herauszukletzeln. Kletzeln bedeutet mit den Fingernägeln herumkratzen, ich sage es, angewandt auf die Kiste, also metaphorisch.

Damit kein Missverständnis entsteht, und es soll auch über Lili keines entstehen. Nein, sie hat mich nicht verlassen, das habe ich nur behauptet, um nicht die viel peinlichere Wahrheit eingestehen zu müssen. Ich habe sie hinausgeworfen, was ja als heroische Tat in die Geschichte eingehen könnte. Aber es war eben der Grund, der mich blamierte: Ich kam nachhause, und da saß Lili mit der Putzfrau des Schriftstellers von der Wohnung über mir, und die beiden Frauen lasen einander quietschvergnügt alte Liebesbriefe vor, die ich vor Jahrzehnten geschrieben hatte. Zum Teil hatte ich sie zurückbekommen, zum Teil hatte ich sie niemals abgeschickt. Lili hatte die Papiere ihrer Belustigung aus meiner Schreibtischlade entwendet. Sie hielten sich den Bauch vor Lachen, und so brachte mich Lili in eine Lage, die mich dazu zwang, ihr aus Selbstachtung (und aus Achtung vor den früheren Geliebten, mit denen ich gut war) ein für alle Mal aus dem Lebensweg zu gehen. Ihrer führte sie, wie ich später gerüchteweise erfuhr, nach Leipzig. Aber immerhin hatte sie damals, als ich sie zu meiner Türe hinausschob, bettelnd gefragt, ob sie mich im September, nach einem Sommer, wiedersehen dürfe. Nein, sagte ich, und dann verschob sie den Termin. Aber vielleicht zu Weihnachten? Nein, sagte ich. Aber dann im Frühling? Na, gut, im Frühling, und im Frühling wartete ich auf sie, aber sie hat sich nie wieder bei mir gemeldet.